尚金格 \ 主编

五彩非洲译丛

一封家书

〔安哥拉〕奥斯卡·里巴斯 著

尚金格 译

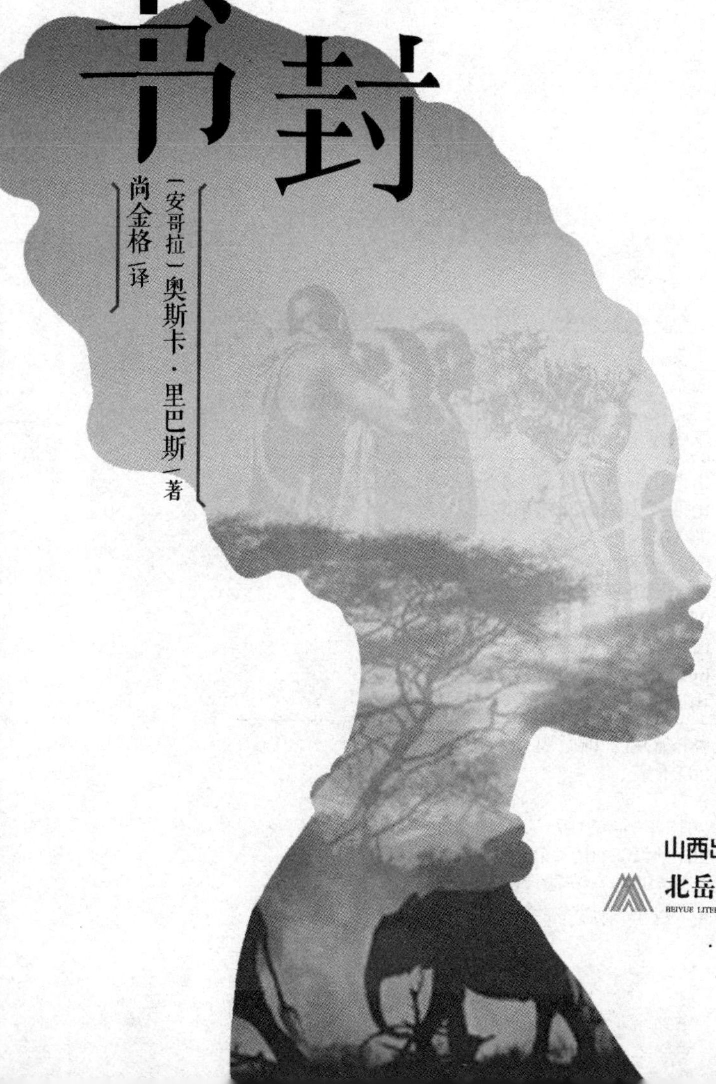

山西出版传媒集团
北岳文艺出版社
BEIYUE LITERATURE & ART PUBLISHING HOUSE
·太原·

图书在版编目（CIP）数据

一封家书 / （安哥拉）奥斯卡·里巴斯著；尚金格译. — 太原：北岳文艺出版社，2018.6
（五彩非洲译丛 / 尚金格主编）
ISBN 978-7-5378-5603-4

Ⅰ. ①一… Ⅱ. ①奥… ②尚… Ⅲ. ①长篇小说－安哥拉－现代 Ⅳ. ①I474.45

中国版本图书馆CIP数据核字(2018)第070729号

书　　名　一封家书

著　　者　［安哥拉］奥斯卡·里巴斯
译　　者　尚金格
责任编辑　关志英
装帧设计　李中果

出版发行　山西出版传媒集团·北岳文艺出版社
地　　址　山西省太原市并州南路57号
邮　　编　030012
电　　话　0351-5628696（发行部）
　　　　　0351-5628688（总编室）
传　　真　0351-5628680
网　　址　http://www.bywy.com
邮　　箱　bywycbs@163.com
承 印 者　山西人民印刷有限责任公司

开　　本　880mm×1230mm　1/32
字　　数　204千字
印　　张　9.5
版　　次　2018年6月第1版
印　　次　2018年10月山西第1次印刷
书　　号　ISBN 978-7-5378-5603-4
定　　价　42.00元

献给

　　你们，

　　安哥拉的兄弟们，

我决定把从我的故乡和你们森林中

收集的微不足道的故事

书写在干净的白纸上。

奥斯卡·里巴斯

从　前

一

在 1882 年，罗安达没有这么多的豪华别墅，只是一座很朴实无华的城市。城市的规模也不大，街头道路旁还长有大大小小的仙人掌树和灌木，它们生长得很茂密，为我们提供了新鲜的氧气。

后来，一座座楼房拔地而起，这座城市像是一座新城一样巍然屹立，它让我回忆起自己的童年时光。那时候，孩子们性格没有定型，无忧无虑。他们享受着自己的农村生活，享受着自己没有奢望的生活。时间让他们变得健壮，附近村庄的变迁也给孩子们讲述着所有发生过的故事。相信，未来孩子们仍会拥有一份纯真的乡土气息。

在弯弯曲曲的羊肠小路上，成群的猪和母鸡围绕在村民的身边，所有的一切都是那么自由、那么无拘无束。小羊们在那里高声叫着，它们一边叫一边跳来跳去，挂在脖颈上的铃铛也跟随着它们跳动的节奏叮当乱响。那个时候，每当城市进入黑夜，人们沉睡的时候，便有很多凶猛的动物慢慢地接近这座城市。不管是狼、豹子、鬣狗，还是成群的野狗，它们总是静悄悄地潜入这座安静的城市，并在这里徘徊着，寻找它们钟爱的食物。有时，凶猛的野兽也会冲进可怜的居民家中寻找食物。

不过，在这个城市里现在最致命的危险不是来自凶猛的动物，而是来自杀人不眨眼的土匪。他们选择躲藏在浓密的荆棘丛中或高大的仙人掌树下，趁人不备手拿着刀具突然窜出来拦住过往的行人。他们先对行人进行残酷的殴打，然后，再把行人身上的财物洗劫一空，有时甚至将行人殴打致死。所以，一到黄昏时分，整个城市的街道都被恐慌笼罩着。

不过，令人欣慰的是，一些村子在悄然地改变——当地居民拿起武器开始反抗土匪的洗劫。他们三五成群在村子的四周进行值班巡防，村子里的每一个人都愿意义务保护自己的村子，也愿意为了自己的村子和家人与土匪拼命。在村子的北部，一些欧洲房主的房子大都位于小山的最高处，它们与葡萄牙人弗兰西斯科·瓦斯空萨罗斯·达库尼亚将军 1638 年修建的圣·米格尔城堡一样，直到现在仍然屹立在那里，同样屹立在那里的还有那所建造于 1575 年的圣·赛巴斯提安大教堂。

一些文明程度比较高的村子的居民素质相对较高。他们建造房屋的时候喜欢依山而建——像卡祖诺村子的房子一样。经济不是很富裕的人家选择把自己的房子建在山坡上或者是山脚下，这样的建筑模式和印孔博塔地区的房子一样，而且房子的地基也非常牢固。

在蔚蓝大海的尽头，我们看到深蓝色的天空。每天很多人停留在海边不愿离去，他们喜欢在这里享受一份安逸；然后，再回到城市中属于自己的地方。如果他们愿意，他们可以抛弃自己的工作，在这里尽情地逍遥自在。人们在这里你来我往好不痛快。但是，有时的情况却并不如此，因为在这里仍存在大片的荒地以及堆成小山似的垃圾堆。不过，这里的人们已经习惯了垃圾成山，这丝毫没有扰乱他们尽情快乐的欲望。

浩瀚的大海拥有广阔的胸怀。以前，它炫耀着自己的光环，现在它仍然炫耀着自己的美。一些文化古迹像是一条白色的纽带点缀着美丽的小岛边界。那里生长着高大的椰子树，这些树是在古老的刚果古王国时期种植在这里的。那时的刚果王国财力十分雄厚。古老的刚果货币是一种来自大自然的贝壳，名叫恩津布。这些贝壳成为古刚果王国的流通货币。所有人都对这种贝壳有种狂热的占有欲，拥有贝壳便等于拥有了大量的财富。

在小岛和大陆之间有一个非常美丽的港湾和一个港口，很多年前，这个港口的主要业务是运输黑人奴隶。几百年前，大量的黑人奴隶从这个风景美丽的港口被贩卖至其他国家，特别是当时的南美洲巴西等地。从此出发的黑人就此踏上了成为奴隶的生活道路。这里除了运输大量奴隶前往欧洲港口外，还是珍贵木材黑木原材料的集散地。

由于大量的财富被当局搜罗进钢筋制成的大门内，可怜的人们为了得到所谓的财富只能背井离乡四处奔波。这片土地上痛苦无处不在，从大地到大海总是有人在饱受磨难。无休止的痛苦一定能够激发人们消除灾难的决心，让痛苦的生活见鬼去吧！朔望月引发的潮汐掀起巨大的海浪，奴隶们在大海上也饱受颠簸的苦楚。一些奴隶主用死亡做铺垫促成新的政权，他们用肮脏龌龊的手段腐蚀着人类文明的光芒。非洲雄狮的心中充满了愤怒和疑惑：数以百万计的奴隶们被他们用无耻的思想束缚着，很多非洲国家的人民仍然笃信可恶的陈规陋习；直到现在，人们也没有得到平等和自由——在农村，人们需要文化教育并且迫切地等待着真实的变革。而那些奴隶主却认为非洲是他们的后花园，他们总想拥有更多的黑人奴隶。

安哥拉这个国家，在长达数百年的时间里，存在着太多的不公平，包括贸易不公平。不公平一直在刺痛着安哥拉，而我们的罗安达城就是这个国家的抛锚地。有数以百万计的安哥拉儿女从这里开始了他们的奴隶生涯，这里就是残酷生活的开始！今天的奴隶主们却想用一点点的补偿来清洗他们的罪恶历史，用一些微不足道的安慰来抹去他们的污点，以此证明他们自己的伟大。

这些奴隶主的行为让人们觉得很荒唐，甚至有些令人啼笑皆非。在城市里，奴隶们背着奴隶主逛街；在山村里，奴隶们肩膀上扛着重重的轿子，里面坐着奴隶主，后面还跟随着大量的仆人和随从，奴隶们的口中歌唱着奴隶主爱听的歌曲。在出行方面，起初那些蛮横的奴隶主还端正地坐在轿子上面；后来，他们坐在安稳的轿子上面打起了瞌睡，轿夫们四平八稳地抬着重重的轿子不敢有一丝马虎。

当轿夫们的肩膀被重重的轿子压痛的时候，他们的疾病随之而来。安稳地坐在轿子上的奴隶主却像白痴一样无忧无虑地四处游荡。如果金钱对你产生了诱惑，你看到金钱会像触了电一样，你想成为金钱的主人，那么你就要像一匹马一样为高高在上的绅士卑躬屈膝。很多事情有它自己本身的理性存在，但是，我们仍然要战胜不和谐的理性。如果你问为什么，因为在长达数百年的时间里，人性之间的差距却没有发生任何的改变和缩减；而自从 1888 年 10 月 31 日开始，火车便能带着我们在远离海岸的丛林里穿行，后来汽车的出现让生活变得更加方便快捷。

后来，这里发生了很大的变化，人们可以驾驶风驰电掣的汽车。随着时间的推移，人们的出行方式也发生了改变。奴隶主们开始慢慢地剥去自己身上的那层兽皮，并且开始救赎那些让他们无地自容的无耻行为，曾经的奴隶舞台剧慢慢地落下了帷幕。

由于历史的美好传承，当地土著女性穿起自己本民族的服装：一块肥大的布料包裹着自己的身体，从她们的腋窝一直到脚踝部位。很少能看见本地的妇女穿着欧洲女性的时髦服装。最近，在这里我也能时不时地看到一些不同款式的女士衬衫。有一个女人不喜欢土得掉渣的传统服装，她一直钟爱欧式服装。这个女人是我的母亲玛利亚·达·孔塞伊绍·本托·娃利亚女士。她是当时第一个穿着欧式服饰的安哥拉女人，而且她总能购买到最新款式的衣服。心里特别钟爱欧式服装的她，成为这里一个引领时尚的安哥拉妇女。诺顿·德·马托斯将军在安哥拉执政时期，曾大力推动引进欧洲本土的服装。

在我漫长的童年回忆里，罗安达总是充满了肮脏、土匪、灌木丛，但后来我领悟到我们的首都罗安达也拥有它独特的魅力和风格。起初，城市发展建设非常缓慢，随后进度才慢慢有所提升。最后，城市的建设也达到很高的水平，大片荒芜土地上的灌木丛和杂草被清理，村民慢慢地组织起来保卫自己的村庄。大家都开始喜欢穿着漂亮的衣服了。村庄里那些庇护土匪的灌木丛被连根拔起，从此村子里没有了恐吓和抢劫。

今天的罗安达充分展示着自己的魅力，它与其他现代的城市建立了合作关系。城市慢慢变得漂亮，人们工作在优美的城市中感觉到很幸福。当然，一些小村镇仍然存在着贫穷和饥饿的状况！为了更好地消除这些不安全因素，只能痛下狠心从根源上铲除它们。

你曾经看见的和你现在看到的，以及你未来预见到的罗安达，是由诺瓦斯先生开创（保罗·迪亚斯·诺瓦斯是罗安达开拓者第一人，安哥拉第一任总督）的罗安达！今后，你眼前会出现一幅壮丽的景色。

也许，解决土匪侵扰的办法便是把村庄里所有的灌木丛全部连根铲除。但是，我们所有的人都知道灌木丛是我们的朋友，我们是它们直接的受益者。它们能够抵抗恶劣的气候和太阳暴晒，它们的存在让这个城市也变得浪漫。抒情的诗句并不会改变这个城市，不过，城市仍然会被诗人的飞翔诗句包装起来。城市中心高高的大树、矮矮的灌木丛保护着栖息在这里的小鸟。这是文明社会的表象。

罗安达城是一个非常漂亮的地方，它有着千万不能错过的美丽的自然风景。如果你生活在雨林当中会感觉到自然的美和情趣，因此，你会成为大片土地的亲人。天空中又一次响起因树叶碰撞而产生的动听乐章。每一棵大树都拥有自己的舞台，每一个舞台上都有它自己的鸟儿歌手。听到小鸟的鸣叫，你会变得充满青春活力。它的鸣叫会成为一首经典的歌曲。茂密的树木给我们带来一个庞大的小鸟家庭，比如斑鸠、白尾锥鹦鹉、梅花雀、挑额锥鹦鹉、长尾霜鹟、鹦鹉、金丝雀、安哥拉紫蓝饰雀等。你的小家反而成了绿色家园的装饰。生活在一个空气清新的环境里，心情自然会更加舒畅。美丽的环境会让你的孩子们着迷，也会让游人流连忘返。

婚礼之日

一

遥远的 1882 年，在卡祖诺村子里有一所小房子，房子里居住着一个名叫若阿金的小伙子。他是一个有着二十五年工龄的泥瓦匠。他的房子和其他当地人的房子一样，有两个房间和一条小走廊。房间里没有任何高档家具。一间房是卧室，里面有一张床和一张小桌子。桌子被他当成了床头柜。一个行李箱上放着一个纸盒子，地上摆放着一个土陶罐。另外的一个房间是他的餐厅，餐厅里摆放着一张桌子和一把少条腿的凳子以及几个小马扎。墙上的泥巴好些都脱落了，站在屋内就可以看到屋外的风景。

晚上八点钟的时候，若阿金正和他的四位好友在餐厅里聚餐。一盏陶制油灯发出昏暗的亮光，灯芯吃力地吮吸着棕榈油并散发出黑色的烟和一股刺鼻的气味。虽然，没有人指责棕榈油灯的缺点，但人们的鼻黏膜却一直在“强调”刺激气味的危害。

若阿金非常高兴——他每天晚上都愿意和自己的好朋友聚会，他们几个聚在一起谈天说地，旁边摆放着几个用来盛放葡萄酒的大碗和陶瓷杯子。前来聚会的朋友们都喜欢喝点小酒高声畅谈，直到酒终才算罢休。今天和以往不大一样，他们前来这里是为了祝贺若阿金，因为今天是他和未婚妻订婚的日子。

“嘿，若阿金！”一个朋友慢慢地点上一根香烟，又一口喝完了杯中的红酒，然后问道，“那个和你谈恋爱的女孩子是若昂娜吗？”

“不是，我曾经和她在一起过。不过，很久之前已经分手了。”

“你们为什么分手啊？”朋友追问道。

“哎呀呀，那个女人是个拜金女啊！今天向我要钱，明天还向我要钱！哎呀，那个女人太麻烦了！”

突然有人敲门，若阿金急忙起身去开门。他认为是卡塔丽娜来了，所以整个人像一个弹簧般从凳子上弹了起来，径直朝着房门跑去并拉开了房门。

“哥们！你过得咋样啊？”一个男人的声音。

真倒霉！并不是他的女朋友卡塔丽娜。若阿金满心欢喜地等待自己女朋友的出现——他的心被那个女人俘虏了，但这个时候站在他面前的却是一个男人。

“哦，是你啊！你是什么时候回来的？”若阿金掩饰着自己的失望。

“是我啊！我今天下午刚刚到这里。”

这个人是安东尼奥·塞巴斯提昂，是安巴卡地区一个有名的生意人。他径直走进屋子，接着，向在座的人们大声打招呼：“嗨，老少爷们，晚上好啊！”安东尼奥个头高挑，皮肤有些发黄，他的鼻子很大，两只眼睛圆圆的。他开始和在场的人们一一拥抱。拥抱问候之后，他脱下身上的夹克衫和脚上的长筒靴。靴子上的褶子很多，上半部分还有些变形。他的白色衬衫领上系着一条黑色的领带，头顶上戴着一顶椰子壳制成的帽子。

一旁的朋友递给安东尼奥一把歪腿凳子，他坐下去开始吃桌子上的东西，并向人们讲述一些逸闻趣事以及村子里的一些事情。他边讲边摆弄手指上的金戒指，还不时地整理一下西装。

他讲述的是“卡伊苏厄运事件”。这是在现实生活中发生的事情吗？在场的很多人都很疑惑。

故事是这样的：

在仙人掌树和高高的芦苇边上有一块小水塘，那里的风景美得仿佛一幅天然的画卷。一棵棵大树枝繁叶茂，生机盎然。大树上居住着斑鸠、小鹦鹉、紫蓝饰雀等鸟类。它们的存在使得此处的风景更加美丽。大树的后面有一些小山包，小山上有着大大小小的用杂草建成的茅草屋——这种美丽的风景在宽扎河流域任何一个地方都可以看到。

有一个酷爱钓鱼的小伙子叫卡伊苏。有一次，卡伊苏想弄点下酒菜，尽管天空飘着毛毛细雨，他还是跑到小河边钓鱼，他钓到了一条巨大的鳄鱼。

不知道发生了什么状况，卡伊苏和那只巨大的爬行动物厮打起来。小河并不深，鳄鱼张开大嘴，长长的尾巴从水中露出来，试图吃掉它眼前的卡伊苏。小伙子和鳄鱼贴身抱在一起扭打，他挥动拳头用力敲击大鳄鱼。卡伊苏和鳄鱼都努力捍卫着自己的生命权益，相互用嘴巴撕咬着对方。当时的场面一定是令人胆战心惊的！

最终，卡伊苏因体力不支败下阵来，整个人仿佛失去了意识，他被鳄鱼扑倒在小河里。根据鳄鱼的习性，鳄鱼是一定会骑在受害者的身体上把他当成美餐带走的。

当卡伊苏逐渐恢复知觉的时候，他已经被鳄鱼拖到了河边的一块小石板上。那个河岸是一个堆满碎石头的石子滩——起初，很少人知道这个地方，慢慢地，开始有人了解这个死亡之地了。

卡伊苏感觉浑身乏力，大脑里闪过一个念头——自己是不是快要死了？当时和卡伊苏厮打的鳄鱼并不在他的身边；因为，它把卡伊苏拖到河边之后，就赶忙去招呼其他的鳄鱼朋友前来享用这顿人肉大餐了。它和它们属于一个“利益团队”。听到自己同伴的招呼，鳄鱼们迅速往过赶，它们身上散发着生命和死亡的气息。

生命是一种猛烈的呐喊，给我们能量，激励着我们；它又像冒着熊熊黑烟的烈焰，为我们展示了一个美好而火热的前景。

死亡是一个张牙舞爪制造不幸的魔鬼。在地狱的大门口，它们展示着长长的獠牙，肆意地啃咬着人的肉和骨头。

这些不懂语言的鳄鱼只知道狼吞虎咽地吃，就这样，人的身体到了它们的肚子里。太可怕了！这便是死亡，这便是残忍的死亡！

清醒过来的卡伊苏意识到自己必须赶紧逃跑。他试着站起来，可是，不可能——鳄鱼们不肯轻易丢掉这顿大餐！那只疯狂撕咬卡伊苏的鳄鱼已经回来，它又一次撕咬住小伙子的腿。一瞬间，卡伊苏腿上又多了很多伤口，血流如注。尽管他连连后退却依然不能逃脱被鳄鱼撕咬的命运。

卡伊苏躺在石头上大声哭泣，此时此刻，他又产生了继续反抗的勇气。急促的呼吸使得他的胸部上下起伏，两只眼睛也睁得溜圆，整个身体也不断地剧烈抖动着。很快，他看见几条鳄鱼从河里游出来爬上了河岸。每条鳄鱼都露出自己锋利的牙齿。卡伊苏知道它们是来吃自己的，并且一定会把他吃得干干净净，一块不剩。他想大声呼救，可是，却没有力气喊叫，只是不停地打冷战。卡伊苏从未感觉到这条河是那么的可怕，此时此刻，这河滩像是用撕咬方式处死囚犯的刑场。

卡伊苏使出全身的力气试图离开河滩，他想依靠自己的聪明才智离开死亡之地。他忍受着全身的疼痛慢慢地匍匐前进，抓住地上能接力的东西往前拖行自己的身体，最终，他克服了剧烈的疼痛爬到河岸的最高处。他心里既高兴又激动，开始大喊救命，向过往的行人请求帮助。

也许是他命不该绝，小河旁边有不少住户，居民们听到他的呼叫声便开始四处寻找。不一会儿，人们在河岸上发现了呼喊救命的卡伊苏。他们听到小伙子的惨叫声，看到他被鳄鱼撕咬得血肉模糊，心里都特别的难受。

小伙子运气非常好！

与卡伊苏厮打的鳄鱼后面，又出现了四条鳄鱼。它们像从远方请来的客人一样，准备前往主人家里享受人肉大餐。

赶来的鳄鱼并没有看到自己朋友炫耀的战利品，它们之间立即陷入了“内战”。那种残忍血腥的场面是你从来没有见过的！它们像魔鬼一样暴露出丑恶的嘴脸，疯狂地相互撕咬对方的身体。

一瞬间，恐惧在在场的民众中蔓延开来。鳄鱼们愤怒而肆意地在河中翻滚，溅起大大的水花，河水冒着气泡发出巨大的响声。鳄鱼们用巨大的尾巴相互拍打着对方的身体，它们像恶魔一样被愤怒冲昏了头脑——凶猛的动物相互对抗的时候只剩下残忍和死亡。“客人们”集体攻击撕咬卡伊苏的鳄鱼，慢慢地，有一只鳄鱼沉入水底，还有一只鳄鱼只剩下头部露出水面。

鳄鱼的世界里，夹着尾巴逃跑是一件不可思议的事情。即使一只从未参加过战斗的小鳄鱼也会一直陪在自己同伴的身边，绝不选择逃避。在它们准备攻击、捕捉猎物时，小心翼翼地躲藏在水下面，一动不动地隐蔽、伪装，就像它们已经死了一样，很长时间它们都不随意晃动，也不探头观察。因为，任何小失误便会失去捕捉猎物的机会。

鳄鱼之间的火药味没有散去。它们还在滑动双脚追逐撕咬卡伊苏的鳄鱼。

客厅里的人听完故事便开始发表自己对鳄鱼的高论。他们的高谈阔论就像黑夜中扑向灯光的飞蛾一样多。安东尼奥·塞巴斯提昂有些钻牛角尖，他一心想弄清楚卡伊苏奇遇的每个细节。但根据他的讲述，大家一致认为：卡伊苏的故事比“木塔卡隆布霍乱”事件出名。为什么这么说呢？因为卡伊苏与自己的妹妹关系非常差劲，从来不说话。木塔卡隆布先生和他的妻子放弃了以前的工作，现在，他们总是和修女们待在一起，遇到问题的时候向修女们请求帮助。卡伊苏是因为自身的原因才招致厄运的。卡伊苏成功地逃脱鳄鱼之口后，木塔卡隆布教授了他一些通灵的方法，后来，卡伊苏从事了通灵这个职业。木塔卡隆布教授他通灵的原因是他曾经和鳄鱼在小河中上演过生死之战，还活着逃出鳄鱼的魔爪。那时，卡伊苏的妹妹亲眼看到哥哥被鳄鱼攻击，她奋不顾身地冲上去救自己的哥哥，从那以后兄妹之间的关系也逐渐好转。

后来，关于通灵的传言在人们中间蔓延开来。若昂大叔便是传言的传播者之一。他说，他知道当一个人需要通灵的时候，必须事先了解逝者的生活习惯，否则便达不到通灵的效果，而且，召唤的灵魂会缺魂少魄；如果通灵期间掺杂一些坏的习惯和恶劣行为，还会很容易地将通灵者置于死地。

人们开始纷纷议论卡伊苏的身份。据说，他现在成了鳄鱼的传话筒。它们和卡伊苏是不打不相识，鳄鱼们给予他神奇的力量，他拥有了和鳄鱼对话的能力，还可以与蛇沟通。鳄鱼和蛇给他讲述了很多属于它们世界的离奇故事。

流言在人们中间传播的时候会无限地被人为夸大，像滚滚不停的波涛疯狂来袭并伴随着轰隆的巨响。流言蜚语带来的负能量无比的惊人，甚至给很多人带来不幸和死亡，但人们却依旧在喋喋不休地讨论着。最后，每个人讲述卡伊苏故事的时候都有自己的版本。即便一件虚无缥缈的事情，讲述的人多了，假的也变成真的了。夸张的大话成了爱慕虚荣者的虚伪的外衣。

酒过三巡之后，几个人的讨论慢慢地平静下来。若阿金听着几个人的议论有些不高兴，他站起身来又给所有人倒红酒。而安东尼奥·塞巴斯提昂则坐在那里整理着头上的帽子。

“嘿，哥们，为什么不把你头上的帽子摘掉？”一旁的人看着他笑眯眯地说。

“不用，我戴着挺好。再说了，戴在自己头上丢不了啊。以前，一个大官说如果我摘掉自己的帽子便会给我一大笔钱，可是，他被我拒绝了。”

客厅里瞬间安静了下来。一种神秘的微笑在每个人的脸上露了出来：没有人相信他的话。安东尼奥和他那顶用椰子壳做成的帽子搭配起来十分好笑。

短暂的沉寂之后，一个人站起来打破了平静，他说：

“咱们这里谁挣钱最多？是总督大人还是军人？我觉得军人挣钱多，特别是那些肩上扛军衔的军人。若阿金曾经是一名军人。”

“当然是军人挣钱多，要说这个话题可长啦……”

问题引发了大家长时间的辩论：一些人理所当然地认为是总督大人挣钱多，他是安哥拉法律的缔造者和监督者；另一些人却笃信军人的口袋更饱满。不过，客观来看，后者的想法和事实有很大的差别。

女朋友卡塔丽娜的迟到，使得若阿金非常紧张。他觉得时间太晚了，他没有兴趣听狐朋狗友的八卦消息，他的大脑早已开了小差；虽然人坐在这里，但心早已飞到九霄云外。他强壮的身体在蠢蠢欲动，想到卡塔丽娜的时候整个人都非常兴奋。他幻想自己和卡塔丽娜行云雨之事，并猜想女朋友是否依旧是处女之身。

若阿金对于朋友们的言论不屑一顾，他探头问身旁这群人中唯一拥有手表的安东尼奥·塞巴斯提昂几点钟了。

“安东尼奥老哥，现在几点了？”

这位来自安巴卡地区的商人用手轻轻摸着手腕上的金表，神情像教堂看钟人一样，瞧了瞧手表说：

“时间已经不早了！”

这是什么回答！原来他手腕上的金表早已经坏掉了。自从他买了手表，心里总是美滋滋的，手表滴答的声音，仿佛能给他带来好运气。但有天他的手表停止了，不再滴答响个不停。

他抵不住对滴答声的思念，用一把小刀，小心翼翼地打开手表的后盖，胡乱地一通修理。手表最终的下场是怎么样？结果不言而喻，因为安东尼奥自己学会了解读时间。每当有人向他询问时间的时候，他便会装模作样地说：“时间已经不早了！”

也可以说安东尼奥像挂钟上的那只鹦鹉，每到整点时，它走出自己的鸟笼，大声欢唱：“咕——咕——咕。”这是鹦鹉自己报时的方法，这种方式有些自娱自乐的样子，而且，它咕咕的叫声非常令人沉醉——有朋友出现的时候，安东尼奥也会像鹦鹉一样走出小屋给他们报时。这样的举动的确让人觉得好笑。

但今天晚上，他却一反常态地坐在餐厅里。即使是人们大声地欢笑，也不会惊动这只爱报时的“鹦鹉”。这个像鹦鹉的男人其实更像一只纯正的布谷鸟！他的笑声像布谷鸟的鸣叫声。

人们的好奇心非常泛滥：也许，我们需要揭露秘密。他们等待着钟表里的“布谷鸟”从巢穴里出来，以便马上捕捉它。手腕上的金表坏掉了，不是他说谎的理由。

大家在聊天中掺杂了很多抱怨，话语中有很多的语法错误，甚至，还会时不时地冒出一些当地的土著语。一位六十岁的老者决定给大家讲个故事。他指着安东尼奥·塞巴斯提昂说：

“你现在的举动让我想起我的一个老乡。她和一个白人结婚了。她为人十分懒惰，而且要命的是，她听不懂正宗的葡萄牙语。有一天，她丈夫问她：玛丽亚，你出去了吗？大家听听，这是我们最简单的口头用语吧？她却听不明白自己丈夫的话，微笑着用金本杜语说：先生，咱家里有干净的裤子。丈夫急忙说：我并不是这个意思！玛丽亚脸上没有了笑容，觉得自己的回答没有问题，心里却有些许的紧张。她努力回忆葡萄牙语中日常的衣服的常用语，又回答说：亲爱的，家里有外套。我想如果没有人给她解释，她很难明白自己老公的意思。”

老者讲述的故事，引得在场人们哈哈大笑，并且最终把全场的气氛推到高潮。

“再说一个笑话！”人们大声喊叫，要求老者再讲一个笑话，因为那是他们听到的最好笑的事情。老者又开始讲一位小姑娘的故事。她也不会讲葡萄牙语，可是，在圣周期间她总是去教堂做礼拜。但是这一天，当她从教堂返回家的时候心里非常生气，像被蚂蚁叮咬过一样。家人看到她的样子很疑惑，便问她发生了什么事情。可是，她支支吾吾解释不清。最后，她大声说道：“以后，我再也不去教堂啦！即使神父亲自来请也不去，在教堂里他怎么可以对我大声喊叫责骂！”

家人赶紧上前问道：“神父对你大声喊叫责骂？”

“是啊！张开双臂对我们大声喊叫！”

所有听故事的人都问老者神父喊什么。

老头说："你们太无耻！在科格罗斯治安混乱，即使是在城里人寄居的因孔博塔地区也一样！有很多地方都有打架斗殴发生！"

听完老者的讲述，大家又哄堂大笑。老头名叫若昂，他本身是一位内心开朗的人，从来不关心那些伤心的事情。他走到哪里，哪里就总是充满欢声笑语。他认为自己心情愉悦就会给自己身边的人带来快乐和幸福。他的搞笑小故事给很多人带来过欢乐，调剂着村民们乏味的生活；运气好的时候还能给自己换来一顿美味的吃食。

若昂大叔六十岁了，他很受人尊重。因为，他时常给大家提供快乐有趣的故事。在他微笑着的脸上有很多的皱纹，眼皮耷拉着，几乎快要遮住他的眼睛了。

若昂大叔是一个和蔼可亲的人，谁都尊敬他。他喜欢整日东跑西逛寻找一些娱乐消遣活动。他本人还特别喜欢和小孩子在一起。他独自一个人躺在床上休息的时候，常常回忆起自己年轻时的岁月。现在人老了，性格也变得极其理性。他可以游刃有余地掌控自己的思想，并且及时和不健康的思想说"拜拜"。正是由于他完美的自控能力，才使得他能健康长寿。他伟大的身躯像一棵参天大树给孩子们提供了避风挡雨的港湾，孩子们常学习借鉴他的优点。对于若昂大叔来说，这也使得他常感到特别的满足。他之所以喜欢和小孩子待在一起，是因为他们这帮小鬼同样也能给他带来欢乐。

若昂大叔诙谐幽默的风格，让所有的人都喜欢听他讲故事。若昂大叔也经常受邀参加他人的节日家庭聚会，经常和年轻人在一起把酒言欢。几乎他所有的笑话都会引起哄堂大笑！

若昂大叔年轻的时候却是一位风流不羁的浪荡人物，整日里满嘴污言秽语，总是与自己的情敌拳脚相向，甚至会动口咬人。类似的囧事在他年轻时发生过无数次。无论是参加葬礼上，还是晚上帮别人守夜，只要有空闲时间，他都会与自己不同的女朋友相聚。他无论走到哪里总是随身带着一张席子，这张席子成了他手提的床铺。

在美丽的爱情史诗中，若昂大叔的名字是伴随着木鼓节奏出现在音乐里的。他从来不为优美的舞蹈发愁，他非常喜欢跳舞和唱歌，在若昂大叔的世界里没有害羞这个词汇。即使是听到一些贬义的评价，他仍然觉得让大家获得开心才是最重要的。他年轻时还组织过属于自己的合唱团。

对于大家的任何评价，他会选择捂起耳朵。看着眼前的世界，他把人们幻想成可爱的鹦鹉，虽然它们不会讲话，可是，它们总能消除传递仇恨的声音。

若昂大叔是一个这样的人：在生活中接受快乐的事物，把愚蠢的偏见和低迷情绪全部留在其他世界。他觉得生命仅有一次，应该好好珍惜；这样至少他在离开这个世界的时候，不会有那么多的遗憾和不舍。

随着时间的推移，他从令人羡慕的青春时光，一转眼来到鬓角苍白的暮年。然而，若昂大叔却从未改变他的脾气秉性，从未失去内在的开朗，依旧爱好美食和打打闹闹。几乎所有的时间他都和年轻人待在一起吃喝玩乐，日子过得不亦乐乎。

不可否认，若昂大叔是个好色鬼；但是，他的内心里也确实住着一个真正的君子！那些女人和小伙子们能不喜欢他吗？他的运气也非常好，据说他年轻时有过四个情人；即便是现在，他仍然有三个女朋友。

“好啦！你们还想听这类的笑话吗？我的脑海里这类滑稽的故事有一箩筐！”在人们的笑声中，若昂大叔重复地说着这句话。接着，他又说：“我所讲的故事并不全是杜撰！我说的很多事情也曾经在现实中真实发生过。很多故事是我的两只眼睛告诉我的。”

若昂大叔清清嗓子，一抬手喝下一杯红葡萄酒。在座的其他人也跟着他的节奏一饮而尽——直到所有人的舌头都变直了。接着，他们又像得了传染病一样点上香烟。若阿金再一次给大家斟上红酒。若昂大叔打了一个哈欠对着在座的朋友说：

“曾经发生过一件事情，我记得很清楚。那是一个星期天，我去一个白皮肤男人家里给他剪头发，他的人品不错。我们的白人朋友特意买了几只野鸡当午饭。我给他剪完头发后，我们便在那里休息。白人让自己的妻子去把刚买回来的家禽杀掉做饭，可是，女人只懂很少的葡萄牙语。她不明白我们在说些什么，我重复说，把那只家禽杀掉。她却喃喃自语说，这里没有家禽，让我杀什么！”

大家的笑声打断了若昂大叔的讲话。所有在场的人再次欢腾起来，他们心里都特别感谢老头若昂，他所传播的幽默具有感染力。他们都尽情大笑着，红葡萄酒的助兴使得气氛越发高涨。

“好啦，我继续讲啊。这个嫁给白人的黑皮肤女人厌倦和别人吵架斗嘴；但是，她却抱怨自己的哥哥讲话不清楚，她的哥哥像她一样根本不会讲正宗的葡萄牙语。‘我现在年纪大了，以前，对你总是不闻不问，可是以后，我要常说常唠叨你。’随后，女人的哥哥开始长篇大论、滔滔不绝，让人难以接受的是，他竟然用土著语扯闲篇。当他的嘀咕被妹妹高声打断后，他像一块被人撕碎的布条，一动不动地坐在那里。混蛋女人看到哥哥被吓蒙了，却在一旁手舞足蹈。当时我们就在场，她还拿自己的哥哥打趣。有一次，我和她聊天，她跟我说她的白人丈夫没有羞耻心，真想有一天像烤小鸟一样也把他烤了。”

和若昂大叔在一起能让大家笑得前仰后合。老少爷们晚上聚集到若昂大叔身旁一边抽烟一边喝酒，一边听他讲述令人喷饭的笑话真是让人尽兴。

人们高声欢笑着，评论着刚刚故事中的人物和情节。突然，若阿金听到屋外有动静，他感觉到有一些声音正在接近这里。他知道这些声音是来自那些爱说爱笑的女同胞们，她们也喜欢来这里聊天！但是，今天这帮女人迟到了！

若阿金心情激动，幻想着和自己女友见面的情形，因为，寂寞一直在折磨着他。不过，他却故作镇定地端坐在凳子上等待门外的女人敲门——他可以飞一般地跳起来给她们开门。男人们总是用很多犀利的语言来形容其他人，他们觉得这些犀利的语言像辣椒一样给人一种无比的喜悦之感。听到女人们的敲门声了，若阿金却没有立即起身去开门，他想让等在门外的女人们着急。

不大一会儿，若阿金把凳子准备完毕，打开门，双手紧握站在门口。

心情荡漾！若阿金站在门口一直喘粗气，双唇也开始发干，全身微抖。他难以控制看到自己女朋友的喜悦之情！

他哆嗦着大声问好：“晚上好，女士们！”

“老少爷们好啊！”女人们异口同声地说。

这帮女人共计四个，走在前面的女人便是卡塔丽娜。男士们也都绅士地站了起来，和她们一行人逐个握手，并站在卡塔丽娜的面前习惯性地说：

“欢迎光临！”

“谢谢！”混乱中一个女人回答道。

其中的一个女人表情谦恭，身材高挑，穿着十分讲究，透出一种儒雅的气质。这个女人便是卡塔丽娜。她心灵手巧，厨艺精湛，不但懂得制作面团、可可奶酪，还会酿造葡萄酒。她性格也十分开朗，很容易和人们相处，还喜欢在大家面前撒娇卖萌。

二

这帮男男女女是在若阿金家举办的一次舞会上相识的。

那次舞会气氛和谐，充满了浓浓的爱意，一些人一边跳着欢快的舞蹈一边哈哈大笑。男人们在自己的上衣口袋里插上一枝鲜花，女人们身穿靓丽的衣服并且在头上扎上黄丝带。所有在场的人都激昂地展示着自己的歌喉：

我是一颗飞翔的子弹，
我们是斗争中打斗的主人。
大刀像尊贵而神秘的陌生人，
它像军人一样行走在宽阔的大路上。

我们每天要歌唱，
今天终于到来了。
大刀是尊贵而神秘的陌生人，

像是行走在宽阔大路上的军人。

女主人散发着光芒，
奴隶的生活一去不返，大刀，
大刀是尊贵而神秘的陌生人，
像是行走在宽阔大路上的军人。

你购买了一个情人，
她像你的妻子一样，大刀，
当情人逃走的时候，
家中只剩下了我自己，大刀。

金钱，给了你，
大刀比我的生命还要重要。
大刀是尊贵而神秘的陌生人，
像是行走在宽阔大路上的军人。

将领们用它指挥战斗，
它就是大刀！

大家围成一个圆圈，并且一起用手掌拍打着节奏。

接着，所有人一起向圆圈中心跳去，然后又开始往后退。每个男人都跳到自己喜欢的女人的面前，一只手放在自己的胸前，用绅士般的礼节向女人们献殷勤，甚至展开猛烈的求爱攻势。绅士们和淑女们集中在客厅里，他们走到属于自己的位置，手搭手开始展现美妙的舞姿，他们像舞动的圆圈般华美。一些舞伴下场休息的时候，又会有新的舞伴补上空缺。安哥拉传统的桑巴民间音乐敲击出独特的音乐节奏。

两盏巨大的电池灯照亮了整个客厅，绅士们和淑女们组成的圆圈在舞池中来回跳动。他们先是跳起旋转式的舞蹈，接着，又跳起罗安达地区最流行的马桑巴舞蹈。

现场的气氛火热，伴随着热烈的音乐节奏，人们彻底融入了音乐中。和谐欢快的氛围充满了整个客厅，产生了一种格外温馨的意境。弹奏乐器的男人手持竹筒制成的打击乐器边走边击打，一些人一边击打一边嬉笑打闹，并像疯子一样疯狂地舞蹈。可是，却没有一个人在意乐器敲打出的节奏正确与否。敲打竹筒的人十分的愚蠢，只知道哈哈大笑，凭借幻想，他们的心听见了和谐的叹息声，以及那些聊着的爱情，孕育着的爱情。

大家被悦耳的音乐点燃了爱火，若阿金也早已倾倒在卡塔丽娜的石榴裙下——他邀请自己心爱的女神跳起桑巴舞。当他们两人的身体碰撞在一起时，他轻声地向卡塔丽娜倾诉甜言蜜语。女人看着若阿金笑了，但是，却没有给他任何的回答，只是继续跟他跳舞。

若阿金感觉到精神焕发，心里非常高兴，终于可以和自己心目中的女神倾诉爱慕之情了，并有很大的机会得到女神的回信。跳舞过程中，两个人的身体相互碰撞，他们享受这种美妙的感觉。若阿金嘟嘟囔囔地说出自己深藏在心的话语："我迷恋上你啦！我真的很喜欢你！你将永远是我的全部！自从我看见你，我的心就一直扑通扑通跳个不停！"他幸福地享受着和她共舞桑巴的美好时光。

音乐停顿了下来，打断了大家跳舞的节奏。一些人拍着巴掌打着节奏走出客厅，他们像刚刚从笼中放飞的翠鸟般一起冲向小院。

卡塔丽娜走到房间的角落里坐下，心里有种羞涩的感觉。若阿金看着娇滴滴的卡塔丽娜更加爱在心头，不知不觉中口水都流了出来，滴在他深色的牛仔裤上。现在屋内人很少，他想利用这个机会，再和卡塔丽娜说说话。

“卡塔丽娜，你知道吗？我非常喜欢你啊！”

卡塔丽娜用颤巍巍的声音说：

“是吗？我不知道……”

“当然，我非常喜欢你！我无时无刻不在想念你，连吃饭走路时我也在想你……”

“哈哈哈！”卡塔丽娜笑了起来。

“你别光是发笑啊！你如果愿意做我的女朋友，你给我送点可可果和生姜吧。”

卡塔丽娜回答说：“我没有钱买可可果和生姜啊，我自己便是可可果和生姜……”

“那好，你如果是可可果，现在躺在我的盘子里吧……”

卡塔丽娜怔怔地看着若阿金，心里起了疑惑。她用一种异样的眼光看着眼前的男人说：

“在罗安达有那么多的漂亮女人，你为什么只喜欢我？”

“是啊，我心里只喜欢你一个人，并不是所有的漂亮女人我都喜欢。”接着，他又深情地说，“你是否接受我的请求啊？你愿意做我的女朋友吗？说话啊！”

卡塔丽娜躲开了，她没有听清若阿金后边的问话，便径直跑到了屋外的小院子里。

小院子里有几对“鸳鸯”聚集着，他们分别是：玛丽卡斯小姐和西科，伦芭小姐和贝尔纳多，西米尼亚和若昂。他们几个人一直在院子里叽叽喳喳天南海北地畅谈着。一位绅士抽起雪茄烟，他从口袋里拿出雪茄烟的时候，故意在手里把玩了很长时间——这是在向其他人炫耀自己的财富。女人们主动要求他给自己的杯子里倒满白葡萄酒或甜酒、烈酒等。这个家里所有的酒精饮品几个女人都点了一遍。若阿金家中的厨房是用茅草秆建造的，盘子和煮饭的锅是陶制的。在一个用三脚架支撑起来的火炉上安放着一口陶锅，锅里面咕嘟咕嘟地冒着热气。火炉边坐着一个上了年纪的老太太，她是今天晚饭的大厨。晚饭的品种有汤、煮大豆、炸鱼和白米饭。这些饭菜是这帮男女指定的。但是，这些丰盛的餐食要在第二回音乐停顿期间才能享受。现在是音乐第一回停顿时间。第二次音乐停顿的时候，女人们都聚到草席上，男人们则聚在桌子旁边。在皎洁的月光下面，只有卡塔丽娜没有心情看热闹。

面对自己舞伴的分心，若阿金没了跳舞的心情，只是烦躁地在院子里来回打转。

两个人没有找到共同话题的时候，只能沉默地听小院子里其他情侣们的对话。

“你……你送给我这么多粉红色的手帕，你都把我变傻了！”一个女人说。

男方听了女人的话，立即开始献殷勤，他整理一下身上穿着的开司米西服，双手插在口袋里，右腿单膝跪地，向自己面前的女人展开求爱攻势。

“喂，小伙子，你可要小心点啊！我现在年纪可不小了，在我还是小姑娘的时候有很多男人看见我就流口水。现在我年纪不小了，已经不是小姑娘了，而且也不会像小女孩那样撒娇装嫩了。”

“你别说了！我就是喜欢像你这样有风韵的女人，那些小姑娘我一点都不感兴趣。对于我来说，成熟的女人更加有吸引力。”

女方嘟嘟囔囔地说：“哦！你看你的样子！难道你在家里有个老婆，外面还要再养一个小老婆吗？”

“你别说这样没有教养的胡话！”男人用审视的眼光打量着女方。

“啊！对不起，就算我没有说！不过，以后你不要像那个基然古先生（有名的花心大少爷）啊！”

“你觉得我会像他那样吗？至少我认为我不会。如果你同意，就请做我的女人吧！”

接着，他们又听到另外一对男女的说话声。

“嘿，济托，你的酒钱还没有支付吗？”小若昂娜正在要求济托付钱。她仔细打量着站在自己面前的小胖子，只见他双手插在裤兜里。

“真见鬼！你知道我这里从不赊账……你来这里参加派对难道一分钱不带吗？你这个吝啬鬼！”小若昂娜一阵数落。

济托说：“吝啬鬼？！我才不是！我只是忘记带钱。”

“你这样的穷鬼我见得多了！以后，别想再让我给你倒酒。”

然后，他们又听到一对情侣的对话。

“萨拉，我们拉钩！”小罗莎姑娘伸出小手指对着面前的高个子年轻人说。

“为什么要拉钩啊？”

“在《圣经》中马特乌斯曾说过，我们的圣女在月亮上写下人类创造世界，圣母的母亲圣女安娜创造了世界。所以，我们要在月亮下起誓。”

“好了，不说这个！我想先吃点东西。”

若阿金点着了一根香烟，想了想又把香烟掐灭放回烟盒。他到底还能对卡塔丽娜说些什么呢？难道要使用花言巧语吗？对，还是用些花言巧语的手段，只有这样才能更快地说服她。接着，他把自己所有的花言巧语一股脑说出来：

“卡塔丽娜，我和你已经很熟悉了。记得有一天，我想跟在你的身后，找寻机会把我的心里话告诉你。但是，当我快要接近你的时候，我的心却有些害怕：当喜欢一个人到极致的话，便会像一个幼稚的孩子，他想把心里的话说出来的时候，心里却有些畏惧和小害羞。当然，也有一些厚脸皮的人想追求你，只要他们喜欢某个女人便会展开猛烈的求爱攻势，直到追到手才算罢休！我是那种脸皮薄、性格又内向的人，心里有很多话不敢向你说出来，自己默默地想着你，想象着和你在一起的日子。”

听完若阿金的话，卡塔丽娜感到非常幸福，但是，她却扭动着自己婀娜的身体冷冷地笑着说：

“哈哈哈！那些男人和你一样都没有看到我的缺点。”

“你现在没有看见我是多么的可怜吗？卡塔丽娜，我向你发誓，我说的全是真心话！”

“哼！谁知道你说的是不是真话！”

“你是在跟我开玩笑吗？你不喜欢我吗……”

“也许，时间久了我便会喜欢你！你刚刚叫我是为了跟我说这些吗？”卡塔丽娜问道。

“是啊，你别责怪我。我之前跟你说当一个男人喜欢一个女人的时候，他的心不会平静。难道我说错了吗？”

“我不知道啊。我从未喜欢过一个人啊……”

“从现在开始你喜欢我吧。”

若阿金看着卡塔丽娜细嫩诱人的皮肤，他的声音开始颤抖起来：

“你说话啊！你是否愿意做我的女人？”

卡塔丽娜哈哈大笑着跑了出去，和她的女朋友坐在一起。可是，若阿金心里仍然充满希望。

音乐声又响起来，人们返回客厅里又开始跳舞。他们手拉手肩并肩地围起一个圆圈，跟随着音乐的节奏摇摆起来。最后，他们有节奏地拍着巴掌使得气氛达到了高潮。

圈圈舞是一种需要统一指挥的舞蹈。

舞会上伴随着和谐的叹息声，掺杂着竹筒乐器的击打声。人们的身体不停地在舞池中摆动着，产生诸多的欲望和感情。若阿金仍然期待着：“你别忘了你的承诺啊！我的心里只有你啊！我一直在想你！”他不停地在桑巴舞中寻找着刺激和快乐。

三

几个星期过后，卡塔丽娜接受了若阿金的求爱。她让一个小姑娘当信使给若阿金带去一些象征性的礼物：一些可可果和生姜，还有一小桶用玉米酿造的啤酒——因为若阿金非常喜欢玉米啤酒。但是，她却要求若阿金严格保守秘密，这样她才会真心喜欢他。

原来，自从那晚和卡塔丽娜聊天之后，若阿金持续向自己心爱的女人献殷勤，和她约会见面，有时候还会不顾脸面地在她面前装嫩扮可爱。

有一天，卡塔丽娜去自己的朋友安东尼卡家里串门。安东尼卡是她从小玩到大的好朋友。她看着自己的发小安东尼卡说：“好姐们，我想听听你对若阿金的看法和意见，你觉得我是否应该选择他啊？”在上次的舞会上，安东尼卡认识了若阿金，她特别注意观察他的外貌和行为举止。当卡塔丽娜和他一起跳舞的时候，她觉得在若阿金的身上找不到任何的缺点！接着，安东尼卡开始说出自己的建议：

“他当然愿意接受你。你的秉性很好，不爱发脾气。而且，两个人也都不是那种爱骂骂咧咧的人。他个子很高，你的个头也不算矮；他不瘦，你也不胖；你的长相很靓丽，他的样子也很帅气；他本人非常喜欢你，你也从未说过不喜欢他，对吧？”

安东尼卡接着说：“卡塔丽娜，你别在那里傻笑啊！你难道傻了吗？我现在可是在给你建议。我所说的也都是我亲眼看见的。”说完，安东尼卡也笑了。

正当卡塔丽娜脑中想着刚刚安东尼卡说的那些话时，若阿金突然出现在她的面前。他慢慢地靠近自己的准女友，拉着她的一只手要给她戴上一枚银质的戒指。可是卡塔丽娜急忙把手缩了回去——她愿意成为若阿金的女朋友，可是她却不愿意成为他的妻子。她的脸上露出一种尴尬的笑容，说：

“啊！不，不！你拿着你的戒指！谢谢，我不能收这么贵重的礼物！我现在还没有考虑清楚啊！你拿好你的戒指吧！太烦人啦，你赶快拿着戒指。我的心已经告诉我不能收你的戒指。”

戒指像是把两个人的感觉圈在了一起。其实，卡塔丽娜内心非常高兴看到若阿金这样的表现，但她仍然认为无论怎么样，只有时间才是真爱的见证人。

卡塔丽娜依旧没有对若阿金说同意与否，她一直拖延着没有给他答复。事实上，这个时候卡塔丽娜已经慢慢地喜欢上了若阿金，只是她不愿意轻率地接受这份爱情——女人的嘴巴如果太随意，容易把自己拉进地狱。

随后的几天里，卡塔丽娜仍然没有给若阿金任何答复。

一天晚上，月色皎洁，两个人终于找到机会在卡塔丽娜家院子后面碰头。若阿金再次开始向面前的女孩子吐露真心，他再次鼓起勇气用自己的实际行动为自己争取真爱。卡塔丽娜有些许的犹豫，找出一些推脱的说辞。但其实，她本人也忍受着那种灼热的煎熬。她像患上了犹豫综合征，羞涩感包围着她。若阿金心急如焚，有些生气地说：“你别害羞，快给我一个说法，我是在和你谈正经的事。”卡塔丽娜却总是躲避他的问题，并露出一种苦恼的表情。这使若阿金陷入了沉默。

邻居家里有一个孩子们组成的合唱团，小孩子们正手拉手围成一个圆圈安静地坐在地上吟唱着：

秃鹰带走了我的孩子！
我的天啊！
明天，我也会带走它们的孩子。
我的天啊！

几分钟后，若阿金站起来和卡塔丽娜告别：

“好啦，我知道你的意思了，你不愿意做我的女人，是吧？你会后悔的。上帝保佑你！”

“你别生气啊！我……我愿意做你的女人，我愿意！”说这话时卡塔丽娜整个人都软了，一只手紧张地放在胸口上。

她心里很害羞却不再焦虑，在院子的拐角处她点头同意了若阿金的请求。

若阿金高兴地吹起口哨，他兴高采烈地跑到蜂房旁边，响亮的口哨声响彻天空。

秃鹰带走了我的孩子！
我的天啊！

明天，我也会带走它们的孩子。

我的天啊！

第二天，若阿金再一次得到肯定的答复——卡塔丽娜给他送来传统的定情礼物，并且礼物也经过精心的包装！可可果和生姜都用一小块崭新的手帕包裹着，还有好喝的玉米啤酒。所有的一切都整理得非常漂亮——卡塔丽娜想把自己送的东西做成若阿金今生收到的最好的礼物。

在随后的一个月里，若阿金和卡塔丽娜两个人热烈地相爱了。

一天下午，两个女人从卡塔丽娜的家出来又来到若阿金家。这是两个身着妖艳服装的媒婆，她们请若阿金的家人谈谈对若阿金的看法，并特别要求若阿金的家人谈谈若阿金的生活习惯。

若阿金的母亲非常诙谐地说："如果你们想了解若阿金，最好和他谈恋爱。现在，我们对他了解得也不多。况且我们也不想告诉你们，他现在年纪不小了。"

为了避免出现情敌，若阿金煞费苦心。在随后的两个月里，他一直在张罗着给自己的女朋友和她的家人购买礼物：给卡塔丽娜买了一条非常漂亮的裹头巾和一匹鲜艳的花布；给他未来的丈母娘买了一瓶白酒和一包烟草，一些可可果、生姜和一个烟斗。

又是几个月过去了，那两个媒婆穿着和上次一模一样的衣服又出现了。她们两人有了一个新使命——提亲——在若阿金和卡塔丽娜两个人喝交杯酒之前，先要商讨一下彩礼的事情。她们共计要求两匹薄纱、一条裹头巾、两瓶白酒、两瓶红葡萄酒、两瓶杜松子酒和三千六百块钱。

四

结婚彩礼格外的殷实，即便如此也难以堵住嫉妒者和不怀好意者的嘴。卡塔丽娜和若阿金一起去试穿结婚礼服，两个人像超级巨星一样备受大家的关注。

若昂娜是若阿金的前女友。当她在闺蜜因格拉塔家中了解到发生的一切后，心里像压了一块石头般喘不过气来。自从她知道可恶的卡塔丽娜得到了她梦中的如意郎君之后，她再也没有给过任何人好脸。

“你看看卡塔丽娜，她那张脸像一个冷冰冰的屁股！你们看看她是怎么走路的——好像被狼追一样，脚底带起浓重的灰尘！”若昂娜这样评价卡塔丽娜。

每当两人相遇的时候，卡塔丽娜赶忙躲避开若昂娜恶毒的眼神，不敢直视她的眼睛。若昂娜却故意和别人在一旁议论卡塔丽娜的是非，挑出她的缺点和不足之处。

若昂娜为了得到旧爱，还找到当地的一位巫师。她讲述了她和若阿金的故事之后，便请求巫师使用巫术帮她重新获得若阿金的爱。

巫师爽快地回答："好啊！你到市场上买一个鸡蛋、一包石灰粉、一包赭石粉、一根灌木枝（具有麻醉和镇定功能）、一根植物藤和一片葫芦藤的叶子。我本人不信任你的那些左邻右舍，所以，我会在明天晚上悄悄地到你家里去。红葡萄酒也是不能少的，因为我需要用葡萄酒才能把这项巫术施展得天衣无缝。当然，我本人也要品尝一点。你的男朋友马上会回到你的身边！等着瞧吧……"

第二天，除了买巫师要求的东西外，若昂娜还买了避孕套。晚上，巫师兑现自己的承诺施展了巫术。在房外，巫师和若昂娜两个人先是坐在门口的土地上，然后，他们围着一个地方顺时针转圈。到了深夜时，他们低着头在那里窃窃私语。巫师从自己的口袋里掏出一把小刀，在地面上挖出一个小坑，他把石灰粉和赭石粉弄碎做成散药剂的样子，并用它们画出了两条曲线；随后，又用石灰粉画出一条横线，用赭石粉画出一条竖线。接着，巫师把用葫芦藤制成的一架小秋千放在小坑里，一边放秋千一边嘴里还默默地念数字，直到数到九的时候才停止。然后他拿着一个鸡蛋和两个石头蛋放在了秋千上面。

"若阿金先生，我现在要让你坐在这里！"巫师庄重地说，"请你忘记卡塔丽娜，回到若昂娜的身边，现在这里才是你真正的家。听到了吗？"

他拿着长十二米的植物藤拴住鸡蛋的一端，焚烧了葫芦藤的叶子，把叶子焚烧物弄成了一小撮灰。

"你们两个人将在一起，你们相爱的灵魂回来吧。"巫师开始大声号叫，接着，他端起酒杯在小坑里面洒了九滴红酒，同时，一边念出施展巫术的咒语，“这杯红酒给各位大仙，我需要用巫术来改变他的心。把他以前的心还给他的前女朋友。作为一名巫师，使用神灵赐予的法力让小伙子若阿金回心转意，我的口哨响起时请各位大仙们尽情享用美味的红酒，并奉上三百六十块钱作为献礼呈给上仙。”

那天是一个可怕的日子，若昂娜感觉到自己非常不适并且全身充满厌恶感，仿佛有人在她的喉咙里放了一颗圆球——她从未想过爱情可以通过巫术得到。

我们期待着若阿金不受巫术的控制，若昂娜也能回心转意。

若昂娜的心对自己说，这个决定对他们两个人来说并不是儿戏，希望她能重新考虑。见此情景，巫师也愿意再给她一次机会把巫术作废，以免她日后后悔。可是，若昂娜还是决定用巫术的力量唤回她失去的若阿金。并且，为了让日后人们减少对她的厌恶感，也为了让自己的心里好受一些，她说出了很多自我辩护的理由。

就这样，一切都晚了，黑色的大幕即将拉开。

一天，若昂娜想走近道回家，因此，她路过了因孔博达地区一间很大的蜂房。村子里很多房子的屋顶是用稻草搭成的，由于恶劣天气的原因，一些屋顶已经是破旧不堪。一些顽皮的孩子常在房子里搞破坏，以致很多房子只剩下搭建房子时使用的大木棍，或者说茅草屋只剩下了框架。屋里地面上大都只铺着一些草席和竹子编成的席子。年纪幼小的孩子们光着屁股嬉戏打闹，年纪稍长的孩子们多穿着肥大的衬衫，成年人多穿着整齐的裤子，外出做小生意的女人们则从上到下穿戴得整整齐齐。在茅草屋的厨房里都安放着一个三角炉，炉子上烹煮着食物。自由散漫的小母鸡、猪、山羊，在没有明显路面特征的小径上漫不经心地吃着青草。

若昂娜慢慢地在小径上走着，她的身形具有非洲女人的共同特点——圆润的身体，扭动着的丰满臀部，这给她提供了旺盛性欲的原动力。她黑黑的眼睛镶嵌在圆圆的大脸上，而且，脸上的皮肤泛起一股黄色。她的皮肤质地紧致又富有弹性。

当若昂娜往家里赶的时候，她的朋友因格拉塔也没有待在自己家里。若昂娜一面走一面和她认识的人问好打招呼。快到自己家时，突然，她听到一声尖叫：

“哎呀，因格拉塔！原来是因格拉塔小姑娘啊！”

若昂娜停下脚步在房子的拐角处和自己的朋友迎面相撞。因格拉塔个头不高，身材臃肿，皮肤黝黑。不过，她拥有一双大大的眼睛和两排整齐洁白的牙齿。

“哦，是若昂娜啊！”因格拉塔笑着说。

握手寒暄之后，两个人觉得没什么意思，便跑到附近的一棵梧桐树下。

树梢上站着一只身披浅蓝色外衣的小鸟，它似乎有些悲伤。旁边的小路上，总有三三两两的行人经过。一位卖鱼的妇人头顶着一个很大的盘子从此经过，她的容貌十分出众，每天都走街串巷大声吆喝：“卖鱼了，小西鲱、大肥鱼了！只要十五块钱一条！”渔妇用她被大海磨砺过的嗓音吆喝着。附近，一股强劲的海风吹过来，夹杂着一股海鱼尸体腐臭的气味。即便如此，很多海鱼还是到了人们的餐桌上。成群的苍蝇到处飞，发出嗡嗡的声音；安静的只是那辛勤搬运粪便的蜣螂虫，它们还有另外一个不太雅致的名字屎壳郎。在一片绿意盎然的地方，生长着很多体形庞大的仙人掌，一些高大的仙人掌树上面开出黄颜色的鲜花。一些紫色的果实悬挂在高大的橡胶树上，橡胶树流出的胶汁是有害物质，这种胶汁经常用于工业方面。在村子周围有很多的大树。高大的猴面包树上总是落着很多的小鸟和知了，树上挂着很多长长的面包果。村子的风景美得就像布匹上美妙的水彩画。太阳西斜的时候，余晖染红了半个天空。

“因格拉塔，你现在听到我们村子里那些流言蜚语了吗？”若昂娜双手叉腰严肃地看着自己的同伴。

“是啊，我早就听说了。”因格拉塔笑着说。

“是吗？你知道什么啊？不如跟我讲讲啊。”

“是那个打架斗殴的事情啊。”

“打架斗殴？可是，谁跟谁打架斗殴？”若昂娜一头雾水，她眨着一只眼睛问。

“啊！难道你不是问我关于女汉子娅娅和那个男人打架的事情吗？”因格拉塔疑惑地问。

“不是，当然不是了。娅娅和她男人打架的事早已经是陈芝麻烂谷子的事了！我现在说的是蠢驴若阿金给长得像猴子的卡塔丽娜送彩礼的事情。”

“啊？他已经把彩礼给了卡塔丽娜了吗？”因格拉塔双手叉腰站在那里问道。她一边问一边不时晃动着手腕上的彩色珠链。

“他把所有的彩礼都送给他的未婚妻了！”若昂娜回答说。

“真的吗？他给那个骚货送什么礼物啦？”

“两个人真是一对憨货！我听说若阿金要给那个骚货盖所房子！”

“盖一所房子吗？听起来不像是真的！他本人有那么多钱盖房子吗？他那穷酸样子，一穷二白，你看看他现在的家，家徒四壁。”因格拉塔嫉妒地说。

“姐们，那个骚货运气好。她的家里人也愿意收憨货若阿金的彩礼。听说那些彩礼没有一件值钱的东西。可是，那个贱女人还是收下了彩礼。骚货卡塔丽娜偷了应该属于我的男人！哼，走着瞧！”愤怒的若昂娜双手捶打着地面。

“骚货的母亲洛洛塔老太太接受了若阿金的所有彩礼吗？”因格拉塔问道。

她们身边生长着一棵假苹婆树，一个果子从树枝上掉下来。果实掉落时和树叶产生了摩擦的沙沙声，并重重地落在地面上。那只身披蓝色外衣、翅膀的边缘有些许白色的小鸟——它有一张又小又尖的喙——它被果实落地的声音吓到了，停止了自己动听的鸣叫声，跳到另一棵树上飞走了。这一下，假苹婆树附近的很多小鸟都受到惊吓飞走了，只剩下枝头无趣的蝉不知疲惫地吱吱鸣叫，仿佛它们要把自己的歌声充满整个天空一般。

若昂娜和因格拉塔也被突如其来的这一幕吓得惊魂失魄，不由自主地大叫起来。

“如果是小孩子在这里一定会被吓死。”若昂娜说道。

“如果坐在树下的孩子向上看的话，坚硬的果实一定会把孩子的眼睛砸伤。”

“是啊。不过，我们还是接着刚才的话题吧。我问你，卡塔丽娜的母亲接受了若阿金的所有彩礼吗？”因格拉塔又追问道。

“骚货无耻之极！她使用美人计把蠢得像驴子一样的若阿金抢走……”

“你放心，你的男朋友绝对不会被人抢走，你可以让他们见识一下什么是巫术……”

她们一边聊天一边慢慢地走到一棵大树旁。她们重新整理着自己头上的印花发带，发带是女人们在日常服饰里和出席重要场合时绝对不能缺少的装饰品。接着，她们走到一条由红色沙子铺成的小路上，小路通向回家的路。最后，两个人又聊了几句说了再见，各回各家。

“嘿，姐们！”若昂娜喊道。

听到朋友叫自己，因格拉塔返回来问道：“怎么了？”

“喂！你过来啊！”因格拉塔听到若昂娜的叫声慢慢地走过来，她的头上披着一条黑色的头巾。

“怎么，你还有什么事情吗？”因格拉塔问道。

“没有啊！我是想知道为什么娅娅和自己的男人打架。”

“嗨，原因很简单啊，还不是因为她爱吃醋嘛！我们的那些男人不想只有一个女人！他们喜欢今天和这个女人睡觉，明天再和另外一个女人睡觉，等到大后天再和第三个女人睡觉。娅娅这个女人，你又不是不清楚，她就是一个出了名的醋坛子，不喜欢她的男人寻花问柳。好像是昨天还是前天的事情，正好被娅娅捉奸在床，结果可想而知。他们两个互相厮打谩骂，而且还相互撕咬呢。”

“哎呀，娅娅大姐真是太笨了！如果换成是我，我一定把他的老二拔下来。”

说完，她们两人又互道告别，但是，这次两个人分开的时候却是哈哈大笑着的。

五

尽管那些八卦新闻和流言蜚语漫天飞，但若阿金和卡塔丽娜两个人依旧按部就班地准备着他们的婚礼。在举行婚礼的前十六天，家里人请来了一位巫师，请他给卡塔丽娜施法，保佑她能够顺利怀上孩子，并且预防孩子早产。因为在卡塔丽娜出生的时候，身体条件不好，总是生病，家人担心如果没有巫师施法护佑容易发生早产和死胎。

请来的巫师身体胖胖的，而且年纪不小了，穿着一般。上身穿着一件衬衫，披着一个大褂，下身身着一条长裤，腰间系着一条宽宽的腰带，并且腰带一直垂到脚踝处。在他大大的光头上戴着一顶椰子壳制作的小帽子。老头年纪不小，可是，全身却干净整齐。他右手拿着一根有很多竹节的拐杖，左手里拿着一个棕榈树皮制成的包，或者说是一个篮子——里面装了很多施法需要用的物品。

当他走进院子的时候，他高兴地大声喊道：

“我来了！你们快出来迎接我啊……”

卡塔丽娜的母亲从屋子里跑了出来，上前迎接道：

“我的大师，您来了，快请进啊。”

两人互相问候之后，又穿过走廊到了客厅。巫师摘下自己头顶上的帽子放在桌子上，将手里的拐杖也轻轻地靠在墙边。

卡塔丽娜身材苗条，个头中等，她从自己的房间里轻轻地走了出来，用非常悦耳动听的声音轻声地向巫师问好：

“大师，您好，祝您幸福！”

卡塔丽娜的母亲看到自己的女儿从房中走了出来，便请巫师进女儿房中施法，她用邀请的手势说：

“大师，您可以进我女儿的房间啦！”

话音落地，巫师、卡塔丽娜和她的母亲一个接一个进入了房间。这个房间简陋极了，墙体是用红泥制成的，上面已布满了大大小小的坑。在房间的一角放置着一张木质床，床上没有床垫，简单地铺了一张草席；另一个墙角放着一只箱子。房门的造型呈三角形，房门旁边放置着一个陶罐。透过窗户，可以欣赏到大自然的美丽风光，呼吸到大自然特有的香气。

巫师走进房间，把手中的包放在地上，从里面拿出来一包石灰和一块红色的赭石。他要求两个女人安静地站着，不能发出一点声响。接着，他在地上画出了一个十字架的符号。

“你们去给我拿一块新席子过来。”巫师说道。卡塔丽娜的母亲从屋子的一角拿出了一张卷在一起的席子递给了他。

巫师打开席子之后在上面重复地写了几个字符。然后，他用两只手搀扶着卡塔丽娜站在席子上面，并让她慢慢下蹲再慢慢地站起来，并重复做了九次。

最后，巫师让卡塔丽娜坐在席子上。他从自己的包中拿出黑檀木和一块红色砖头，并在砖头上画出一个不同样式的十字架。

“拿着吧！”他把黑檀木和砖头递给了卡塔丽娜。

卡塔丽娜双腿跪在席子上，双手紧紧地抓住黑色檀木和红色砖头。她知道把黑檀木与红色砖头放在一起会产生神奇的作用。

“从现在开始，你必须在自己的房间里待上八天的时间。在这八天的时间里，你用黑檀木摩擦红色的砖头，你还要用摩擦出来的木屑制作成八个小圆球和一个像椰子果一半大的圆球，你听见了吗？”巫师用粗犷的声音命令着卡塔丽娜，然后，起身结束了咒语的诵念。

巫师走到卡塔丽娜母亲的身边叮嘱说：

“众所周知，任何男人在这八天期间都不能进入卡塔丽娜的房间。当然，小孩子除外。女人如果想进房间，只能是处女之身或者没有结婚的女人才可以……”

巫师收拾好自己随身携带的东西，告别了已经开始摩擦黑檀木和红砖的卡塔丽娜，由她母亲陪着走出了卡塔丽娜的房间。

在院子里，两个人停住了脚步，巫师想再叮嘱卡塔丽娜的母亲做好其他几件事请。巫师一只手拿着椰子皮的小帽子，另一只手挥动着拐杖大声地说：

“我在第九天的时候会再次来到你家里，你们别忘记买些东西啊……”

卡塔丽娜的母亲询问说：

“大师，您看我需要买什么东西呢？”

“你们需要买一只红色羽毛的公鸡，记住，公鸡必须长有五个脚趾，它是给牧师准备的；你们还需要买一只白色羽毛的母鸡，这只母鸡是给生育女神准备的；你们还要买一些牛肉、猪肉、鲶鱼和河鲈，再买一些大豆、豇豆、玉米粉、木薯粉、蜂蜜和橄榄油，还要买一些辅料：奶油、干果、无花果。当然，红酒是不能少的，给我买一瓶，再给其他来宾准备一些。最重要的是，别忘了给生育女神和她的随行准备两匹新布。”

“如果买不到猪肉怎么办呢？”母亲问道。

“如果买不到猪肉，可以买点香肠和猪头肉……”

说完，巫师向大家施以大礼并走出了院子，在他大大的光头上顶着一顶小小的椰子壳帽。

一大早，太阳的光线就非常强烈。巫师很讲礼节地走到大门口，伴随他的只有强烈的阳光，太阳照得他眯起了眼睛。巫师魁梧的身体行走在高大的仙人掌和灌木丛之间。大海上空的白云蹒跚着前进，路面上的沙土被风吹起。卡塔丽娜的母亲静静地站在那里，头脑中想着巫师的叮嘱，直看着神奇的巫师消失在路的尽头。

若昂大叔正好从卡塔丽娜家门口经过，他转过一个小弯走到卡塔丽娜的母亲面前，说：

“大妹子，你站在门口想什么呢？”

“我刚刚把佩德罗大师送走，正好在门口想点事情。”

“谁是佩德罗大师啊？他是谁啊？”

“他呀！他是一个住在本戈省的巫师……”

“哦，那他来这里所为何事啊？”

“他来这里是为了卡塔丽娜，眼看她就要出嫁了……”

“她要嫁给若阿金了，是吗？”

“嗯，是啊。”

“不错，若阿金是个好小伙子。小姑娘挑对人啦！现在，你们这帮人是把我给忘啦，也没有邀请我过来参加婚礼啊！”

卡塔丽娜的母亲呵呵笑着说：

“这些都是他们男人的错啊，再说，您根本不需要我们的邀请便可以参加我们孩子的婚礼啊。”

“卡塔丽娜在哪里呢？”

“在房间里呢。”

“她和菲娜在一起吗？”

“没有啊。菲娜和吉列尔米娜一起出去了。她们一起去商店买点东西。”

“小姑娘桑塔在吗？”

“没有，小桑塔也出去了。”

虽然没有卡塔丽娜母亲的准许，但若昂大叔就像家人一样走到院子里。

若昂大叔用取笑的声音说：“小姑娘卡塔丽娜，赶紧出来啊。”

卡塔丽娜的母亲赶紧走过来，严肃地说：

“大叔，卡塔丽娜现在不能跟任何人说话！她现在已经开始用黑檀木摩擦红砖了。”

“真不幸啊！也就是说，她必须在房间里待上八天时间，是吗？”

“要不她能怎么办呢？这都是老祖宗留下的规矩……”

两个人边说边走，来到了一棵高大的无花果树下。在大树的树荫下面静静地放着一个蒜臼，若昂大叔走过去坐在蒜臼上面接着说：

“你们这些黑人，思想观念总是这么落后。两个孩子结婚在一起，还需要请巫师过来施法保佑啊？家里有病人的时候，你们请巫师前来诊治病情；有人去世的时候，也总是少不了巫师的身影；即便是有人做噩梦了，也要请巫师到家里施法保佑；还有，家里有些鸡毛蒜皮的事，你们也总要把巫师叫到家里坐坐。有事情你们总是想到巫师，难道这个世界上除了巫师就没有别的人了吗？！”

卡塔丽娜的母亲坐在离若昂大叔不远处的小凳子上，听了若昂大叔的话，她的脸上露出了惊讶的表情，她用讶异的目光注视着他，虽然她知道，若昂大叔见多识广，讲起话来诙谐幽默。她压住自己的怒火反驳说：

“您知道为什么我们总是请巫师吗？在我们这里难道不是巫医在给我们这些人诊病吗？您，若昂大叔，难道不知道人类的灵魂有善与丑之分吗？如果没有巫医帮我们施法护佑，谁能在这里帮助我们？又有谁能让愤怒的鬼魂平静下来，又有谁能把恶与丑的事物铲除殆尽？通过他们的施法护佑，我们这些人都看到了希望的曙光。所以说在我们眼里，巫师是最值得人尊敬的神医，也是唯一能够帮我们净化灵魂的人。所以，我们需要巫医的帮助，我们也必须倾听巫医的指导和建议。在这个世界上，巫术是真实存在的。若昂大叔，您现在明白我的话了吗？”

接着，她又小声对若昂大叔说：“哎，假如您是白人的话，您肯定会是一个坚定的西方无神论者。我现在的所作所为都是爷爷奶奶祖祖辈辈传给我的经验啊！再说了，难道他们白人就没有巫师和迷信的人吗？”

若昂大叔聚精会神地倾听着卡塔丽娜母亲的话语。他说：

“是啊，大妹子！你说得非常对。即便是白人也有他们自己的巫术迷信，只不过他们用的名字不同罢了。很多时候，他们也在使用巫术或者是占卜术：通过夜观天象得出凶吉祸福，有些人通过观人眉宇和看手相判断吉凶，还有一些人则善于摆弄塔罗牌，极少数人会使用通灵的手法预测祸福，这一点他们有点像我们非洲的人！”

接着，他带着种优越感说道：

“有些白人相信存在巫术，可是，并不是所有的白人都相信啊。大妹子，你说我讲得对不对啊？”说着他跷起二郎腿，双手交叉握在一起大笑起来。

“呵呵，你这老头真可笑啊！你别在这里崇洋媚外。”卡塔丽娜的母亲不屑地笑了。

小院子里，小动物们东走走西逛逛，从院子这头走到那头，好不悠闲。一只胖胖的小母鸡，看样子应该是北宽扎地区的品种。——它在窝里孵出很多只小鸡仔，小鸡们紧挨着自己的妈妈。一些小鸡依偎在母鸡的翅膀下面，另一些小鸡则待在鸡窝里。院子里有一头个头很大的猪，它的毛发是黑色的，眼睛处有一道长长的白毛。它正趴在地上呼呼大睡，呼噜声非常响亮。在院子的另一处，一只羽毛华丽的公鸡听到邻居家公鸡的叫声后也鼓起全身的力气“咯咯”地叫起来。无花果树的叶子随风舞动着，趴在树枝上的蝉无忧无虑地鸣叫着。此时此刻，地面上的蚂蚁和不知名的小虫也都在努力寻找属于它们的食物。

“不过，你们一定要防着点巫师啊！”若昂大叔一边说，一边看着身旁的大公鸡，“若阿金那只大公鸡有能力把卡塔丽娜这只小母鸡揽到自己的窝里，我希望卡塔丽娜以后能够拥有好运气啊。”

“嗯嗯嗯！她一定会有好运气的，厄运找不到她的头上！”卡塔丽娜的母亲顺嘴说着。她有些生气，这之后便把嘴巴闭得严严实实。

若昂大叔还想和卡塔丽娜的母亲开玩笑，便故意假装不怀好意地说：

“你以为我在撒谎吗？你看看这些巫师除了坑骗你们的钱财、拿你们的东西、吃你们的饭，他们还做了什么啊？”

“是啊，您说得对，他们总是拿我们的东西，可是，他们帮我们驱赶了灾祸。”

“消灾解祸只是他们的由头，他们一直在欺骗你们。你要小心他们啊！”

接着，若昂大叔换了一种口吻问：“对了，你说的佩德罗大师到底是哪一位啊？难道是那个喝醉酒打女人的佩德罗？”

卡塔丽娜的母亲洛洛塔听罢站了起来，表情有些僵硬。她个头不高，身材圆润，长相非常一般，头上的头发也非常稀少了。

“若昂大叔，我已经请求大师帮我们驱赶恶魔了，他们不会给我们带来灾祸。您没有事就赶紧回去吧。”

若昂大叔没有理会卡塔丽娜母亲的话，还继续发表自己的看法：

“大妹子，你别生气。我只是把我眼睛见到过的事情讲出来而已。”

若昂大叔所讲的事情的确发生过。佩德罗大师和他的妻子到他们的女儿家里做客，在女儿家里吃午饭。饭桌上酒过三巡菜过五味，佩德罗大师开始犯神经，说了一些不堪入耳的醉话。

当时，丑态百出的佩德罗大师已经进入醉酒状态，他的夫人赶紧上前劝阻他。结果他不听任何人的劝阻，于是在场所有人都听见佩德罗大师大着舌头说：

“我今天是没有带皮带，不然，我要好好收拾你这个败家娘们。”

若昂大叔亲耳听到了这段话，本来想要清清楚楚地告给卡塔丽娜的母亲，可谁想话不投机半句多，自己也觉得无趣便站起身来迈着轻快的步伐走出了小院子。

六

卡塔丽娜姑娘在后来的八天时间里，严格按照巫师的要求隐居在自己的小房间里。一天到晚，手里拿着一块黑色檀木和一块红色砖头相互摩擦，摩擦出很多粉末，然后，把这些粉末做成八个小圆球，她把弄好的一部分小圆球放在树枝上面。为了防止有人偷窥，她还特意在房间的小窗户上面封了一层窗户纸。房间里只允许小孩子和处女之身的未婚女人进入，绝对不允许任何男人进入。至于个人卫生，她只能在屋内刷牙洗脸了。

八天时间一晃而过，巫师又一次出现在卡塔丽娜的家里，而且，巫师身边还带了一名初学的小帮工。巫师前来祈祷新婚夫妇能够幸福美满。

小帮工是一个年轻人，年纪并不大，看样子体格没有巫师健壮。穿的衣服也跟自己师傅穿的大同小异——同样穿着 T 恤衫、长裤子、外套，并系着一条系在腰间又垂到自己脚踝部位的腰带。其实，按照当地风俗，这种用布匹扎在腰间的做法其实是女人服饰穿戴的一种方式。他们的头发都修剪得非常整齐漂亮。小帮工和自己的师傅一样，手里也拿着一根拐杖。当然也许是为了区分等级，他们的打扮也有明显的区别：一个人头上戴着大草帽，另外一个人头上则戴着椰子壳帽子。

巫师显得有些没礼貌，他推开院门大声叫嚷道：

“喂，我们现在到了，你们赶紧出来迎接我们啊！”

卡塔丽娜的母亲正在准备需要的东西，听见巫师的喊叫就立即跑出屋子，前来迎接他们：

“早上好啊，大师！你们请进啊！”

她领着他们走进了走廊，并从厨房给他们搬来两把椅子：

“你们请坐啊，就把这里当成自己的家，别客气啊。”

巫师把自己的椰子壳帽子放在面前的桌子上，说道：“哎呀，你说的是真的吗？好！我一定把这里当成自己的家，绝对不会客气啊！”

小帮工也把自己的大草帽和包裹放在桌子上，并且自然地坐在自己师傅的身旁。

这时，从房间里走出两个女人，一个是菲娜姨妈，她是卡塔丽娜母亲的姐姐，个头很高，面容憔悴，声音沙哑；另外一个是吉列尔米娜，她是卡塔丽娜的姐姐，身材中等，身体强健并透着一种优雅的气质。她们向刚刚到来的巫师问好。

几个人相互握手问好后，三个女人站着和两个巫师聊了几句，然后，菲娜姨妈和吉列尔米娜两个人走到屋外的院子里，卡塔丽娜的母亲来到卡塔丽娜所在的那个房间里。不一会儿，洛洛塔老太太手里拿着一瓶半升的红酒走过来。

大师立马接过红酒，但是，他假装不高兴地说：

“红酒只有这么多吗？难道只给我准备了半升红酒吗？这样不大尊敬我吧？”

卡塔丽娜的母亲笑了，赶紧求情说：

“哎呀，我的大师，这半升红酒是先给您尝尝，杀杀肚子里的蛔虫。”

“哦！我的帮手不用喝了吗？”

老太太立马抱歉地说：“大师，您先喝着……您知道，我丈夫死得早，不知道这方面的规矩啊。”

巫师的表情有些尴尬，他向她讨要两个酒杯，并说：

“没有足够的红酒，我们的工作做不好啊。您知道干我们这行的，红酒必须得多喝啊。”

巫师大口喝着红酒，不一会儿，他的舌头开始打转了。随后，他开始命令自己的徒弟施展法术——在平底锅的边缘处和其他一些地方点上明火，显然，对此工作小帮工已经轻车熟路了。

“小帮工，你放下手中的杯子，去院子外面施法。让卡塔丽娜的母亲洛洛塔老太太陪着你去啊。”在他们出去之前，佩德罗大师又特意嘱咐老太太说：

“咖啡待会再上，现在你去给后厨的负责人倒杯红酒。”

“现在负责后厨做饭的人是我的姐姐，您就放心吧。”

“怎么了？难道是她就不可以喝酒了吗？做饭的火不是挺旺的嘛，她喝点红酒也不影响吧？说不定饭做得更香啊。”

老太太听到巫师的话，笑了笑，陪着小巫师走出屋子。

高大的无花果树上，传来无尽的蝉鸣声，仿佛它们在交流树下发生的事情一样。女人们坐在石头上，精心烹制着食物。之前，卡塔丽娜的母亲已经杀了鸡，拔好了毛，又把鸡肉切成小块放在锅里加上一些棕榈油烹制。她还特意把公鸡和母鸡分开烹煮。吉列尔米娜手里拿着一个木勺子，使劲压碎锅中的大豆，给大家准备大豆汤。同样，她也准备了两种大豆汤，一种是加倍的大豆，另外一种是大豆配烤鱼。菲娜姨妈还把牛肉和猪肉切块放在锅里，按照西方风味进行烹煮。桑塔小姑娘只有十岁，她是吉列尔米娜的小女儿，她坐在火炉旁边负责加柴烧火。浓重的黑烟以螺旋的方式向上盘旋，屋子里也充满了食物的香味。

菲娜姨妈还再三叮嘱道："吉列尔米娜，你注意点锅里的沫子啊！可千万别溢锅，这会给咱们带来厄运的。你也注意一下灶台的支撑架……"

她们做饭的时候，巫师跑到厨房里四处转悠。他撕掉一只公鸡的大腿，找来一个面包，抹上一些黄油夹上鸡肉。他又弄来一个一百块面值的银质硬币，把它们一起放进自己的包里，然后，轻轻地拉上拉链。接着，他开始准备流苏边的围裙：他抽取面包果树的树皮纤维，然后，用细小的树皮纤维编织成一个带流苏边的围裙。与此同时，小帮工也把献给生育女神和她的随行的两匹布匹准备好了。两匹布分别用红丝带系上，然后再在布匹上面放置一个小螺号。

按照习惯，早餐就是简单的一杯咖啡、一块面包。但佩德罗大师享受到了这样的高等待遇，可是他仍然抱怨自己没有一饱口福。看到卡塔丽娜的母亲非常忙碌，他就自己站起来随便转悠，一会儿看看食品袋，一会儿拨弄一下红酒瓶，一会儿又去厨房看看锅里的美食。当洛洛塔老太太从自己身边经过时，他便大声地说：

"天哪！怎么都是冷食啊！难道没有其他可以吃的大餐

了吗？”

由于卡塔丽娜的母亲洛洛塔是一个对巫术非常虔诚的老太太，加之她原来听说一些人由于没有照顾周到巫师而导致不孕不育，所以，她赶紧用虔诚和抱歉的语气对大师说：

“哎呀，佩德罗大师啊，我现在想给您多倒些红酒，可是，现在家里没有。您先别着急，我这就让人去酒庄买酒。”

巫师停下手里的工作，假装出无所谓的样子说：

“你们不想得到最好的施法效果？假如你们想要，你们应该马上去买酒……”

这片大地上有着很多的河流，一瓶红酒又能掀起多大的波澜？不过，它能让房间里的卡塔丽娜顺利怀上孩子，虽然在这期间会经历一些小小的坎坷和磨难，但是，她一定会克服所有的困难的。

“道理就是这样。如果有人不想得到自己期盼已久的东西，那么，他便可以随遇而安。如果有人脑子不灵光，他们肯定什么都得不到……”巫师假装一本正经地对自己身边的小徒弟说道，但这时，大家都忙着，没有人注意他在说什么。

于是，师徒二摇着光秃秃的大脑门儿东走西逛，他们高兴地享用着杯中的红酒。两个人喝酒的速度非常的快，刚刚倒满的一杯红酒，一转身就喝光了。喝完酒之后，两个人各自从腰间抽出一个泥质的烟锅子，小帮工从院子里的火堆里找来一根没有烧完的树枝把他们的烟袋锅子点上火，两个人坐在那里惬意地抽着旱烟。

开始祭酒了，巫师为了和神灵传递信息，瞬间变得非常怪异，他大口喝下一口酒，然后“噗”的一声把酒吐在地上；接着，他把杯中剩下的红酒倒进徒弟的杯子中，一不小心杯中红酒还洒了出来；最后，他双手拍打着自己的腰部大声地说：“大仙啊，请满饮杯中酒！”这之后，他便开始和神灵通灵了。

快要开始的时候，佩德罗大师抖动着地面上的一张新席子；然后，又让人找来一块一米长的布料铺在席子上面。不一会儿，卡塔丽娜的家人就把烹饪好的食物端上来放在了席子上。所有在家里帮忙的人都悉数到场，他们心里都非常的高兴，并高声喊卡塔丽娜出来。卡塔丽娜走出房间之前，还是安安静静地坐在木头床上，后来她才慢慢地走过来。她双臂自然下垂，脸上露出非常幸福的笑容。她把自己珍藏的很多圣洁物品一一摆放在自己的竹编箱子上。

巫师拿出一块一米见方的白布，再把一条红色带子和一个小螺号放在白布上面。卡塔丽娜拿起白布系在腰间，包裹住她的下半截身子。随后，巫师大声说：

“圣洁的白布是供奉给我们伟大的生育女神的……”

巫师又拿出一块同样大小的浅蓝色布匹，然后，穿过自己的腋下扎了起来，他大声说：

“圣洁的浅蓝色布匹是为生育女神的随行准备的……”

巫师又拿出带流苏边的围裙扎在自己的腰间，他大声说：

“流苏边围裙能保佑新人们婚姻幸福美满……”

最后，巫师拿出一个护身符，佩戴在自己的胸口，他说：

“这是幸运之神的护佑……”

接着，他后退几步，大声对卡塔丽娜说：

“这些东西你必须在星期天和新月之日使用，而且，从早上到中午的时候必须佩戴。如果你按照我的方法去做，神灵一定会保佑你。”

卡塔丽娜接过所有的东西，然后用胳膊将它们抱起来。她把腿弯曲起来，形成一个“9”字形盘坐在席子上面。

“你们赶紧给我弄一升红酒来！”巫师没有礼貌地用右手指着在场的女人们说。

“好的，佩德罗大师，您放心，我这就让人去给您买红酒啊。刚刚那些红酒喝完了。”卡塔丽娜的母亲回答说。

仪式并没有中断，不一会儿，收到外婆命令的桑塔小姑娘，拿着两个红酒瓶去小酒馆打酒了。

巫师又提出了要求，小帮工急忙蹲下去，按要求拿起一个空盘子，用一个木制的勺子把所有的食物都盛了一些。佩德罗大师猫下腰看了看眼前简陋的卫生条件，脸上露出一丝不悦的表情。他用自己的指尖夹起一块食物，将它放在卡塔丽娜的嘴里；接着，他又把食物扔在地上；然后他低头轻声祈祷着：

“首先请大仙护佑，再者请诸邪勿扰！”

佩德罗大师坐在小板凳上施展着驱魔大法，卡塔丽娜的家人只能静静地坐在席子上，一边的小帮工手里拿着餐盘，盘子里装满了不同种类的美食。最终，巫师把这些盘子里的美食都掺杂在一起，比如蜂蜜和棕榈油。随后，他开始拍手为生育女神歌唱：

生育女神，
生育女神啊，
她正在哭泣！

所有的人跟着一起歌唱——带着崇高敬意的表情歌唱：

尊敬的生育女神，
啊，生育女神，
生育女神，
她正在哭泣！

生育女神正在这里，
生育女神，
她正在哭泣！

你需要像蜂蜜一般甜蜜的生活，
生育女神，
她正在哭泣！

你是否需要棕榈油，
生育女神，
她正在哭泣？

狂欢的音乐气氛，带着一些神秘的色彩，它感染了在场所有的人。歌唱的声音变得清脆，大口呼吸时也觉得空气是如此的清新。神秘色彩也环绕在卡塔丽娜那破烂的房间里，现在是需要大家的力量使它升华的时刻了！唱歌时跟着音乐节奏拍巴掌，一切的目的是为了让生育女神保佑卡塔丽娜以后能顺利怀孕生产。

慢慢地，卡塔丽娜开始晃动脑袋，她像变了一个人，她边哭泣和边吟唱着：

只有神灵才能改变世界。
神灵借用卡塔丽娜的身体显灵了，
神灵来到人间世界，
他们强大的力量无所不能。

卡塔丽娜那奇怪的样子，使得在场所有的人欢欣雀跃，大家鼓掌说：

“哦哦哦！生育女神显灵了！我们看见生育女神啦。”

这时，巫师拿起装满食物的盘子放在卡塔丽娜的嘴边，对神灵奉上精美的食物，并说：

“尊敬的生育女神陛下，这里有奉献给您的礼物（该礼物是指若阿金），现在您可以施展魔力让他们生儿育女。”

卡塔丽娜全身抽搐，眼睛睁得大大的，两条腿张开，双手放在大腿上，嘴却在贪婪地吃着盘子里的食物。

“好了！我们已经看到尊敬的生育女神了！你们这些看热闹的散开吧……”巫师边说边用巴掌拍打自己的胸口。慢慢地，卡塔丽娜也安静了下来——圣神品尝佳肴美味后已经离开了。

“谢谢尊贵的生育女神！”在场的所有人都高兴地鼓掌欢呼。

卡塔丽娜全身疲惫地喘着粗气，接着圈起双腿等待仪式的结束。巫师佩德罗大师坐在凳子上控制着巫术的场面。他拿出一个椰子壳做成的小锅，锅里面放着棕榈油和黑色檀木的粉末——这是卡塔丽娜在八天闭关时间里摩擦出来的。佩德罗大师把这些东西调成了软膏，他走近小姑娘卡塔丽娜，并让她抬起胳膊。

“洛洛塔妹子，你过来帮你女儿把软膏擦在她的身体上吧，这个活本来就是该女人做。”说着他把椰子壳递给卡塔丽娜的母亲洛洛塔。

巫师和小帮工走出了房间，来到走廊上，等着洛洛塔帮卡塔丽娜擦完软膏。他们二人肩膀靠着门框，脸朝外看着院子——静静地看着院子外面的风景。

下午四点左右，太阳开始西斜，阳光也没有那么强烈了，微风给“喘息困难”的树叶带来一丝凉意。高大的无花果树上，蝉鸣声不再震耳欲聋，只剩下吱吱的颤音。小鸡们也走出鸡窝到比较潮湿的地方寻找自己需要的食物，并时不时地用自己的喙啄虫子。在锅炉架子旁边，一些炭火还没有完全熄灭，冒起一缕缕细小的烟。

正在这时，桑塔小姑娘手里拎着两瓶红酒回来了。但是，佩德罗大师要求她等一会儿再进屋：

“现在你外婆洛洛塔不想让任何人进房间……”

小姑娘桑塔拿着红酒瓶站在原地扭着头低声说：

“我的肚子非常饿……”

巫师师徒二人看着桑塔的样子笑起来——说实话，那个时间点已经到了吃饭的时候了。（在穷人居住区，一天只有两顿饭：第一顿是在上午十一点，第二顿是在下午四点钟左右。）

小徒弟安慰她说：“你现在稍等片刻，一会儿让你进去吃饭。”

“是啊，我的法事已经做完了。”佩德罗大师补充说。

桑塔小姑娘听不进二人的劝告，脸上的表情非常难看。她生气地双手拍着巴掌，用脚踢着自己的裙角说：

“真麻烦！我发誓今天不会吃任何东西！”

不一会儿，房间里传出洛洛塔的声音：

“好啦，你们可以进来了……”

桑塔和师徒二人走进了房间。菲娜姨妈和吉列尔米娜两个人坐在席子上，卡塔丽娜和洛洛塔母女则站在席子上。

“你们都去可以吃饭了。”巫师说着坐在小板凳上。

小姑娘桑塔把酒瓶递给他们。

佩德罗大师蹲在锅边，找来一些盘子——包括卡塔丽娜被施法后使用过的脏盘子——给她们几个人盛饭菜。一般来说，用过的盘子只能给上了年纪的老太太使用，而小孩子使用的餐盘必须和年长的人用的分开。不一会儿的时间，师徒二人风卷残云般地吃光了剩下的所有食物。巫师带着自己的餐具，而小徒弟无时无刻不在效仿自己的师傅。

卡塔丽娜通灵生育女神的法会做完了，她得到了生育女神的庇佑。而桑塔接到外婆洛洛塔的命令，让她把大家吃完饭后所有的空盘子都收集起来，拿到厨房里放在水盆里洗刷干净。

“好的，把桌子撤掉，我们也该离开了……”巫师在饭局进入尾声时说道。

洛洛塔老太太觉得他话中有话，便没有做太多的回应。过了一分钟左右，她简单地和巫师寒暄了几句。老太太把铺在地上的席子卷了起来，然后，走到另外一个房间里找出一个重重的行李箱。接着，她回到巫师师徒的面前，双手放在腿上，表情显得有些自卑，她用温柔的声音问道：

“大师，您看看我们应该支付给您多少钱啊？”

佩德罗大师慢慢地抽着旱烟，他拿掉嘴里的烟斗，闭上眼睛，用右手慢慢地计算着说：

“施法费用你需要支付三千六百块，铺设法坛费用是三百六十块，物品折旧费是一百八十块。我算了算，大概共计四千一百四十块。这个价我没有算错吧？”

“是啊，价格没有错啊。可是，大师你能不能给打个折扣啊？”

菲娜姨妈也求情说：“是啊，咱们都是自家人啊，给咱们打个折扣吧。”

佩德罗大师托着下巴，沉思片刻后叹气道：

“好吧，物品折旧费你们支付一百二十块吧。这样计算你们还需要支付给我四千零八十块，你们看行吗？”

“谢谢您，佩德罗大师！”

“我同意给你们打折，但是，我必须拿走你们一口锅、一个盘子、一个碗和两条席子。”

“啊，佩德罗大师！您拿走两条席子是不是有点太多？您把那条新席子留给我吧……”卡塔丽娜的母亲哀求说。

“那好吧，新席子留给卡塔丽娜吧。你们快付钱吧！”

“我们到底需要支付给您多少钱啊？”

“没有多少钱啊，咱们刚刚不都说过了……”

收取了酬金后，佩德罗大师命令自己的徒弟去拿他刚刚索要到的物品。小徒弟把所有的东西都包在席子里面，接着，又把卡塔丽娜摩擦出的黑木粉小圆球装到自己的包里。随后，卡塔丽娜的家人和他们告别，并且陪同他们走到院门口。大师和他的徒弟都戴上自己的帽子，然后大师一只手拄着拐杖一只手拎着包和她们告别了。

七

卡塔丽娜已经没有后顾之忧了。有了神灵的庇护，她可以顺利地受孕、生产，而且，夫妇二人也不用担心未来的孩子会夭折。在非洲，人们一般认为共有三位大神保佑着夫妻的幸福生活：第一位是幸福之神，第二位是生育女神，第三位是生育女神的随行。为了得到神灵的庇护，卡塔丽娜采取了幽禁的居住方式，一边洗刷之前犯下的错误，一边努力赎罪。最后，她还用巫师提供的法衣裹住下身。

卡塔丽娜相信，在众多神灵的保护之下，他们小夫妻的关系会异常甜蜜，若阿金能够得到更多的孩子，这也将使得家里人都非常高兴快乐——在若阿金母亲的眼中，自己的儿子是她这辈子的骄傲。拥有神灵的保护，他们不仅不需要担心无子嗣，而且也不用再担心自己的孩子有任何的闪失。

不孕不育，在这个世界上的确存在。对于一个女人来说，没有自己的孩子是一件多么痛苦的事情。可怜的女人会发出来自内心的最痛苦的声音。不生育子女的女人不是完美的女人，他的生活也会停滞不前，一切于他而言都将失去意义。她们像一片寸草不生的荒漠。她们像火，却没有应有的温度；她们像树，却没有树荫；她们拥有生命，却不能繁衍后代。不孕不育违背了基本的伦理道德，他的子宫像一块被诅咒的土地。所以很多人认为，当她们流泪的时候，怪事就会接连出现。

当女人不能怀孕的时候，男人总是会选择换女人，让其他女人帮自己生孩子。不过，卡塔丽娜觉得自己是一个非常幸运的女人，这种事情是不会发生在她身上的，因为在幸福之神、生育女神及其随行的庇佑下，她会很容易得到一个属于他们夫妇自己的孩子，而且孩子的成长也会一帆风顺，不会出现孩子夭折的问题。

事实上，每一位黑人女生在未来都能成为一位称职的母亲，她们都在努力憧憬着美好的未来，尽管在她们的生活里，有很多不先进的文化存在！尽管文化中有些许的落后处，不过为了不使自己的子子孙孙遭受不幸和折磨，她们每个人都在努力。然而很多时候，大自然的力量却更为强大，有很多不可预测的成分在其中，让她们的努力付之东流。这个时候我们该怎么做呢？

卡塔丽娜是一个非常健康的女子，且没有不良的先天性疾病，所以，她可以放心大胆地和若阿金结婚。现在，婚礼前的最后一项工作是准备嫁妆了。她们要去购买包括锅、木勺等在内的必需的日常用品。但是，菲娜姨妈请求卡塔丽娜的母亲洛洛塔给她的女儿做“处子验证仪式”，也就是通过性行为测定是否为处子身。

仪式进行的当天下午，卡塔丽娜开始沐浴。之后，她将用很多块柔软的布匹把自己像黑檀木一样的身体包裹得严严实实。

然后，当她躺在华丽的台子上面时。她被一层层包裹起来——两条不同颜色的布匹包裹住着她身体的每一部分。还有两件同样色彩和样式的法衣也裹在她身上，这两件法衣从她的肩膀部位一直垂到小腿，然后在胸部以上用一根小小的带子绑扎起来，这是为了方便随后进行夫妻生活。

一些黄金饰品装饰在卡塔丽娜的胳膊上和裸露的胸部。接着，又给她佩戴上一条腰带，这是一条纯银打造的腰带。又在她头上系上一根漂亮的发带，发带上面嵌着一些黄金饰品。在发梢处插了一根金质的翎子、四根发钗；在发辫上横插上一根棕榈树的树枝，又装饰上一根很粗的发簪。装扮之后的卡塔丽娜显得楚楚动人。

卡塔丽娜穿上华丽的礼服和新郎走在婚礼队伍的正中间，人们边走边跳地经过村子里所有的地方。他们的婚礼办得像隆重的狂欢节一样，所有人都聚集在卡塔丽娜家门口唱歌跳舞。新人、舞蹈和歌唱组成一首美丽的三重奏，各种美丽的舞蹈充斥在婚礼的队伍中。

卡塔丽娜很少跳舞，她只是偶尔扭动身体跳着桑巴舞。舞蹈快结束时，队伍中出现了一位年长的老太婆，她是前来为新人庆祝新婚的。她身穿铜币制成的衣服尽情地舞动着，当她跳舞的时候铜币相互碰撞发出悦耳的声音。这些铜币是可以拿下来去购买礼物的。就这样，卡塔丽娜八天的幽禁生活结束了。

那天晚上，卡塔丽娜在四位大妈的陪伴下来到若阿金的家里。

卡塔丽娜身穿一条非常漂亮的裙子，这是一条纯手工制成的长裙，用料是一块大布。外衣是由两块洁白的白布制成的。她耳朵上带着一对金质的大耳环，脖子上挂着一条金项链，手腕上带着一对珊瑚手链，脚趾盖上涂着红色的指甲油。走动时，头上佩戴的金银钗发出清脆的声音。一条羊毛披肩盖在她裸露的肩膀上，一条轻柔的白色薄纱从头上垂下直到腰间，白纱覆盖住她的半个身子。

喝完交杯酒，两位新人开始行云雨之事。

八

第二天，天刚蒙蒙亮，住在若阿金家的两个老太婆伸着懒腰打着哈欠从梦乡回到了现实世界。醒来之后，两个人相互问好，并用她们之间的方式大声吆喝着什么。她们二人决定下床，可是，房间里的光线非常暗淡，所以，她们只能用手摸着墙壁慢慢往外走。一位老太婆慢慢地摸到了门闩，她拨开门闩，打开屋门来到客厅里。不料另一个老太婆不小心被凳子绊倒了，她气得火冒三丈，一堆不堪入耳的脏话立马从她的口里蹦了出来。骂完之后，两个老太婆继续在客厅门上摸钥匙，摸到钥匙后，轻轻转动钥匙，打开门，来到院子里。

天空中还有大片闪烁的星星。清晨的小村庄已冒起缕缕的炊烟，烟气使得两个老太太流下了眼泪。没多一会儿，大树上传来叽喳声，鸟儿们像晨练的歌唱团一样开始鸣叫不停。

两个老太婆都拿出从自己的家里带来的纸质包装袋，袋子里装的是一支牙刷和一包碳粉。这种碳粉可以美白牙齿、清洁口腔。洗漱完毕之后，一个老太婆来到大路上，揪了两根稻草秆，她把其中的一根给了另外一个老太婆，她们拿着稻草秆随意地清理着自己的舌头。

天大亮的时候，她们两个人也完成了所有的整理工作。微风习习，带着一些寒意和潮湿。天空慢慢脱去了它灰色的外套。麻雀、鹦鹉、长尾坝鹟、小嘴鹦鹉、橙颊梅花雀等鸟儿开始在树上尽情地歌唱，仿佛在向人们问好。只有一只斑鸠发出了几声悲鸣，仿佛它生活在痛苦中，又仿佛它在死亡之前向世界上的一切告别。这时，两个老太婆忽然想起她们的重要任务了——该去叫新婚的小两口起床了。于是，她们急急忙忙来到新房门口。

新房门还没有开，两个老太婆就坐在门旁的凳子上面，点上陶制的烟袋锅子，悠闲地聊起天来。这里正是卡塔丽娜和若阿金两个人共度春宵的新房。卡塔丽娜的母亲洛洛塔请求她们前来帮助自己的女儿完成“处子验证”仪式。所以，在当天晚上她们两个人就住在了新郎若阿金的家里，以保证该项仪式的庄重和严肃。

和新人的对话是这么开始的，她们大声地清嗓子以故意惊醒睡梦中的新人，听到新房中的动静后，她们大声说：“我们都在你们门外等了一个半小时了，门怎么还关着啊？”她们两人像两名信使一样站在门口。

“你们再不出来，我要砸门啦……”两人当中的一个大声说道。

另一个老太婆一边用手敲打着自己的烟袋锅子，一边张着大嘴打哈欠，打完后她对同伴说：

“我们还是再等一会儿吧，估计再过一会儿新郎就会出来了。”

新房门前安静了下来。

这两个老太婆一个是蒂塔老奶奶，她很喜欢抽烟。此时，她便把手中的烟袋放在地上，又伸出一根手指心不在焉地挖着鼻屎；然后，把挖出的鼻屎揉成一个小圆球，并“嗖”的一声把它弹出去。地上的昆虫正四处忙碌地寻找着属于它们的食物，一些蚂蚁找到一些食物，并将它们抬进了蚁窝。

另外一个老太太是塔塔莎老奶奶，此时她正在抽烟袋锅子。她和蒂塔老奶奶的爱好明显不同：她常低头仔细地看自己的脚趾头。因为，她的脚趾头里常有一些小虫子，所以，她经常拿着小针扎它们。有一次，她从脚趾头里挑出一条白色的小虫子，那是从她的伤口里面滋生出的寄生虫。一开始，脚趾里面还藏有一些特别小的黑色跳蚤，后来，这些跳蚤似乎都变成像玉米粒大小的白色虫子。她从地上捡起一块石头，把她刚刚从脚上弄出来的小白虫子压死了，然后，她又从烟袋锅里弄出一些烟灰倒在自己脚趾的伤口上。

一旁有一个茅草搭成的鸡舍，一只大公鸡气宇轩昂地从里边走了出来，并仰着脖子“喔喔”地叫起来。院子里的禽类大概惊诧于今日的时间播报太晚了，便跑过来阻止它。它们四处追逐着，也许它们渴望得到一个更大的院子，一片更大的土地，以便让自己尽情地奔跑。

再说蒂塔老奶奶，她一边抓痒一边打着哈欠，觉得实在无聊，便做了个鬼脸，一边说“哎呀呀！”一边站起身来走到鸡舍旁边，一伸手打开了鸡舍的小门。

这些鸡还真是幸福啊！鸡舍小门一开，所有的鸡都争相往外跑，第一个冲出来的是一只公鸡，它是这个小集体的领导者，第二、第三只也都离开鸡舍跑了出来，它们一边相互传递着消息，一边拍动着翅膀。一些鸡挺着脖子咯咯叫，另一些鸡则低着头寻觅食物。

蒂塔老奶奶回到塔塔莎老奶奶身边，神情很不耐烦地说：

“我可不想再等了，现在我就去敲门。”

敲门后屋里面仍然没有动静，她便大声喊道：

“若阿金先生，你们现在还不想起床吗？”

“好啦，我马上出去。请你们有点耐心，稍等片刻……”若阿金大声回答道。

不一会儿，若阿金便笑呵呵地出现在她们面前：

“早上好，蒂塔奶奶！早上好，塔塔莎奶奶！”

若阿金问候过后，两个老太婆站起身，用狡黠的眼神看着若阿金——她们想立马取得这项仪式的验证结果。

蒂塔奶奶心想：“今天我们做他家这桩差事实在太累，一定要好好吃他们家一顿！”

验证结果就在屋内，但想拿到它，也不是那么容易的。她们伸出手同若阿金握手问好：

“早上好，若阿金先生！昨晚，你安歇得可好啊？”

若阿金则害羞地说：

“挺好，谢谢你们关心。你们要是想进去检查，现在可以进去啦。”

两个老太婆点点头，她们又向刚走过来站在旁边的卡塔丽娜问好。她们让若阿金带着自己的未婚妻卡塔丽娜在门口等候。简短的几句寒暄之后，蒂塔老奶奶温柔地对新娘说：

“我的孩子，你今天第一次流红了吗？”

行云雨之事后，卡塔丽娜看到床单上留下了粉红色的血液印迹，她感到特别的羞涩。听见老奶奶这样问，她赶忙转身回屋钻到床下面，从里面拿出了一条带有血迹的床单，并结结巴巴地说：

“床单……在这里……”

两个老太婆朝着卡塔丽娜走过来，接过她手里的床单。她们急忙抖开床单——立刻老太婆们脸上露出了欣慰的表情并张开大嘴。她们的表情是一种好的信号，起码这桩婚事碰到了好彩头；而她们每个人也可以得到一瓶葡萄牙波尔图产的红酒以及新人家长支付的五千块赏钱。

卡塔丽娜有点摸不着头脑，只是偷偷地看着两个老太婆——她们把整个床单完全打开，看着床单上的血迹。然后，她们二人高兴地抱着卡塔丽娜称赞她的忠贞。这个姑娘实在太棒了，所有的仪式全部结束。

洛洛塔老太太也期待自己的女儿是个优秀的女人。因此，她一晚没有合眼，一直在为自己的女儿担心。

“卡塔丽娜，你已经证明了自己是一个优秀的好姑娘，其他小姑娘和你有很大的差距……”

“是啊，我的孩子！你是我们的骄傲，你没有让你的母亲蒙羞……”

两个老太婆又坐了下去，开始整理刚刚打开的被单，这次她们拿出一条细小的绳子把被单捆扎起来——这些事情都是老太婆们在家里常做的家务活。一个老太婆语重心长地对小姑娘说：

“小姑娘，我们这样说你不要生气！你应该永远听从你男人……”

另一个太婆引经据典地说：“只有忠诚才有饭吃啊。”

这时，不知若阿金从哪里端来了一些水酒，他邀请两位太婆品尝：

“你们来尝尝水酒，杀杀肚子里的馋虫。”

喝过酒后，两个老太婆像拥抱卡塔丽娜一样拥抱了若阿金，而且口中还说了许多祝福的话。接着，他们一行人来到客厅里。此时，若阿金已经准备好了两个杯子。卡塔丽娜回到房间，从柜子里拿了些可可果和生姜片，她把可可果和生姜片撕碎洗干净后端到两个老太婆面前的桌子上。在他们这个地区，早上习惯于吃些可可果和生姜片。

“这些可可果和生姜片给你们二老打打牙祭。”

两个老太婆站在那里，一边咀嚼食物一边说：

“谢谢你们款待！我们就不客气了。”

在与小夫妻告别之前，蒂塔老奶奶给了若阿金最后一个忠告：

“若阿金先生，你能娶到像卡塔丽娜这样纯洁的女子做老婆，应该说是你的福分。记住，情人只会给你带来不幸。卡塔丽娜是一个非常漂亮、善良、贤惠的女子，你这辈子只能和她在一起。”

“祝你们幸福！”蒂塔和塔塔莎两个老太婆高高兴兴地摇晃着手中的床单离开了。

慢慢地，她们走下村子的大斜坡，然后，吃力地翻过前往因孔博达的山坡。若阿金家所在的村子位于两座小山的中间，在一条峡谷当中。因此，人们每次到因孔博达都要经过一条非常狭窄并生长着灌木丛的小路。在这里，生长着很多高大的无花果树、罗望子树（酸豆树）、槟榔青、藤瓜以及猴面包树，树上面总停着一些斑鸠等鸟儿合唱团，它们的鸣叫声谱出了和谐的音乐篇章。

早上，生活在这里因孔博达的人们总是要做一些简单重复的工作。一些挑水工肩上扛着木水桶到马样卡地区打水，然后，再回到这里卖水。这里没有通自来水，所以人们只能翻过小山到对面打水。家庭主妇们头顶着罐子或大盆子也往返于这条打水之路。聪明的杂货铺老板头上顶着装有许多可可果和生姜片的盒子走街串巷售卖货物。

离房屋不远，总有一些女人在悠闲地谈天说地，还有一些女人拿着牙刷慢慢地清理自己的嘴巴和牙齿。一些人眼角上还带着眼屎。上了年纪的白胡子老头们有点睡不醒，小孩子们则在地上玩耍。大家都不紧不慢地开始了一天的生活。

蒂塔老奶奶和塔塔莎老奶奶向正在洗漱的人们问好，然后又继续赶路。她们脚下的小路坑坑洼洼的，并且有很多沙砾。

不一会儿，她们来到了目的地——卡塔丽娜家门口，两个人兴奋地大叫起来：

“洛洛塔大妹子！”

“大妹子！”

“你快出来啊！”

“我们今天一定讨一杯你们家的喜酒喝！我们现在手里已经有一瓶波尔图的红酒啊！”

听到喊叫声，一只狗从厨房里窜了出来，冲着她们两人汪汪叫。

“嘿，别对着客人叫！”桑塔小姑娘从厨房走了出来说。

接着，她跑到两个人面前高兴地向她们大声问好：

“蒂塔奶奶早上好！塔塔莎奶奶早上好！”

几乎在同时，洛洛塔老太太、菲娜姨妈和吉列尔米娜都从房间里走了出来和两个老太婆见面。

“你们快进屋啊！快进去啊！”洛洛塔老太太说，同时，伸出手请大家进去。

大家陆续走进走廊，并且相互拥抱问候，这家里的每一个人都收到了衷心的祝福：

“恭喜你们啊！”

塔塔莎老奶奶的脸上更是乐出了花，但她又却假装严肃地慢吞吞地拿出“处子验证”的“证据”说：

“拿着吧。”

“嘿，你别在这里跟他们开玩笑啊。”蒂塔奶奶一边跳着一边拍手。

“你们去叫一下明加西大妈和托尼亚大妈。听见了吗？快去啊。”卡塔丽娜的大姐急忙对身边的孩子们说。听到她的命令，屋里的孩子们急忙跑了出去。

有女儿和姐姐陪在身边的洛洛塔老太太心里非常激动，她的身体在颤抖着；前来传递消息的信使们也压抑不住内心的激动，她们一起唱起了歌、跳起了舞——在拿到验证仪式结果之后，洛洛塔老太太高兴地说：“我的天啊！到现在我的心里才算是一颗石头落了地啊。”

与此同时，受邀的两位好邻居也来了。她们几个人相互问候、拥抱，互诉衷肠。随后，女人们继续唱歌、跳舞，客人们把烟灰末撒在主家的头上。

蒂塔老太婆拔下红酒瓶的瓶塞之后，大家开始畅饮，有人还不时高声地说着：

“我就是喜欢像卡塔丽娜这样的女孩子！”

“是啊，我也非常喜欢她这样的孩子。卡塔丽娜是一个好女孩儿。不过她太倒霉啦！现在另有一个长舌妇还想和她争若阿金……”

“和卡塔丽娜争男人的女人是若昂娜，那个样貌长得酷似去世的日阿老太婆样子的女人。”

“你说的是哪一个若昂娜啊？”

“那个双腿长得像蛤蟆一样的若昂娜，就是她曾经和卡塔丽娜的丈夫若阿金同居……”

“她真是癞蛤蟆想吃天鹅肉啊！”

“如果她真是这样想，就是自取其辱。我一定把辣椒塞满她的嘴巴……”

“现在，那个女人私下里总诋毁卡塔丽娜。”

“真的吗？估计是那帮小蹄子的主意吧！”

村里有很多人都跑来参加婚礼的最后一场活动。有关那床带着血迹的床单的消息从这家传到那家，几乎全村人都亲眼见证了他们神圣的婚姻。人们用赞美的语言来表达对卡塔丽娜忠贞的推崇，显而易见，卡塔丽娜几乎得到所有人的赞美和夸奖。只有一些不守妇道的女人在一旁窃窃私语，她们一边吐痰一边生气地说：

“呦呦呦！咱们走着瞧吧！她们是想蒙蔽我的眼睛吗？我可不傻啊！”

蒂塔和塔塔莎老太婆向大家讲述了卡塔丽娜忠贞的事情后，很多人都以为卡塔丽娜的家庭对她实行了良好的教育，而且大家都认为家庭中不论大小问题都应该向社会大家庭公布。俗话说：“有理走遍天下，无理寸步难行。”这是行走于社会最简单的道理。

听到这样的故事，其他有女儿的母亲们也非常高兴。因为她们正好可以借机向自己的女儿们宣传卡塔丽娜的美德，教育每一个女孩子像她学习。母亲们给女儿们制定了一个贞操守则，教育这些适婚年龄的女孩们，不必急着把自己的忠贞献给男朋友，应该把这份忠贞留给自己的丈夫。

那天是一个非常值得纪念的日子：根据老传统，女人们的一言一行都植根于家庭，因而全世界的人都想知道她们受教育的方式。

当天，新婚夫妇的光环也照在新娘母亲的身上——很多人都前来咨询洛洛塔老太太是如何教育出这么优秀的女儿的，人人都希望自己的孩子能像卡塔丽娜学习。

洛洛塔老太太心里特别高兴。在婚礼期间她跑前跑后给客人端茶递水。这里并不需要希腊神话中的许门（婚礼之神，负责婚礼事务），在非洲大陆上，需要的是像她一样的“许门”，像她一样的传统英雄。

一封家书

一

卡塔丽娜和若阿金结婚后的第五个月，若阿金为了改善生活，也为了提高自己的泥瓦匠活计水平，他决定前往卡比利村寻找更好的工作和赚钱的机会。为了不让卡塔丽娜和家人担心，他委托自己的好哥们安东尼奥·塞巴斯提昂帮忙照顾他的媳妇和家人。当然卡塔丽娜的母亲、姐姐和外甥女也一直在陪伴着她。

日子一天天平静地过着。洛洛塔老太太和自己的两个女儿经营着她们自己力所能及的小营生。她们给别人洗衣服，除此之外，还生产面条、花生木薯混合粉，并贩卖玉米花生糊糊粥。另外，家里还养了很多母鸡，母鸡下了蛋也拿去换钱。她们会以唱歌、跳舞等娱乐活动打发空闲时间。

卡塔丽娜主要负责制作面条，小外甥女桑塔负责烤辣椒以及给辣椒剥皮。卡塔丽娜把盐和辣椒放在蒜臼里捣碎，然后，把它们倒在一个大大的面案上，把它们和面粉搅拌在一起加水揉匀；接着，用擀面杖把揉好的面团擀成面饼，再用刀将它切成面条即可。制作面条的工序比较繁杂，但是每次结束最后一道工序的时候，卡塔丽娜的脸上都会露出微笑。制作完成后，她把面条装进篮子里面，由自己的小外甥女桑塔负责到大街上贩卖。小姑娘边走边叫卖：“卖面条啊，面条，我们作坊的特色面条！刚刚制作完成的新鲜面条，加辣椒、加盐的好吃的面条啦。”老主顾看到她卖面条就会不由自主停下脚步——有一些人说，吃了她家面条的人会感觉精神焕发。有时候，她们售卖的面条中还会加一些配料，比如当地特有的木薯粉奶酪。

吉列尔米娜主要负责制作花生木薯混合粉。自从她成为寡妇之后，就回到了母亲身边，日复一日地辛苦工作。由于这个家里缺少顶梁柱的男人，所以，她这个做姐姐的便挑起了家里的重担，一家老小都需要她照顾。每天一大早，她就头顶着售货篮子走街串巷售卖可可果和生姜片：“天亮了！大妹子，买可可果啦！你现在还没有起床吗？”她总是会和街坊们打招呼。上午的工作忙完后，又开始忙乎下午的作坊工作。她把女儿剥好皮的花生倒到木薯粉里，然后，再加入一些盐和肉桂，随后，把所有食物放入一个大木桶里，用一根很大的木槌进行反复地捶打。当食物变成碎末的时候过筛，留在筛子里的粗大的颗粒需要再次进行捶打。花生木薯混合粉呈黄色，气味芳香。负责销售它的还是桑塔小姑娘。

卡塔丽娜的母亲洛洛塔老太太也是一个寡妇。她负责制作玉米花生糊糊粥。对此，她拥有高超的技艺和一些诀窍。烹制玉米花生糊糊粥的时间很关键，一般是在凌晨两点的时候，这样，清晨五点的时候她就可以头顶盆子兜售玉米花生糊糊粥了：“玉米花生糊糊粥啦！热乎的玉米花生粥啦！玉米花生粥，我们特色的玉米花生糊糊粥啦！”她一边走一边吆喝。

一家人的日子过得非常辛苦，慢慢地卡塔丽娜开始变得伤感。有几次，她在制作面条时陷入沉思。有时会感觉到胸闷气短，有时候话到了嗓子眼却又被她咽了回去，她脑子里总是胡乱地瞎想。她开始以泪洗面，每天眼睛里都饱含着泪花。

她像一副丢了灵魂的躯壳，她把自己封闭起来，不愿意和其他人交流。她把自己陷入痛苦和悲伤中。她努力保持表面上的平静，但大脑中时刻在胡思乱想。明明在家里，她却感觉自己在一片荒漠中，她觉得自己已经不适合在家里继续待下去，她的灵魂渴望得到另一种的生活——她渴望和自己的丈夫生活在一起，简简单单地和配偶生活在一起。

为了让自己忧郁的心情得以转变，她沉溺在歌曲当中，但那些动人的、伤感的歌词，使得她的心在默默地流泪。这是她想要的伤感！如果伤感的感觉不存在，她就会越发想念这种感觉！她的行为验证了一句名言：“只有失去的时候，才知道它的珍贵！”

晚上，卡塔丽娜总是做噩梦，这更加重了她心中的疑虑。这天一大早，她便给母亲讲述自己做的噩梦，她问母亲噩梦是否代表了霉运。

母亲为了安抚女儿，回答说不是。母亲解释说：“也许，你太思念自己的爱人若阿金了。”

虽然如此，卡塔丽娜整个人还是不能平静下来，她认为梦中的丈夫去世是暗示着自己的丈夫将会离开人世。她有自己的理由，一切恐惧都预示着即将发生——她知道若昂娜在使用巫术害自己的丈夫，也许巫术会夺走她钟爱的男人。

一天下午，家里来了一位安巴卡人，他就是安东尼奥·塞巴斯提昂。他看上去像一个花花公子：上身穿夹克衫和一件熨烫平整的白色衬衫，戴着一条黑色领带，领带上面夹着一个金色的领带夹，下身穿黑色开司米长裤，脚上的皮鞋锃光瓦亮。头上戴一顶椰子壳帽，手上拿着一根手杖。

安巴卡人径直走到走廊处，走廊里面有一只猫头鹰。客人进门后没有脱帽敬礼，直接自信满满地用葡萄牙语和主家交流起来。他那蹩脚的葡萄牙语让大家听得一头雾水，根本不明白他到底在说些什么。

“您那里有我的信吗？”卡塔丽娜问道，她的眼睛里泛起闪闪的泪光。随后，她礼貌地表示对他的谢意。

安东尼奥·塞巴斯提昂跷着二郎腿，他两手相握像大师一样解释说：

“我没有你家若阿金的信。我是去蒂托先生家里了。”接着，他又说，“前不久，我刚刚去过若阿金那里，我可不想让若阿金见我见得烦心。”

“大哥，你生病啦？”卡塔丽娜用惊讶的口吻说。

“没有啊。我只是去蒂托先生家里拿了些草药。”他顺便讲述了一遍蒂托医生的医嘱——当他下次犯病的时候，可以根据自己的病患直接用药治疗。接着他又说道：“蒂托先生是一个非常好的白人医生。”

卡塔丽娜的母亲表示赞同说：“是啊！”

“他是个天大的好人！”安东尼奥·塞巴斯提昂赞扬着白人医生以及他给他的那些药！

卡塔丽娜回答说：“是啊！”

安东尼奥·塞巴斯提昂用炫耀的语调又说：“现在，蒂托先生专门给我诊病。所以，我可不是一般人。”也许，这才是他出现在卡塔丽娜家里的原因。

“大哥，你可真了不起啊！”卡塔丽娜称赞说。

卡塔丽娜的母亲上下打量着安东尼奥·塞巴斯提昂，然后，她用调侃的语气说：“小子！白人医生给了你什么好东西？”

安东尼奥说白人给了他两条蛇、一小袋子贝尔纳多鱼米粉，还有一个塞巴斯提昂水罐。

卡塔丽娜对他的话非常感兴趣，她不明白什么是贝尔纳多鱼米粉和塞巴斯提昂水罐。

安东尼奥·塞巴斯提昂炫耀般地再次念出刚刚说出的名字：“贝尔纳多鱼米粉和塞巴斯提昂水罐！”

卡塔丽娜和她的母亲都不明白那是什么——也许，是她们不认识的东西。这时，来自安巴卡的安东尼奥·塞巴斯提昂又笑着说：

“你们知道什么是巴希吗？”

母女二人对视一下，异口同声地说：“不清楚！”

两个人的话音未落，他就迅速地给她们解释说：

“你们不知道在正宗的葡萄牙语里，巴希是塞巴斯提昂的意思吗？”

卡塔丽娜冷笑一下，心想他的解释狗屁不通，便像上次一样敷衍地说：“不清楚！”其实在金本杜语中，塞巴斯提昂才是巴希的意思，在葡萄牙语中根本不是。安东尼奥的葡萄牙语很差劲，他还经常把土著语当成葡萄牙语使用，说出来的葡萄牙语也是满嘴的错词。现在，他努力地想着什么——一只手抚着额头，努力回想自己想说的名词。突然，他大声讲出一个词：“鱼米！”

“啊，我说得对不对啊？是鱼米吗？你们认识这种面粉吗？”

母亲和女儿听到安东尼奥的话开心地大笑起来，她们对他大声说：“你说得对啊！”两个人大笑着拍着巴掌。

看到两个人的表现，安东尼奥·塞巴斯提昂意识到自己说了白字，心里有些不高兴，顿时气得脸红脖子粗，他用牙齿狠狠地咬了下嘴唇，说：“你们是在嘲笑我吗？”

为了掩饰自己心中的不满，安东尼奥从口袋中掏出了半根雪茄烟，划了一根火柴把香烟点燃，使劲地抽了两口。

大笑过后的卡塔丽娜回过神来仔细看了看安东尼奥，她说：

“你别生气，我们在和你开玩笑啊。”

正在这时，小姑娘桑塔手里捧着一个小盘子走了过来，盘子里装满热腾腾的烤红薯和烤花生。

她邀请安巴卡人安东尼奥·塞巴斯提昂先生品尝一下，但是，他摇着头说：

“不用了，谢谢。我在蒂托先生家里吃过大餐了，肚子一点都不饿。”

洛洛塔老太太和卡塔丽娜一开始站着，后来，她们坐在了门口的台阶上。她们分完食物后，开始津津有味地吃起来。由于吉列尔米娜去外面帮客人洗衣服了，所以，给她留出了一大份。

吃饭期间她们和安东尼奥的讨论暂时中断。一个微型茅草屋样式的鸟笼挂在大门上，一只画眉在笼中唱着《拥有一切》的歌曲调子。这首曲子讲述了白人奴隶主奴役黑人的故事。安东尼奥·塞巴斯提昂心里很想吃那些东西，便走到卡塔丽娜母女面前。看着她们吃东西，他时不时咽着口水。一旁的几只母鸡和安东尼奥抱着同样的目的，它们也在她们周围走来走去，只是不敢上前。

安东尼奥·塞巴斯提昂又和她们闲聊了几句，觉得无趣便起身离开了。当他走到大门口的时候突然停住脚步，回身大声朝着卡塔丽娜母女喊道：

“我说的一切都是真的！你们相信我说的一切吗？”

母女二人脸上的表情显示出她们有些许的诧异。她们听不懂安巴卡人蹩脚的葡萄牙语。安巴卡人安东尼奥·塞巴斯提昂头戴椰子壳帽，手持拐杖，另一只手不停地展示着他的雪茄烟。为了激起卡塔丽娜母女和小孩子桑塔的好奇心，他一边走一边扮鬼脸，他炫耀地说，昨天晚上和萨尔迪尼亚、多明戈斯·安东尼奥、马努埃尔·费利佩几个人到西科·古斯塔沃家里吃晚饭。去之前，西科说餐桌上摆满了丰盛的佳肴，每个人的餐饮标准要达到五块钱。事实上，当西科·古斯塔沃掀开餐盘的时候，盘子里面只是放了一些面包和木薯糊糊，这些食物里还掺杂了一些小石子和沙子。

“哦，他是想炫耀自己的奢侈生活。”卡塔丽娜和母亲异口同声地说，小姑娘桑塔也在一旁看着安巴卡人哈哈大笑。

安巴卡人又折返回来，站在她们身边，笑眯眯地说：

“当我的干女儿、西科·古斯塔沃的女人把汤锅端上来的时候，我们在场的人都惊呆了，汤锅里只有清水，没有任何的作料。”

“啊！所以，你去他家什么东西都没有品尝到吗？”卡塔丽娜的母亲洛洛塔追问道。

“你吃的那顿饭像是狂欢节的笑话！”卡塔丽娜也笑着说。

安东尼奥·塞巴斯提昂脸上带着搞笑的表情又继续对她们说：

“西科·古斯塔沃看见自己女人准备的饭菜快气晕了。他把自己的女人叫到一旁，说家里来了这么多贵客，拿这些东西招待客人，简直太没有礼貌了。西科的女人被丈夫责备了一番，心里很生气，她抱怨说他从来没有给过她足够的钱去买食物，每天她负责做午饭和晚饭，但哪一天不需要花钱买食物？今天又没有钱了。说完她便离开了。”

卡塔丽娜和母亲听完他的讲述，笑得合不拢嘴。

安巴卡人继续说：“西科·古斯塔沃在客人面前觉得丢了面子，便抄起我的汤勺敲打他老婆。不一会儿，把他媳妇弄得披头散发。”

母女二人听了安巴卡人的话觉得非常惊愕。她们为西科·古斯塔沃的女人的勇敢鼓掌——对这样的男人就应该给他点教训。

安巴卡人再一次和她们母女告别。他已经来看望过她们了，现在该是回家的时候了。

“安东尼奥，替我们问候你的媳妇西米尼亚啊。”母女二人高声说道。

“放心吧，你们的问候我一定带到。”说完，他便离开了。

二

卡塔丽娜依旧没有从自己阴霾的世界中脱离出来。

这天，她突然仿佛看到了一线希望。因为前一天晚上，她做了一个梦。在梦中，她收到了一点点的面包。也许，这个梦是新生活的象征——它已经影响到卡塔丽娜了，有时候她会突然变得异常兴奋，还会收到一些礼物，并意外地得到帮助。不管怎么说，一些积极向上的情绪在她的身上慢慢出现，悲观的情绪也在不断地消退。

一天，临近黄昏的时候，安巴卡人安东尼奥·塞巴斯提昂手中拿着一封从卡比利寄来的信，神神秘秘地出现在卡塔丽娜的家里。卡塔丽娜非常高兴，像小孩子一样手舞足蹈。也许，她的美梦就要在现实中实现了。收到丈夫的家书后，她的小心脏扑通扑通跳得厉害。

安巴卡人坐在院子里大大的捣蒜臼上，开始朗读若阿金给卡塔丽娜的书信。他待在院子里是有原因的——卡塔丽娜的母亲洛洛塔和姐姐吉列尔米娜都不在身边，小姑娘桑塔还是一个不懂得人情世故的小姑娘，不能作为家长管理家中事物。

卡塔丽娜站在院子里双手垂下，她身上裹着一块长长的布。她非常紧张地看着安东尼奥手中的家书。等了很久，她才听到安东尼奥开始念信。

不过，安东尼奥·塞巴斯提昂念信的时候结结巴巴的，一边念一边还吹嘘自己的文化水平高。真是太麻烦了！他读信的时候面部表情十分丰富，鬼脸不断。

“你看明白信里说什么了吗？”卡塔丽娜着急地询问安东尼奥·塞巴斯提昂。

他挥挥手，示意还要等一会儿。

卡塔丽娜觉得等待是漫长的。安巴卡人的眼睛一直盯着书信，上下翻看，好像仍然不懂书信的大概内容。他的额头上也出现了黄豆粒大的汗珠，他还时不时地紧锁眉头。小桑塔对书信的内容没有兴趣，所以，她拿了一些棕榈果子到厨房去烧烤。不一会儿，整个厨房和院子里都弥漫着甜甜的香味，闻味道便知道这些果子非常的美味。她一边烧烤棕榈果，一边将烤好的拿到外边来吃。果子烤熟之后，拿石头狠狠地把果子壳砸开，然后，就能品尝美味的棕榈果了。她还烤了一些杏仁，它们也散发出极其浓烈的香味。

“安东尼奥大哥，你看明白了吗？”卡塔丽娜着急地问道。

“再等一会儿。”

又过了几分钟，卡塔丽娜开始有些不耐烦了，她的情绪有些激动，到后来甚至有些发狂了。她二目圆睁，仿佛自己已经掉进了万丈深渊；她双唇发干，数次绝望地张开又闭上嘴巴。在等待的时间里，她陷入了沉默，整个人的身体和灵魂都似乎变得僵硬了；她想如果他看得懂书信的内容，为什么他不念出来？不幸的是，此时安东尼奥只张嘴不出声。

“你倒是快念信啊！我现在都担心死了！”卡塔丽娜终于爆发了。

安东尼奥·塞巴斯提昂没有言语，脸上却愁云密布。他低声阅读着，发出像没录好音的磁带一样刺刺啦啦的声音。

“信上怎么说啊？他一切都好吧？”

安东尼奥·塞巴斯提昂变得非常紧张，他还是反复地阅读着书信。在他的心里烧起了一团火，火焰也在灼烧着他。他想：“该怎么办呢？我难道要撒谎吗？”

他停止了没完没了的阅读，最后，他哭丧着脸简单地说出一个词：“哭泣吧！”

卡塔丽娜听了他的话，一下子摔倒在地。她爬到安东尼奥身边问：“安东尼奥大哥，你说什么？为什么让我哭泣啊？”

安东尼奥依旧保持着严肃的样子说：“我已经说过了。信上写着‘哭泣吧！’”

这时，天已经黑了，安东尼奥·塞巴斯提昂没有做过多的解释，他把书信装在自己的裤子口袋里趁着夜色走出了院子，剩下卡塔丽娜一个人——一个即将穿上丧服的孤独女人。

三

根据当地的丧葬风俗，逝者妻子的房间必须保持黑暗，所以，卡塔丽娜房间的窗户和门窗都被密封起来。卡塔丽娜整个人瘫在了床上，一天到晚都在大声地唉声叹气：

“哎呀，我的丈夫若阿金，若阿金啊！我的爱人啊！你走了，以后我的日子该怎么过啊？为什么我的命那么苦啊？我以后怎么过啊？”

卡塔丽娜的母亲洛洛塔老太太和姐姐吉列尔米娜两个人坐在床边陪着她，嘴里也不时地发几句牢骚：

“哎呀！我的好女婿若阿金啊，你就这样永远抛下我们这些女人了吗？那些可恶的卡比利匪徒，竟然杀死了我女儿的丈夫！现在她肚子里有了你们的骨肉，以后，她的日子怎么过啊？”

“好妹夫若阿金！现在你撒手人寰，留下我们这些活着的人怎么面对？哎呀，我的天！以后妹子的生活该怎么办啊？”

听到三个人的哭声，左邻右舍陆续来到了卡塔丽娜的家里。

“你们在这里说什么呢？到底出了什么事了？”菲发大妈阴沉着脸问道。

托尼亚也想了解事情的原委，便大声地问：“到底家里发生什么事情啦？”

吉图西老奶奶右手捂着胸口小声问道：“发生什么事了？你们三个为啥在这里哭泣啊？”

她们一会儿询问母亲，一会儿询问两个女儿，还有人询问小姑娘桑塔。最后她们三个大人和一个小孩几乎同时回答说：“从卡比利镇发来的信上说若阿金去世了！”

在场的人听到她们的话都瞠目结舌，过了好一会儿，才在一旁小声地议论开来。

卡塔丽娜看着陆续赶到家里来的邻居，心里越来越难过，又开始流泪了。

办理丧事的时候，她们邀请了一个合唱团。合唱团里的人行为和长相都十分滑稽搞怪，他们感染了在场的所有人，使得大家忘却了悲伤和死亡的凄凉。他们共同吟唱一些老调子，借用小曲宣泄着心中的悲伤：

让我们大声歌唱，
我们尽情地哭泣，
我们在记忆中思念你，
请天堂的若阿金向我们的家人问好。

晚上，若阿金去世的消息不胫而走，甚至其他村子的人们也知道了若阿金去世的消息。

"借光，我们到走廊那边看看。"

"好的，你们请过。"合唱团的几个人走过走廊，走到房间门口。

房间里面放着一张便携式的小床，在床头放着一张卷好的席子和一个枕头。他们走进房间，屋里面站满了男男女女。大家坐在凳子上、席子上或草垫上。

"唉！"他们中的一个人深深地叹了一口气，把包袱放在屋里的地上，又接着说，"我亲爱的老少爷们，大家晚上好。"

问候过后，大家都坐了下去，和身边的人议论开来：

"你说这叫什么事啊！这该死的倒霉运怎么就让她们娘仨赶上了呢？"

一帮人坐在屋里谈论着。

一些了解内情的人向众人讲述着事情的经过。穿上丧服的小寡妇开始失声痛哭。在场的人们看见这悲伤的场景，也和她一起哭了起来。此时的黑夜是那么的漫长。

一些人耐不住困乏睡下了，还有人陆续前来探望卡塔丽娜。人们像是被冰冻住的贝壳，待在屋里不愿意出去。大家有的在那里小声嘀咕着，有的犯困了，就两人蜷缩在一张席子上休息。此时，这个家仿佛成了一张大大的床。

不大一会儿，人们的鼾声此起彼伏。点着橄榄油的油灯闪着微弱的光芒，把人们各种各样的影子投影在墙面上。

第二天清晨，一只公鸡喔喔地叫起来。人们的呼吸声仿佛都非常沉重，惆怅笼罩着大家。

卡塔丽娜的身体慢慢地变得非常差劲。她不能安睡，饱受失眠的痛苦，她需要忘掉那些痛苦和不开心的事情，多回忆一些美好和愉快的故事。

“你不想和别人说会儿话吗？你如果继续这样不声不响，迟早会把自己憋疯。”蒂塔老太婆在一旁安慰说。

“我不知道。”

“舒缓情绪的最好方法是哭泣。你说：‘我可怜的丈夫啊！我不会抓紧死亡的绳索，只有爱的绳索让我思念！’”

一些人在一旁讲述着关于葬礼的规矩，另一些人走进屋子安慰着失去丈夫的小寡妇卡塔丽娜。气氛越来越凝重，天空也被厚重的云层遮住，仿佛是为了衬托压抑的心情。

天蒙蒙亮时，另有一些人上门来问候卡塔丽娜和她的家人。他们进门的时候说：“可怜的卡塔丽娜，可怜的一家子，以后的日子怎么过啊！”

时间慢慢地流逝，每个人都有很多事情需要去做，所以，人们在下午的时候才又一次回到卡塔丽娜的家里。只有在空闲时，人们才能到这里来安慰卡塔丽娜和她的家人那脆弱的神经。

夜深了，一些要好的姐妹们还一直陪着卡塔丽娜和她的家人，安慰她们受伤的心灵，帮她们一起抵抗恐惧——黑暗会让人想起那些悲伤的记忆的。大家主动组织轮班守夜，如果在守夜期间出现打瞌睡、走神、擅自离开的情况必须追究当事人的责任。那天夜里，她们想了很多办法让卡塔丽娜和她的家人摆脱悲伤，她们努力地创造一些欢乐——弄来一些红葡萄酒和特色食品。

家里的气氛有了明显的改变，可是，卡塔丽娜却一直沉浸在悲伤之中，她的心在默默地流泪。当她听到有人大声说话，便会喊叫着让他闭嘴，甚至把他推出门外。尽管如此，却没有人抱怨她的粗鲁，反而都挺理解她现在的举动。也许，只有让她发泄出来，她的内心才能平复。没有人埋怨卡塔丽娜，大家一心一意帮助她减少内心的痛苦。

“卡塔丽娜，你不要总是哭鼻子啊，你这个样子，身在天堂的若阿金也不会安心。人这一辈子哭三次就够了。你要想开一些，现在我们活在这个世上，但总有一天都会死的。”和蔼可亲的塔塔莎老太婆在一旁安慰说。

另外一些女人，特别是那些年轻的姑娘们都在专心地听老太婆讲话。

“卡塔丽娜，当你想出门的时候，叫上你的朋友们。千万不要害羞或觉得不好意思。即使她们正在休息，也要叫上她们一道出去散心，可千万不能独自出门……”

慢慢地，人们逐渐散了，这个家里有的只是破烂的房子和难以下咽的食物了。即便难以下咽，在之后的几个星期，甚至几个月里，她们几个也只剩下这些食物了。

四

第二天早晨，想到卡塔丽娜家里缺少粮食和饮用水，左邻右舍的好邻居们便从马样卡地区给她们买来一些饮用水。

在一棵罗望果树藤下，生长着许多灌木和仙人掌树。此时因格拉塔安静地坐在那里。若昂娜头上顶着一个陶罐走了过来，她们两人开始了恶毒的交流。

“你知道最近这里发生了什么事情吗？”

若昂娜睁大双眼说：“有啥有趣的事情？”

“你到现在还不知道发生了一件很不幸的事情吗？”

“什么不幸的事啊？！到底和谁有关系？”

若昂娜把头上的罐子取下来放在地上。因格拉塔继续说：

“我发誓这件事情你肯定已经知道……难道你不知道若阿金已经死了吗？”

“哪个若阿金？”

“哪个若阿金？！可不就是你我朝思暮想的若阿金！”

若昂娜听了同伴的话，双手捂着胸口呻吟说：

“哎呀！你说的是真的吗？太难以想象了！”

她们两个人几乎忘了对若阿金所有的恨，她们慢慢地安静下来，眼里流出了泪水。接着，两个人都陷入了沉思：若昂娜低着头，双手捂着嘴巴；因格拉塔右手托着下巴，溢满泪水的眼睛呆呆地看着远方。

罗望果树藤附近，住着一窝乌鸦，几只乌鸦停留在树枝上不停地呱呱叫着。灌木丛中生长着很多的野花，各式各样的蝴蝶从一朵花上面飞到另一朵花上面。不远处，一帮女人走过来，她们边走边笑，头顶上还顶着盛满水的水罐。她们从比较远的地方来打水——她们生活在海边。一边走嘴里还一边哼唱着民谣小调。

“真的，我们的若阿金死了！”因格拉塔深吸一口气说。

“可是，他不是在那个村子打工吗？”若昂娜不解地说，然后，她举起双手擦拭眼里流出的泪水。

“是啊，他在卡比利村打工，就是死在那里的。”

“哼！我感觉这个事情听起来像是假的呢！因格拉塔妹子，你听我给你分析一下：假如他死了，肯定是他那个克夫的婆娘杀了他。一定是他那个混账老婆在家里藏污纳垢，要不然他怎么会去那个危险的村子里打工呢？！”

“是啊！如果他真的死了，我也觉得是他女人的错。卡塔丽娜是一个水性杨花的女人……”

“她和我们心爱的男人睡了几晚，立马成了寡妇。”

想起卡塔丽娜夺走自己男友的情形，若昂娜立即变成了一只爹了毛的鸡。她走到因格拉塔面前笑着说：

"若阿金死了，可是，他好像一直活在我的心里。这样子对我和卡塔丽娜很公平——谁都别想得到若阿金。"

"是啊，现在你们都没有得到若阿金……"

因格拉塔重复着，转过身子拿起地上的罐子开始往里面灌水。

若昂娜在一旁看着因格拉塔，心里却生出了更多的恶毒的想法：

"卡塔丽娜一开始取笑我，现在是我看她笑话的时候了！"

因格拉塔抱起水罐，与若昂娜站在那里侃侃而谈。刚听到若阿金去世的消息时，若昂娜本能的反应是卡塔丽娜造成了自己前男友的死亡。她也想咒骂去世的若阿金，但是，话到嘴边又咽了回去。想到自己之前想利用巫术的力量拆散若阿金和卡塔丽娜，而现在她只想找到一个能让自己的朋友因格拉塔认为自己有理的理由来。急火攻心的若昂娜开始不停地呕吐起来——她拥有一个邪恶的灵魂，但是，她却从未感觉到自己的无耻。现在，若阿金去世了，若昂娜只能把他存在自己的心里了。

若昂娜内心的懦弱和她整日吆五喝六的样子形成极大的反差。她感觉自己的内心正在被一股股凄凉的寒流侵蚀着——发生的这一切是否是因为自己曾经发出的诅咒灵验了？那个可怕的噩梦每天都在自己的梦中重现。这样想着，她的心中又充满了自责。其实，在很长的一段时间里，她都身心备受煎熬，脾气也变得异常火爆。现在，她故意装作镇定的样子，以掩盖自己内心的丑恶。在面对自己内心的时候，在面对自己朋友的时候，她努力想摆脱自责，她想歪曲事实把责任推到卡塔丽娜的身上。

在她和因格拉塔聊天的时候，一些女人在打水回家的路上也议论着若阿金去世的这件事。水井处人来人往，若阿金的死讯成了大家聊天的头号话题。一帮小孩子也跑来跑去，跑累了就坐在井边休息。

“嘿，你听说了吗？关于若阿金·佩德罗去世的事情。”菲发大妈向卡塔丽娜的一个好朋友问道，边说两个人边慢慢地走到了一起。

“哪个若阿金·佩德罗？”一旁的特特大姐疑惑地问，她一边问一边准备把打好水的罐子放在自己的头上。

“那个和你的好朋友卡塔丽娜结婚的若阿金，他的岳母在这里贩卖花生木薯糊糊粥。”

“哦，我晓得啦。那个住在附近村子的泥瓦匠，是不是？”

“对，就是他。”

玛利亚大姐正在水井旁张罗着提水，这时桶还在水井里面，听到旁边菲发大妈的话，她松开手中的绳子，大声感叹道：

“哎，真不幸！他可是个不折不扣的大好人啊！他给我的印象非常不错啊！”

“他是为什么去世的啊？”特特大姐询问道。她头顶着水罐斜倚在水井旁的围墙上，她想了解事情的来龙去脉。

“我不清楚。昨天我去他家参加他的葬礼时，家里人说收到了从卡比利寄来的一封家书，信上说他死掉了。”菲发大妈一边说一边看着特特和玛利亚。

关于这事还有其他的消息，所有人都在注意事情的发展。

“这个世界好人不长命、祸害万万年。让我说，该得到报应的是那些坏男人和坏女人们，他们应得到上帝的惩罚。”塔塔莎一边思考一边说。

“哎，谁也没有办法阻止恶人欺凌我们这些平头老百姓。我们只能请求那些土匪看在上帝的分上少祸害乡邻吧。”菲发说道。

“你们说的那些害人精，是穿条纹黑纱的人，还是穿花纱的女人啊？”西卡婶婶在一旁询问。在这里，旱季早晨的气温比较低，现在，水井周围产生了浓浓的雾气。

“估计是那些披着条纹黑纱、扭着像蒜臼一样屁股的害人精们。”

西卡婶婶严肃的脸上多了一些笑容，她说：

“在这个世界上没有几只猫不偷腥啊。只要母猫们爱发骚，没有几只公猫能顶住诱惑啊。”

看到西卡婶婶搞笑的神情，在场的女人们大声笑起来。

谈到“害人精”这个话题，大家展开了演讲式的谈论。在场所有的人都明白，也许是由于内心的仇恨使得“害人精”们人性变得扭曲，以致做出很多伤天害理的事情。一些女人在谈到若阿金去世事情的时候，还特意提到巫术害人。若昂娜成了大家随口八卦的话题——她为了得到若阿金不惜使用巫术害人。可是，当众人追问时，她总是矢口否认。

大家的目光一下子齐齐射向若昂娜，这时她正慢慢地走到水井的前面。看着她，这些女人的大脑中产生了一个疑问：她是一个不祥之人，她是否会继续害人？

若昂娜看见在场的女人都齐刷刷地看着自己，感到很不舒服，便大声说：

“怎么了？你们怎么用这种眼神看着我啊？难道你们没有见过我吗？”

菲发大妈紧紧地盯着她，并用异样的口气对她说：

“哎呦哟哟！你这个混蛋！该死的巫师！我们这么看着你，是因为你这个混蛋用巫术害死了卡塔丽娜的丈夫，你这个害人精！”

若昂娜见状不甘示弱，把抱在怀里的水罐放在地上，然后大步流星地走到自己同伴的身边。接着，她双手叉腰二目圆睁做好打架的姿势，嘴巴冲着菲发大妈喷出一句话：

“你，看看你的脸，像自己的屁股一样！你才是巫师，你妈怎么生的你！”

在场的女人们听着两人的谩骂，低声地笑了起来，笑声中也掺杂着责备的话语。

“喂！你看看你都说了些什么混账话，难道不觉得羞耻吗？！”

弗兰卡斯笑着离开了她们吵架的地方。

遭受两个人责骂的若昂娜反而非常兴奋，面对眼前的对手大声说：

“我今天心情好，正好教育一下你们两只老母狗！”

因格拉塔在一旁赶紧安抚生了气的人们：“好了，好了！大家别跟她计较！”

“我们不能好好教训一下这个臭婊子吗？若阿金是怎么死的……”菲发大声喊道。

“菲发大妈，你别说话了！”一旁的人忙上前劝阻说。

最后，争吵的双方都被人劝走了。但是，她们仍然用侮辱的言语伤害着对方。菲发大妈向若昂娜走了的方向吐了口痰，旁边的朋友连忙推着她往家的方向走去。吐痰在这个地方是一种众所周知的意思：“不要脸的货！没有廉耻！”

接着，菲发大妈又高声喊叫了一句：

“嘿！别不要脸啦！”

五

在收到若阿金死讯的第七天，洛洛塔老太太问卡塔丽娜是否需要邀请穆西玛女士前来帮她做法事——招魂和清洁身体。母亲说道：“女儿，我们是穷人家，我们可不能像富人一样躺在床上一辈子啊。以后你还要开始自己的新生活……”

卡塔丽娜采纳了母亲的建议。事实上，她已经厌倦了这样的生活，她不能再像以前那样生活在自己思想的躯壳里。从她收到若阿金去世的消息起，她便不能做必要的日常清洁工作——她不能洗脸，不能洗手，不能清洗自己的身体。她只是简单地清理了一下口腔，其他部位再也没有清洗过！她也不能和别人握手，不管是小伙子还是大男人，甚至那些结过婚的女子也不能跟她握手。当然没有她的允许别人也不能坐在她的床上，这种守丧风俗给她造成了很多的不便。她的身上已经散发出阵阵的臭味，甚至有些呛鼻子！这种守丧风俗所体现的并不是对已经去世的人的不满，而是对逝者的思念！卡塔丽娜一直深爱着丈夫，甚至这种爱比在他生前时还要强烈。

吉列尔米娜负责去请法师做法，并向法师咨询一些守丧风俗。她要邀请的是一位专业的法师，这位女法师也是一位寡妇，她在马古鲁苏地区和一些土著地区专门从事与丧事相关的法事仪式，在当地小有名气。

在一栋小小的土坯房里生活着一位年老的女人，她的个头高高的，稍微有些驼背，她便是女法师穆西玛老太太——一个令众人尊重的老奶奶、一个法事从业人员。她接受了吉列尔米娜的请求，并且开始着手准备自己做法事需要用到的法器和物品。在她们交谈结束前，谈好了做法事的报酬为一百三十块钱。吉列尔米娜起身向穆西玛老太太告别，并且再次重复提醒：

"老奶奶，按照咱们的约定办事，咱们明天见啊！"

在约定的时间，穆西玛老太太出现在卡塔丽娜的家门口，只不过这次她的身旁多了一个女徒弟。卡塔丽娜的家人赶忙把她们带到了卡塔丽娜的房间里。进入房间后，家人在地上铺了一张席子，穆西玛老太太坐下来向卡塔丽娜的母亲洛洛塔以及菲娜姨妈了解情况。

洛洛塔站在卡塔丽娜的床边对着自己的女儿说：

"哎呀，我的女儿，我们今天一定要开始新的生活，好吗？"

"是啊，大妹子，你说得对啊。"穆西玛又接过话头说：

"让我们开始准备供品吧！家里的东西都安排好了吗？"穆西玛法师瞧着两个老太太问道。

两人回答说一切准备停当。

卡塔丽娜的母亲和姨妈走出了房间，不一会儿又回到房间，只是每个人手里都提着一个篮子。

“穆西玛法师，您看看我们准备的东西还缺少什么？”母亲洛洛塔说着，把手里的篮子递给法师检查。

穆西玛法师翻动着篮子里的物品说：

“牛肉……猪肉……大米……哦！好了，都全了，什么都不缺！”她又转过身看着菲娜姨妈篮子中的物品说，“这些都是饮品，是吗？”

“是啊，里面有红酒和发酵的红酒，这些是按照您的吩咐去买的。”

“好啊，所有的东西都全了，现在我们开始准备供品。”

穆西玛老太太的小徒弟接过两个装满食物和饮品的篮子，菲娜姨妈等人走到院子里面。在院子里，她们清理出一片干净的地方，开始制作食物供品。像上次施法的法师一样，穆西玛法师也在院子的地面上用法术做了标记，接着，她让人们在那些做标记的地方架起火炉。最后，穆西玛法师拿起一瓶红酒，在第一个火炉下的砖块上滴了九滴红葡萄酒，并大声喊道：

“若阿金，你听我说：火炉已经架起，现在开始为你准备供品。今天是你的好日子，在今天，我们的一切也将全部结束。”

接着，穆西玛法师坐在一个小板凳上休息，她点上一根普通的雪茄烟，坐在凳子上不紧不慢地抽着。随后，她和坐在席子上的洛洛塔、吉列尔米娜聊起天来。穆西玛的小徒弟主要负责在火炉边观察火势和食物的火候。

小徒弟跑到洛洛塔的身边说：“大妈，我师父穆西玛说让您每半个小时看一下火候，我已经把火炉点燃了。”

在施法期间，穆西玛法师像变了一个人，她变得十分的高傲，她大声地念出九个数字，然后用恳求的语气说：

“若阿金，听到我的召唤了吗？这些丰盛美食都是为你准备的。这些你爱吃的食物是你的妻子卡塔丽娜为你奉上的。今天，你们两个人将解除所有的关系：你可以去爱其他的女人，卡塔丽娜也可以寻求其他男人。她会结束自己寡妇的身份安静地生活。”

黑夜来临了，空中升起很多的雾气。火炉中燃烧的木材发出很强的亮光。

不一会儿，食物快要烹制好了。为了推测汤汁里盐分的多少，小徒弟用汤勺把锅里的一些汤汁泼在火炉下的石头上。这是因为，锅里的食物任何人都不能吃第一口，只有逝者的灵魂才能品尝第一口的食物。

“我师父说过，当把汤水泼在火热的石头上时，汤水冒泡就说明食物的盐味可以。”小徒弟解释说。

穆西玛法师看着小徒弟又严肃地说：

“下面的话记清楚了！你现在把汤盛到汤盘里，其他每一样食物都单独放在一个盘子里，其他甜食也要单独放在盘子里。听清楚了？”

小徒弟按照师傅的吩咐一一落实。剩下的一些食物她端给了她的师傅，顺便还弄了一些干粮放在盘子里。她们一起回到房间里，这时屋内已经点上了灯。

穆西玛法师在地上铺上席子，对着卡塔丽娜说：“好啦，现在我们要开始给你擦药水洗身子了。”

在场所有的人都默默地站在屋里的各个角落。法师用一个猴面包果的壳取出药水原料。分成九份，每份倒入一滴红酒；然后，在每份里再倒入用玉米发酵而成的玉米啤酒；最后，将药水摇至均匀。这时，穆西玛法师大声喊道：

“若阿金先生，你听我说。这些药水是来洗刷你妻子的霉运的，从今天开始，你们的夫妻关系即将终止。你们两个人都会成为自由之身，我们不需要疾病和困难。”随后，她把九份药水统统倒在一个容器里，容器里的药水都快要溢出来了。穆西玛法师坐在床上和蔼地对卡塔丽娜说：

“我的女儿，咱们现在开始涂药水、剪毛发，我将把你们的一切终止。”

卡塔丽娜褪去了头上蒙着的黑纱（黑纱代表她寡妇的身份）。穆西玛法师从自己的包袱里拿出一把非常锋利的小刀，她用小刀剪去了卡塔丽娜头上、腋窝和私处的毛发；接着，又剪去卡塔丽娜的手指甲和脚指甲；然后她把剪下来的毛发和指甲放在一个袋子里。

“我现在给卡塔丽娜剪去的毛发是死亡之发。死去的人会附着在这些毛发上……它们会给我们带来不幸，所以必须剪掉它们！只有这样，上帝才会永远保佑我们的生命和安全！我们难道不应该这样做吗？”穆西玛法师一边施法一边不停地自言自语。

施法完成后，她取出装满食物的盘子看着卡塔丽娜说：

“行啦！这里的法事已经完成，我们可以出发了。”

卡塔丽娜低声回答：“是的，老奶奶。”她慢慢地站起身，穿好衣服走出屋门。

他们组成的队伍慢慢地前往墓地，队伍的最前面是穆西玛法师，随后是卡塔丽娜，接下来是穆西玛的小徒弟。小徒弟头顶着装满食物的盘子，她的后面则是卡塔丽娜的家人和左邻右舍们。

“这是谁家的小寡妇啊？”一位神学法师问道，随后他来到卡塔丽娜面前。

卡塔丽娜毕恭毕敬地回答：

“我是若阿金的遗孀。”

“你的名字是卡塔丽娜！”

“是的，法师！”

“你死去的丈夫是若阿金！”

“是的，法师。”

“如果以后有别的男人愿意和你交往，你会接受吗？”

“会的。”

“如果以后有别的男人抚摸你的屁股，你同意吗？”

“同意。”

“如果以后有别的男人抚摸你的胸部，你愿意吗？”

“愿意！”

“好好好！”

漆黑的夜晚，时不时传来铁匠打铁时铁锤的敲击声，还有蝙蝠嘶嘶的笑声和下水道发出的像流泪哭泣的声音。来往的人们迈着急促的步伐赶往他们的目的地。只有法师的问话在空荡的夜空中回荡。

神学法师又一次问道：

“这是谁家的小寡妇啊？”

卡塔丽娜又毕恭毕敬地说：

“我是若阿金的遗孀。”

“你的名字是卡塔丽娜！”

“是的，法师！”

“你死去的丈夫是若阿金！”

“是的，法师。”

“如果一个男人递给你一根香烟，你会接受吗？”

“我会接受。”

“如果一个男人将你按倒在地，你会同意吗？”

“同意。”

“如果一个男人送你一条围巾，你会接受吗？”

“我会接受！”

“好！”

神学法师用同样的语调结束了问询。这时队伍走到了一条非常僻静的小路上，在朝拜期间，卡塔丽娜回答了法师所有的问询，并且停留了非常长的时间。

一行人在走到墓地附近时，停了下来。

“在这里挖一个小坑。”穆西玛老太太对卡塔丽娜说。

小徒弟把顶在自己头上的餐盘放在地上。卡塔丽娜拿着一把施过法术的小刀，有节奏地挖出一个小坑。穆西玛法师把一些食物放在小坑里，又在小坑里滴上九滴混合的饮料；随后，她把每个盘子里的食物都取出一些放在小坑里。同样，这些食物也被拌在一起。这之后，穆西玛法师高声呐喊道：

“若阿金先生，这些食物和饮品都是精心为你准备的。美味的饭菜是卡塔丽娜为你准备的。”说着，她把盘子里的食物扔在地上，“食物和饮品都围绕在若阿金和众神的身边，请你们尽情地享用吧！”

一旁，穆西玛的小徒弟也挖了一个小坑，没有多说什么，她便把从卡塔丽娜身上剪下来代表死亡的毛发和指甲等统统埋在小坑里。

“今天，法师以神灵的名义将你们永远分开，你们之间不会再有任何的关系。阴间的女鬼你可以随意去爱；卡塔丽娜也可以得到阳间的男人的青睐。”法师边驱魔边大声喊道。

据说奉献盛宴之后，鬼魂将尽情地品尝人间的美味。随后，小徒弟把地上的餐盘收拾整齐，队伍继续朝着大海的方向前进，在那里还有其他的仪式要举行。

队伍赶到纳扎雷教堂附近时，穆西玛、神学法师和卡塔丽娜三个人继续向着大海的方向前行，其他人则停在他们附近不远的地方。

在大海边，穆西玛法师喊道：

“脱去你的黑纱，让你的心灵变得更加纯洁。当我推你的时候，你要注意啊，大海会把你痛苦的灵魂带走。”说着穆西玛用双手轻轻地推着卡塔丽娜的肩膀。

听到穆西玛的吩咐后，卡塔丽娜慢慢地走进大海里，去经受海浪对她身体的洗礼。巨大的浪花拍打在她弱小的身体上，使得她摇摇晃晃。海边，穆西玛拿着自己之前在卡塔丽娜家调制好的药水倾倒在小姑娘的头上，第一次洒的量比较少，直到第九次的时候才把药水一下全部倒完。她一边用双手迅速地在卡塔丽娜全身擦拭，一边嘴里大声地说：

“若阿金先生，我正在洗礼你的小寡妇，请让她平静地生活吧，你们的爱情也将永远终止。”

接着，她把卡塔丽娜身上的黑布全部脱掉，然后卷起来递给自己的小徒弟。小寡妇裹上了两条布匹。

现在，整个队伍里的人们都松了一口气，大家听到法师的讲解心里非常高兴。然而，小寡妇卡塔丽娜依旧是愁眉不展、垂头丧气的样子。

菲娜姨妈已经在家里等了很长时间了。穆西玛一进门便问：

“我们小寡妇卡塔丽娜的丧服都准备好了吗？”

“是的，已经准备好了。”菲娜姨妈说完，立即进屋去找丧服。

“既然已经准备好了，那现在给她穿上吧。”说着，穆西玛回到卡塔丽娜的身边对着她说，“我的女儿，把丧服穿上吧。”

听到穆西玛法师的吩咐，卡塔丽娜立即遵照法师的命令穿上了丧服。

“一、二、三、四、五、六、七、八、九！若阿金先生，请你睁开双眼，我正为你的遗孀更衣，请你看看她吧！”法师表情愤怒地说。随后，她又给卡塔丽娜穿上一条黑色的衬裙替代了之前所裹的布匹；接着，她又找来一些普通的衣服和饰品给卡塔丽娜穿戴上，以完成整套丧服的穿戴工作——第一件是一条粗粗的腰带；第二件是一根圣洁的绳子，绳子是从下往上系的，并从右至左缠绕在卡塔丽娜膝盖以下的腿上；第三件是佩带，佩带呈英文字母 X 的形状绑在卡塔丽娜的身上。它是由两根佩带组成的，一条佩带向左扎，另一条则向右侧扎。头部从眉毛到脖子后面都必须用帽子遮挡起来，帽子前面垂下一块小小的黑纱遮住了整个脸部。不过，每个部位也都用一根小带子绑扎起来。

卡塔丽娜坐在自己房间的婴儿床边，整个人变得非常的沉闷。这个时候，小孩子和女人们在房间里小声地吵吵着。

卡塔丽娜用一根绳子从左至右地在自己的小腿上慢慢绑扎，绳子总共在她的小腿上绑扎了九圈。以后的日子中，她不能将绳子解掉，要直到绳子自动松开才算是解脱。如果绳子不能自动断裂，她就不能前往教堂做礼拜。

说实话，没有人明白为什么存在这样的民族风俗，比如，新寡妇的衬裙必须放在逝者曾经使用过的床垫下面，而且到最后必须秘密地将它们一起埋掉。

这时，神学法师说："我们的上帝和圣母不会丢下我们的家人，虽然很少有人去遵守那些传统的风俗和约束。女人们有自己的男人需要照顾，有自己的事情需要处理。这里摆放着小米，你可以安静地睡去。我们的朋友，从今天开始，你们的关系将完全终结。你们的关系就像是一条裹脚布，在使用之后，终有一天会腐烂。"

"明天我们将废除禁欲的大门，我的小寡妇女儿，你听到了吗？你知道怎么和那些男人……明天，如果有男人抚摸你的屁股，请你不要伤心，也没有人会鄙视你的行为。"穆西玛法师和蔼地劝告着卡塔丽娜。

一旁的女人也都纷纷表示同意：

"是啊，这样做就对了。作为一个失去丈夫的女人首先要对得起自己。"

"是啊！你按照穆西玛大妈的话去做吧。"这时，人们从人群中推出一个小伙子，把他推到小寡妇的身边。

"把你的手放在小伙子的裤子口袋里！"接着穆西玛命令卡塔丽娜道。

卡塔丽娜听从了穆西玛的命令，把手伸进小伙子的口袋里，并从里面掏出一些钱来。此时，她的脑中闪烁出很多龌龊的画面，瞬间感觉到自己是那么的无耻。不一会儿，画面又从她的脑海中消失了，她又一次把自己的手伸进小伙子的衣服口袋里。

“现在，你用手抚摸她的屁股！”

面对大家的笑声，小伙子抚摸了卡塔丽娜的屁股。

“再拥抱她一下！”

他乖乖地听从了大家的呼声。

“拿着这根鞭子，抽他！”穆西玛对卡塔丽娜说。

一个爱嘲弄人的女人大声说：

“小心点啊！慢慢打啊！”

“嘿！你要不要替她打我啊？”小伙子说道。

小伙子被打后，跳了起来。穆西玛法师用她的左胳膊狠狠地抱住了卡塔丽娜，然后，用一根绳子将她捆扎了九圈；同时，她又抬起头大声地喊道：

“若阿金，今天我将你的小寡妇捆扎起来了。让你的家人过上平静的生活吧，请你离开这个家，这里已经不再属于你。家里来了一个爱慕卡塔丽娜的男人，现在她会把自己的一切献给另外一个男人，请你去找其他的女人吧。”

这一天的第一声公鸡叫声响起，人们也开始打扫施法带来的灰尘了。菲娜姨妈拿着扫帚清扫屋内地面上留下的斑点，并把一些杂物放在角落里，又把一些红酒的空瓶子收拾到一起。所有的垃圾堆到一起时，形成了一座小小的垃圾山。

而卡塔丽娜由于心情抑郁导致免疫功能混乱正卧病在床。

六

当天下午，马努埃尔来到卡塔丽娜家里做客。由于他身体欠佳，最近很少到外面走动，所以他也较少参与类似丧事的活动。

“若阿金是患上什么病去世的啊？”马努埃尔伤感地问道，他坐在放着鹦鹉笼子的床边。

若昂大叔是卡塔丽娜家的常客。他也坐在卡塔丽娜的房间里，听到马努埃尔的问话，他耸耸肩说：

“没人知道啊！”

卡塔丽娜的母亲坐在婴儿床边说：

“是啊，谁都不知道他到底死于什么疾病。不过，这几天我们会知道他到底是怎么去世的；因为，在嘎瓜古地区附近的一个叫木伦沃村子里有一个非常灵验的巫师，他对我们说若阿金是患病死亡的。菲娜和吉列尔米娜两个人专门去请他占卦了。”

“原来是这样啊。既然如此，我们很快会了解到他是怎么去世的。到底是因上帝降罪致死，还是因魔鬼巫术发难而死啊。”

马努埃尔说道。

卡塔丽娜不相信有怪力乱神，她叹口气说：

“可是，谁会用巫术害人呢？若阿金从来也没有得罪过什么人……”

“卡塔丽娜，你说得对啊！我不相信在这个世界上真的存在巫术。”若昂大叔说。

母亲洛洛塔固执地说：“嘿，老哥！你别在这里说你的无神论，我们这些人可不像你们那些文化人。巫师在生活方面确实帮了我们非常多的忙。”

“我的生活里根本不需要他们那些巫师。”若昂大师反驳说。

马努埃尔是若昂大叔的狂热追随者，也是他的铁杆粉丝。他站起身对洛洛塔老太太说：

“洛洛塔大姐，若昂大叔所说的有他自己的道理。每次他遇到问题的时候，会自己用大脑想办法……”

若昂大叔听到马努埃尔的话迅速站起来，一边冲着洛洛塔老太太做鬼脸一边扬扬得意地回应说：

“你们都听到民众对我的评价了吧？！当我遇到困难的时候需要寻求巫师的帮助吗？你们那样做太愚蠢！从我成为一个真正的男人起，遇到问题我就会自己解决，不会去寻求那些只会骗人钱财的混账巫师们。你们实在是太幼稚！”

若昂大叔讲述了一件发生在他身边的滑稽事情：那是一天晚上，他感觉肚子很饿，便从家里找出一些坚果烤着吃。正当他剥坚果皮的时候，他忽然听到院外有一个神秘的声音说：“师傅，我听您的吩咐。好的，咱们什么时候出发啊？”

若昂大叔听到外面的声音，感觉很好奇，但他却默不作声；

虽然他的小心脏扑通扑通地乱跳。他竖起耳朵仔细地听着外面的动静，心想是不是有巫师在外面搞鬼。这时，一个家伙在院外发出低低的声音，不一会儿，便有人站在门口，冲着里面的若昂大叔大喊：有客人来访。这时，若昂大叔又听到外面的那个神秘的声音说："师傅，那我们今晚还出去吗？"

若昂大叔终于忍不住了，起身走了出去。他想冲上去撕破那些巫师的丑陋面具，并且在大家面前揭露他们的罪行。正在这时，又听到一个年长的声音说："稍等啊，他马上出来。"

若昂大叔迅速地把身上的衣服脱下来，披上一块布，然后用一根绳子系在腰间，又用一根小无花果树枝装饰在头上，为了防止家里的母鸡跑出门，他拿着一个木板挡在院门口。

原来门外站着一些夜游的巫师，他们晚上走了很多地方，这些算命人边走边敲打手中的小鼓，其中还有一个人手中拿着两块石头重重地敲打着木鼓，其他人还不时地吹口哨。巫师们晚上游行给大家造成的搔扰不言而喻。深夜时分，他们坐在大街上敲打着手中的木鼓，高声喊叫说："我们夜晚神游，我是蠢人吗？我们夜晚神游，我是蠢人吗？我们夜晚神游，我是蠢人吗？"接着，他们又开始踏上新的夜游之路。

若昂大叔在这个地方深受广大居民的信赖和尊重。那天，他施展自己的功夫拦住一名巫师后便大声叫嚷："快来啊，我抓住了一个巫师！"这个巫师则使尽全身的力气，想摆脱若昂大叔的控制。"你们赶紧过来啊，这里有巫师啊！"若昂大叔大声喊叫着。巫师最后一搏，终于挣脱了若昂大叔的控制，然后，他从自己的包裹中掏出一把粉末状的物品，向若昂大叔的脸上撒过去，趁着夜幕和混乱，巫师迅速地消失了。

等到众人赶到的时候，若昂大叔生气地说：“他已经逃跑了。”所有人叫嚷起来：“抓住巫师！抓住那个魔鬼！杀了那些婊子养的巫师们！”人们在后面奋力追赶，还有人使劲朝着巫师逃跑的方向扔石头。

突然，人们都停下脚步注意去听前方的动静。“他跑到哪里了？那个混蛋巫师到底跑到哪里了？”他们急切地询问站在一旁的若昂大叔。由于一旁的灌木丛已经枯萎死亡，村民便建议可以采用火攻——焚烧灌木丛逼迫藏匿在此的巫师出来。大家一致同意焚烧灌木丛，大家认为巫师就藏在此地，因为他不可能一下子就跑得无影无踪。人们断定那个巫师一定还藏匿在附近的某一个地方。大家都同意使用火攻的方式逼巫师出来。当火势慢慢蔓延开之后，人们都停下脚步站在火焰的上风处，注意着火焰周围的风吹草动。后来，大家发动集体的力量在灌木丛旁围成一个圆圈以方便寻找。人们拿着木棍边走边敲打着灌木丛，一些人捡起地上的石块朝着自己认为可能藏人的地方扔去。但是，直到最后也没有发现巫师的踪影。人们有些绝望地说：“也许，巫师变成其他的东西逃跑了！”

最后，大家怀疑他是变化成了一条蛇，因为在这里大家找到了一条蛇。

随后，一些人拿着石头朝那毒蛇扔去，另一些人在旁边大喊：“够了够了，别砸啦。”喧闹声中，大家纷纷赶到抓蛇现场，有人拿着木棍朝着蛇疯狂地抽打。然后，又有人用棍子把它挑起来到每家每户门口去展示——以此来威慑村子里那些特别出名的坏人！

若昂大叔高声地总结说：

“现在咱们已经擒获了这个混账东西！我们应该大张旗鼓地宣传一下，让整个村子的村民都知道这些混账东西的罪行。”

卡塔丽娜的母亲洛洛塔大妈脸色凝重地说：“你确定那条蛇是巫师变化的吗？”

马努埃尔也质疑说：“我也觉得不大可信！只有亡灵法师才能使他们束手就擒。”

卡塔丽娜坐在一旁闭口不言，她不相信若昂大叔口中的巫师变化成蛇的奇谈怪论。对于巫术，卡塔丽娜也是笃信者。她像大多数的兄弟姐妹一样笃信亡灵法师（神医）和巫师能够帮助他们解决一切问题，因此她在心里非常尊敬他们。如果巫师们真的做了坏事，那一定会给她带来不小的恐惧。对于那些整日里都在崇拜巫师的村民来说，不管是听到的还是看到的，他们只会认为那是神赐予巫师们的力量。村民们会质疑他们的所谓的灵魂控制吗？所以没人相信若昂大叔等人给巫师们的评价——巫师们是一帮江湖游医，他们会把恶魔带给广大的村民。

“若昂大哥的评价，我本人非常不赞同。菲娜和吉列尔米娜两个人也经常去听取亡灵大师的讲解，只要她们碰上问题就会向他求助。而且，我们大家都知道我的女婿若阿金是生病死亡的。”洛洛塔大妈愤怒地说。

若昂大叔扮着鬼脸大声说：

“那你们能请亡灵法师来测算一下若阿金到底是怎么死的吗？”

“当然请过法师，而且他是当地非常灵验的一位法师。”

坐在旁边的马努埃尔脑中突然闪出一个念头，他问道：

“说实话，书信里面说若阿金是得什么病去世的啊？”

“我不知道……安东尼奥·塞巴斯提昂当时只是说让我们哭泣！”洛洛塔老太太边说边看着空中回想着当时的情形。

“现在，书信在哪里啊？”

“他念完书信之后把它带走了。”

“他能认全书信上的葡萄牙语吗？”

接下来，一阵短暂的宁静给了大家思考的空间。那天，安东尼奥·塞巴斯提昂根本没有把信的内容全部读完——也许是他怕自己露怯，就只念了自己看得懂的词汇？也许，是若阿金死得太惨，他不愿意继续读下去了？

“安东尼奥·塞巴斯提昂阅读的书信是从哪里寄出的啊？”马努埃尔问道。

“听说是从若阿金打工的卡比利村寄过来，当时，我和吉列尔米娜不在家。”

若昂大叔也若有所思，仿佛有什么问题在他脑中一直徘徊。过了一会儿，他问卡塔丽娜：

“安东尼奥·塞巴斯提昂念信的时候都给你说了什么啊？”

“他没有说什么。只是跟我说‘你哭泣吧！’”

马努埃尔打断她说：“他难道没有说为什么让你哭吗？”

“没有。他说完之后把信塞进自己的裤子口袋里，表情悲伤地离开了我家。”

“若阿金去世了，这件事毋庸置疑。”卡塔丽娜的母亲在一旁用坚定的眼神看着马努埃尔。

“我并不反对你的想法，若阿金去世与否我们之后再谈。但是，在确认他死亡之前，我想看一下若阿金的来信！”

若昂大叔也十分赞成马努埃尔的意见：

“如果你想探个究竟，我愿陪同你前往安东尼奥·塞巴斯提昂的家里，我现在也想知道书信的内容。”

“好的，咱们走啊。”

两个人站起身匆匆忙忙地离开了。走前他们说：“我们一会儿还回来啊。”

“你们二位不要在这里添乱了。我现在唯一想知道的是若阿金的病是上帝带来的，还是恶魔所致。”洛洛塔老太太小声嘟囔着。

七

在和她们母女二人聊天之后，若昂大叔和马努埃尔又掌握了一些重要的信息：安东尼奥·塞巴斯提昂在念完书信之后就前往城里去圣保罗大教堂做弥撒了。有时候安东尼奥也会在自己的情妇家里住几天。

若昂大叔和马努埃尔踏上了一条长长的光秃秃的小路，路旁只有荆棘丛和干枯的小草。后来，两人经过一片有着红色沙土地的高原。在这片红土地上种植着一眼望不到边的木薯，乍一看，像是一片木薯形成的大海。有些地方冒出一些又高又大、枝叶繁茂的腰果树，腰果树的果实已经泛出了黄色和紫色。接着，他们又穿过一片木屋。因为有好心人指路，他们很快便抵达了安东尼奥·塞巴斯提昂的居住地。最后，他们在一棵树下的席子上找到了安东尼奥。

“你怎么在这里啊？”若昂大叔问道，并想坐在安东尼奥身边休息一会儿。

但是，安巴卡人没有让他坐在自己的席子上，而是吩咐一旁的家人从院子里找两把椅子来给他们。他们两人站着和安巴卡人握手寒暄后，安巴卡人却开始盘问起他们两人来：

“你们两人是从拉帕里卡村过来的吗？”

与此同时，一个小伙子拎着两把椅子来到他们面前。二人接过小伙子的椅子坐了下来。安巴卡人小心谨慎地又询问二人来此的目的，并问是不是他做错了什么事情。

“不，我们是为另外一件事而来的。”若昂大叔回答说。然后他按老习惯点上了自己的烟袋锅。

“是啊，我们今天来你家就是想和你聊聊天。”马努埃尔边说边四处寻找着其他人。安东尼奥·塞巴斯提昂用手赶走烟袋锅飘来的烟，从自己的口袋里拿出一支雪茄烟——他开始展示着自己的奢侈品：“你们想聊什么？发生了什么事情啊？”

若昂大叔努力压抑着自己的情绪解释说：

“我们大家知道若阿金已经去世了……”

安东尼奥听到他的话，立即插嘴说：“你说什么啊？若阿金死掉了？”

若昂大叔和马努埃尔听到他的话，对视了一眼。

“是谁说若阿金去世了？你说的一切都是真的吗？”安东尼奥·塞巴斯提昂表情急切地问眼前的两个老朋友。

看到安东尼奥·塞巴斯提昂的反应如此大，马努埃尔也觉得特别诧异。

“老弟！我们讲的是千真万确的！”若昂大叔结结巴巴地说。

腰果树的树梢上，一只知了停止了鸣叫；旁边的一只麻雀不停地啄着它，想拿它做晚餐填饱肚子。

安东尼奥·塞巴斯提昂听了若昂大叔的回答整个人变傻了。他说："啊！我的若阿金老弟，他怎么会死啊？"

两个人看着安东尼奥·塞巴斯提昂，哈哈大笑起来说："村子里的人都知道这件事，你怎么还觉得奇怪？！这个消息对卡塔丽娜来讲是个晴天霹雳。不过，你现在的样子可能更加滑稽。"

"你们是在跟我开玩笑吗？你们两人笑什么啊？"安巴卡人不明白两个人的意思，他把雪茄烟扔在了地上。

若昂大叔对于此事非常的严谨。他敢肯定，当时这个安巴卡人并没有百分之百肯定地说若阿金已经去世了。

马努埃尔试图让他回忆起自己所说的话："你上次去卡塔丽娜的家里，不是在念信的时候对卡塔丽娜说哭泣吧？"

安东尼奥·塞巴斯提昂用手拍着自己的额头说："哎呀！我所说的是另外一件事。"

若昂大叔和马努埃尔两人又相互对视一下——难道是这个安巴卡人另有隐情吗？

"那封书信还在你这里吗？给我们看看啊。"马努埃尔伸出右手向他索要信件。

安东尼奥·塞巴斯提昂咬着嘴唇走进自己的屋里去了。屋外的人士对他进行了评价："这样的男人真是够愚蠢的！做事稀里糊涂，像个没长大的小孩子！真让人生气！难道他不知道他自己说了些什么话吗？最终，还是让书信给我们解开疑问吧。"

在茅草房旁边，安巴卡人安东尼奥·塞巴斯提昂的小老婆盘腿坐在地上，她的怀里抱着一个未满周岁的婴儿。由于日夜照顾孩子，身体十分劳累，她快要垮掉了。她的嗓音也变得沙哑。在她的前面还有另外一个女人，那女人的手里拿着一把小小的折刀，在一个爱美的年轻人胳膊上刺文身。小孩子、母鸡和小猪们在院子里悠闲地玩耍。

不一会儿，安东尼奥·塞巴斯提昂手中拿着信件返回院中。迫不及待的马努埃尔一把将书信抢过来开始高声朗读起来：

“亲爱的卡塔丽娜，我已经到了打工的地方，不知道你的身体怎么样。我工作的地方总是在下雨，每当我一个人待在草棚的时候，心里就特别的害怕。我已经和安东尼奥老哥说过，让他多多照应我们家里的事情。我也经常在梦中见到你，你不在我身边的时候，我的心非常的痛苦，我做的这些梦都是噩梦！非常糟糕的梦！我不知道梦中的事情是真还是假啊。这边的工作结束之后，我会立即赶回咱罗安达的家里！人这一辈子总是会遇到坎坷磨难，我的身体也是今天好明天坏。你也代我向安东尼奥·塞巴斯提昂问好,这里没有什么好的礼物送给他,只有一句衷心的问候！当地的小母鸡产下的蛋非常小，产蛋量却很高！同时，替我向咱们的姐姐吉列尔米娜问好，并让她注意保护自己的牙齿；还要向岳母洛洛塔、菲娜姨妈、若泽先生、丹度先生以及那些所有我认识的人问好；并且向帕斯瓜尔教父和莱莱莎教母问好，顺便也向那些打听我的人问好啊！”

“安巴卡人，你看看书信的内容啊！若阿金是在向村子里所有的人问好，你怎么跟卡塔丽娜说让她哭泣呢？！”马努埃尔一边批评他，一边把书信放了起来。

若昂大叔大笑起来说道：

“安东尼奥老弟，你现在可变成坏人了！你为什么要让卡塔丽娜哭泣呢？”

安东尼奥·塞巴斯提昂内心有点激动。他坐在一个凳子上面，开始回想之前发生的情景。但若昂大叔和马努埃尔两个人不明白他为什么闭口不言，心中十分疑惑。

“我说的可都是实话——我让她哭泣的！”安巴卡人坚定地说。他又抬起头问道：“那个卡塔丽娜哭泣了吗？”

“那就好！是你让她哭泣！”若昂大叔皱着眉说。

马努埃尔不能遏制自己的愤怒情绪问道：“如果是你让卡塔丽娜流泪——就是说你跟卡塔丽娜说了若阿金去世的消息。你知道现在卡塔丽娜家里正在办丧事吗？”

马努埃尔的话，像一记重重的耳光打在安东尼奥的脸上。

“是我说让她哭泣，可是，我也没有说若阿金去世啊。这绝对是个误会！如果她举办葬礼穿了丧服，这一切是她自己误会的结果……”

“你这个大蠢蛋！”若昂大叔用长辈的口气责骂安巴卡人。

安东尼奥·塞巴斯提昂用快要窒息的声音发怒般地说：

“像我这样的富人，拥有很多的土地和耕牛，还有拉帕里卡民众的信任……谁是这里富有的人，谁在这里抽雪茄烟啊！……收到若阿金书信的时候，我心里非常高兴，但我却不能读出书信的内容，我的心里很惭愧。所以，我只能对她说：‘哭泣吧！’”

尽管若昂大叔和马努埃尔两个人很愤怒，可是，他们心里也仍然觉得这事有一丝可笑。他们比较了解安东尼奥·塞巴斯提昂的脾气秉性，他做事从来不考虑后果。对于他的过失他们也只能是深表遗憾，因为，一切都被改变了。

两个人与安巴卡人又聊了几句之后便和他告别了。

魔鬼般的太阳西落了——在进行了一系列对质之后，天边只余下一丝丝的亮光。若昂大叔和马努埃尔对当地都不太熟悉陌生带来恐惧，两个人的脚步越走越快。他们想象着卡塔丽娜和她的家人听到这个消息后的狂喜，步伐更加轻快了。当他们回到村里时，天已经变黑了。

“好消息啊！好消息啊！”两个人急急忙忙来到了卡塔丽娜家的家门口。

洛洛塔和吉列尔米娜听到声音跑出来迎接这两个男人。

“你们两个老男人喝醉了，还是脑子疯掉了？”洛洛塔老太太生气地说。

“我们没有喝多也没有疯啊！”两个人异口同声地说。

他们二人讲述了事情的经过和存在的误会，卡塔丽娜高兴地跳了起来，和自己的家人热情地拥抱在一起。

“谢谢！上帝啊！”她双手合十感谢上帝。

“可恶的巫师！你一定会为你的谎话受到惩罚的！”母亲洛洛塔诅咒说。

若阿金没死的消息迅速在邻里间传开，家里又开始人来人往了。今天是一个值得高兴的日子，所有人都被酒精麻醉了。

这种事情像是魔鬼和我们开了一个玩笑。只有安东尼奥·塞巴斯提昂的人格尊严在人们的夸夸其谈、哈哈大笑中丧失殆尽。

复　仇

一

书信事件像是一把被扔在空气中的呛人的辣椒面，这几天，卡塔丽娜和她的家人们无论做什么，总是能闻到那股辛辣的味道。

当地老传统，女人们会根据当下发生的事情即兴创作歌曲。理所当然，我们的安巴卡人安东尼奥·塞巴斯提昂成了女人们创作歌曲时关注的焦点。她们都在回忆着书信事件的相关内容：

“嘿，你家那口子来书信了！”

“哈哈哈！可是，我们家那口子可不糊涂！小姑娘为自己的男人穿上丧服，可是，最后发现自己的男人像我们一样活在人世上。”

“哈哈哈！”

“我们能怪罪谁呢？他让别人哭泣的原因，竟然是因为他不识字……”

“他是大骗子！”

“啊！大骗子是那个安巴卡人！”

“哈哈哈！”

无论安东尼奥·塞巴斯提昂走到哪里，不管是在什么场合，他一出现大家便会哈哈大笑。很多人把他不认字做错事的事情编排成笑话和段子。没有人会原谅他愚蠢的虚荣心。虚荣的坏毛病造成了他的悲摧人生，很多人都在议论着他的愚蠢行为。

大家的流言蜚语像一根根钢针深深地刺痛着安巴卡人的心。一开始他只是有些伤心，慢慢地他开始变得绝望，后来怒气郁结成了憎恨，在他的脑中也陆续产生了很多卑鄙的想法。他的仇恨一点点在积累，他开始诅咒嘲笑自己的人，并开始陷入意淫。他完全忘记了事件的起因是由于他错误的解释，才把自己陷入了被嘲笑的深渊！

人们的嘲笑声深深地刺痛着安巴卡人。即使是爱吃甜食的小孩子们也在议论他的愚蠢行为。对于小孩子们来讲，安东尼奥·塞巴斯提昂成了他们的反面典型——他就是一个典型的充满虚荣心的傻瓜。

时间一天一天过去，安巴卡人再也不能承受大家对他的嘲笑和非议了。可是他能做些什么呢？最终，他决定离开此地回到他的出生地安巴卡市去，回到那里照顾田地里的农作物去。他回到那里是为发展自己的生意吗？答案当然是肯定的，他是当地有名的乡绅，在那里他什么都不缺。每天他都有充足的食物供应，每时每刻都能欣赏乡村令人陶醉的美丽风景，而且这里的村民都很尊敬他。有时候，还可以大饱眼福——到河边看在河里洗澡的小姑娘；还可以拿着猎枪跑到森林里打些野物换换口味。正因如此，多年前他才放弃了他原有的痞子性格。可是现在，他成了这里民众的笑柄。人们都评价他什么呢？啊！大家都在说他做了愚蠢的事情。现在，如果他选择逃避的方式，人们或许又会开始大声地议论他，嘲笑他的愚蠢行为，嘲笑他的虚荣心。

太可怕了！这一切对于安东尼奥·塞巴斯提昂这个安巴卡人来说实在是太可怕了。他作为安巴卡市非常重要的商人，一个拥有众多良田和房屋的财主，他还拥有很多的黄牛以及情人——他从未想到自己会被众人嘲笑。现在连他手下的人也在议论他的愚蠢行为。他固执地认为，他的工人们根本不明白其中的巧合，一切错误都是那个女人造成的，为什么要让他像犯了罪一样，悄无声息地游离在人群之外。对于其他人的嘲笑他还能承受，可是，对于自己下人的嚼舌头他实在不能再承受下去了。

他被人们的嘲笑击倒了，可是，他涌出了一个报复的念头。他必须摆脱这种嘲笑，他不能总是像现在这样，总是选择逃避和躲藏。于是，他跑到一个深山老林中找到一个非常有名气的巫师，他要让损毁自己名誉的人得到应有的报应——卡塔丽娜用歪曲的事实摧毁了他所有的荣誉，他决定要用巫术杀死卡塔丽娜，结束因她而带给他的羞辱。

在恶魔的预言中，他看到卡塔丽娜整日卧病在床，每天饱受发烧的折磨。不管是白天还是黑夜，她的身体像炭炉一样火烫，她的身体一天天地枯萎，远处看去像一个骷髅架。她眼窝深陷，说起话来唯唯诺诺。没有白人的科技医学，也没有黑人的巫术；没有药房中出售的药品，也没有村中的野生草药，卡塔丽娜像变了一个人一样，变得非常的憔悴，直到她撒手人寰，不再传播那些讽刺人的笑话。

安巴卡人和巫师已经商定了施法的日期，不过，安巴卡人最后却改变了主意。他决定不使用巫术杀死她——为了复仇花钱不值得。最重要的是，当他向巫师支付佣金的时候，对巫师的能力产生了怀疑，而且他觉得巫师索取的费用很高。所以，他决定跋山涉水前往卡塔丽娜丈夫打工的卡比利村，找到她的丈夫若阿金，向他捏造一个关于卡塔丽娜出轨的故事。他决定让卡塔丽娜受到更大的羞辱和惩罚。现在所有人都在议论他，他成了大家取笑的对象；以后，卡塔丽娜的名字也会成为人们取笑的话题，她也会饱受别人的嘲笑和谩骂。他一定会让卡塔丽娜受到惩罚。

安巴卡人仿佛看到了阳光，他兴高采烈地跑起来，整个人像喝醉了酒一样。他要用一种曾经令自己痛苦的嘲笑去折磨另一个女人。

二

在前往卡比利村的路上，安巴卡人坐在平稳的轿子上，脸色阴沉、眼神呆滞，嘴里时不时地嘟囔道：

“卡塔丽娜，我一定要让你见识我的本事！臭婊子，一定要让你身败名裂！咱们走着瞧！”

为了防止野兽突然袭击，轿夫们腰间都挂着一个铃铛。他们抬着轿子一边赶路，一边唱起属于他们自己的小调。不过，他们的小曲惹恼了轿子上面的安巴卡人安东尼奥·塞巴斯提昂老爷。他面带不悦，大脑中不停琢磨着报复卡塔丽娜的计策。

树枝上站着一些色彩斑斓的小鸟儿，它们正在悠闲地鸣叫着，不管走到哪里都能听到它们清脆的叫声，鸟儿的叫声像是让人置身于一座大型的歌剧院。这其中也夹杂着另外一些动物的声音：野狼的嗥叫声、猴子的打闹声、鬣狗的嘶叫声。但是，这些都没有影响大篷车队的行程，安东尼奥·塞巴斯提昂和他的仆人们继续前行。走在队伍前面的几个人腰间都是一边插着护身的砍刀，另一边挂着长长的大刀，他们相信依照自己的能力足够保护整个大篷车队。每一个仆人的心情都很平静，他们相信不会发生任何不幸的事情。人们安静地走着，轿夫们也换过了肩，直到到达了露营地他们才决定停下来休息，并且在露营地点燃了一堆很旺的篝火。

谁能想到，这堆熊熊燃烧的篝火在夜晚竟然酿成了一次疯狂的火灾！大火，旋转着疯狂地吞噬着杂草以及其他一切植物。一些被火烧着的植物发出噼里啪啦的响声，大火伸出几条不同形状的火舌肆意地舔着周围的植被和林中的草舍。森林里的动物被凶猛的火舌惊醒，不顾方向地四处逃窜，任何动物都不敢靠近凶猛的火焰。火焰肆意地吞噬着它所能触及的一切植物和动物，火舌经过的地方，溅起红色的火星，仿佛是在庆祝它们焚烧大地的胜利。火焰像是恶魔的舌头时而长时而短，向森林里的居民们展示着它怪异的鬼脸。野兔、蜥蜴、蛇等小动物从自己的窝里跑出来，不停地四处逃窜。一些在枝头做窝的小鸟也被大火吓到了，它们撕心裂肺地鸣叫着，拍打着翅膀飞到比较远的树上去。地面上的大火仍然在熊熊燃烧着，一些森林中的茅草屋被焚烧殆尽。见此情景，每个人都坐立不安却又无可奈何，他们只有站起身来围着篝火尽情地跳舞。人们从闪烁的火光里仿佛看到了不祥之兆。

安东尼奥·塞巴斯提昂总是在沉思。为了打发无聊的时间，他手里一直拿着根雪茄烟，时不时抽上一口，然后，从嘴里吐出一口浓浓的烟。

忽然，他听到小鸟的一声悲鸣。他觉得心头有些不安，那声鸟儿的悲鸣是否预示着不祥呢？在他迷信的大脑里和心中也产生了些许的恐惧。这时，在他面前忽然出现了一支由红色蚂蚁组成的队伍，它们正在穿过小径。难道蚂蚁在给他不祥的暗示吗?他心里非常的害怕，站起身对身边的仆人大声喊道：

“你们都给我唱歌！给我大声地唱！”

仆人们收到主人的命令开始大声唱歌，并且使劲地放声高歌。古老的歌曲飘荡在森林的每一个角落，驱走了弥漫森林的哀鸣。

第二天黄昏时分，他们这支队伍又遭受了大雨的洗礼。那时，距离他们下一个熟悉的露营地还差两公里的路程。

一些身披白灰色斑点的斑鸠拖着长长的尾巴，一动不动地窝在树枝上，它们叽叽喳喳地鸣叫着，似乎在说：大雨啊，快来吧，快来吧！尽情为我们鸟儿洗礼吧！

不祥的预兆使得安巴卡人不停地伸出双手去感受雨滴的大小。突然一声闷雷响起，好像是大自然在疯狂地发笑。这笑声从无边无际的天空而来，降落在这片大地上。笑声回荡在整个森林里，人们感受到了来自天空的愤怒。

更大的困难来临了，瓢泼大雨开始从天上落下来，并重重地砸在安巴卡人的脸上。不一会儿，大雨倾盆。一个仆人更加确信临行前巫师所说的话：如果你们一定要前往卡比利村，你们一定会受到大雨侵袭的。但是，安巴卡人还是执意前往那个鸟不拉屎的地方。巫师还灵验地预测到，那里的天像被装进瓶中一样闷热难耐。所有这一切让安东尼奥·塞巴斯提昂变得绝望，也使得整个队伍的人变得绝望。

大雨疯狂地下着，浸湿了每一个人的身体。而另一个灾难也在悄悄地侵扰着队伍，这个灾难便是霍乱。正因如此，安巴卡人现在只能下轿跟随着自己的仆人一同行进。队伍来到了一个农场。这里更加泥泞难行，一条小路通向最近的村子。安东尼奥·塞巴斯提昂一行人跌跌撞撞地朝着村子行进，虽然小村子就在他们眼前，可是，他们却都感觉那里遥不可及。

进到茅草屋里后，安巴卡人选择了一个角落把行李放下。他很后悔制定这次行程，火和雨令他心悸。

安巴卡人心中的复仇烈焰慢慢地被眼前的困难吓退了。和目前的困境相比，他觉得人们的嘲笑和侮辱已经不重要了。他忽然意识到自己之前的行为是多么的愚蠢。他想，也许那些嘲笑自己的人是嫉妒自己的财富，也许是嫉妒自己的土地，也许是嫉妒自己的地位。由于那些坏蛋的嘲笑，他差点把自己推到极其危险的境地，甚至差点死在这个小村子里。但此时此刻他为什么那么伤心呢？谁又是最后的赢家啊？答案却是一只狗，除此外没有其他可选项。因为在这个时候，他身边只有狗在嗷嗷直叫。可是，当它饥饿难耐的时候，他却收紧自己的口袋；当他碰见困难的时候，那条忠于主人的狗却在尽力保护着他。安巴卡人遗憾地说："我有耐心，但是，我的嫉妒心却妨碍我的生意。"不管任何情况，他的仆人向他借钱，他总是像铁公鸡一样一毛不拔。所以直到现在，跟随他的仆人都一直饱受贫穷的煎熬。

对于复仇的计划，他仍然不肯放弃。他之前曾想用让其他男人以礼物的形式赠送给卡塔丽娜一些钱，然后再污蔑她做妓女收别人钱财的方式报复卡塔丽娜。按照这个复仇计划，若阿金和所有的人一定会把她当成婊子看待。这样安巴卡人就可以不受嫌疑地污蔑她，而且这样也不会给自己招来麻烦。

为了不损害若阿金的名声，安巴卡人安东尼奥·塞巴斯提昂计划找一个男人让他去勾引卡塔丽娜；而安巴卡人支付在此期间产生的所有费用。条件这么优渥，当然会有人愿意参与，西基图便是其中的积极分子。他承揽下了勾引卡塔丽娜的任务，于是他开始频繁地出现在卡塔丽娜的家里，有时候他还会买去些葡萄牙甜酒向洛洛塔献殷勤。今天买点这个礼物，明天送点那个礼物……没几下，洛洛塔老太太就被收买了。

小伙子西基图非常了解女人到底需要什么，他可是一个身经百战的情场老手。让我们认识一下他的手段吧，看看他是怎么玩弄一个名叫桑塔娜的小姑娘的。他和桑塔娜谈恋爱的同时，还和另外一个叫多娜娜的姑娘谈情说爱。桑塔娜小姑娘要求西基图给她一个说法。她说："我可不是你口中的牙签，不是你想用就用、想丢便丢的人。"后来的结果是怎样呢？结果是桑塔娜同意和西基图交往，并且不久后就成为"一根牙签"——一根剔过牙的牙签，别人想扔的时候就可以随意扔掉。

桑塔娜可是一个聪明的女人！安东尼奥·塞巴斯提昂也记得她。当时，小伙子西基图频频向桑塔娜献殷勤，最终修成了正果，和她居住在了一起。但是，这种关系仅仅维持了八天时间。她甚至都没有听到西基图对自己的承诺。这之后，她开始找机会报复西基图的另外一个情人多娜娜。桑塔娜是个非常聪明的小姑娘，她懂得忍辱负重伺机报复。

又是一声闷雷，就像一个可怕的炸弹在天空中爆炸了一样。如果大地犯下错误，那么天空也会冷静地笑着看大地的笑话吗？现在，大地在疯狂地咆哮，像是在用死亡威胁着天空下的一切。

真是太可怕了！天空愤怒了，它露出了一副丧心病狂的样子。没有人胆敢咒骂它，因此，它从不收敛，肆意妄为，打雷、下雨，并利用闪电点起山火，仿佛它要杀死它脚下的人、动物、植物以及一切的生灵！大家的心中都非常害怕，也非常担心！但大家依然会坚强地生活下去，他们觉得自己受惊的好似逃离的灵魂已经回身，并帮助身体筑起了一个“坚强的城堡”。

霍乱也没有停止它肆虐的步伐，它像恶魔的丑恶的笑声一样迅速在整个村庄蔓延。大雨也还在一直下，而且雨势越来越大，瓢泼大雨尽情地冲刷着大地和万物。好像上天在惩罚广阔的大地，它用鞭子一样的大雨抽打着每一寸土地。

轿夫们的身上都被雨水打得精湿，他们找来一些木材点燃了，围着火堆坐在地上一起取暖，一些人还抽上了烟袋锅子。他们相互没有说话，也没有人想打开话匣子。每个人都在内心深处想象着自己这次出行的命运。

前方的路会更加凶险，路况也更坏，可以想象出有多泥泞坎坷。目的地在轿夫的眼中非常的遥远。一些必经路段地面湿滑，特别是一些山路，一不小心便会丢掉小命。但想到老板支付的工钱，他们心中又有了些许的安慰。虽然，他们也希望用其他的方式挣钱，而不是用自己的性命去换钱。他们知道自己必须克服一切困难，不管他们愿意与否都必须学会适应，因为他们是奴隶。他们被人贩卖，自己的身体却没有一分属于自己。他们必须听从自己主人的命令，奴隶主把他们置于悲哀的境地。

作为男人，他们的心猛烈地激荡着，他们知道什么是焦虑。但是，这些倒霉蛋，他们的意志很快被奴隶主的淫威所击溃。他们作为一个民族的私有品，作为一个家庭的私有品，被四处贩卖，甚至作为某些富人的福利任人买卖，这是黑人的厄运！

假设有一天奴隶们自由了，他们一定会选择自己喜欢的村子居住。村子里还有其他女同胞，一些黑人女人留下来，她们也会选择和自己心爱的男人生活在一起。不会有人知道，另一些女人会如何选择。也许她们会死，也许她们还会被“贩卖”。因为她们是金钱的奴隶！她们失去了自由，她们的灵魂早已死亡，一切只是因为金钱！

金钱的确是个好东西。拥有它，可以购买食物、烈酒、衣服和一些漂亮的东西。但是，金钱却也是比毒蛇还要毒的物品。毒蛇的毒可以杀人，金钱也会像毒蛇一样毁掉一些人的人生。

作为一个黑人，是多么的不幸！但是，假如他们是白种人，他们的生活就会像白人一样吗？答案是否定的，因为也有很多白人像黑人一样被贩卖。但他们会被自己的亲人贩卖吗？当然不会。在人贩子眼中只有卑微的黑人才总是被买卖，而一些贩卖他们的人贩子和他们拥有同样的黑皮肤。但可恶的人贩子却感觉不到任何的羞愧。他们心中只有金钱，只有美味的烈酒、美味的食物和施展巫术所需的海螺货币，还有迷人的房子以及白人所拥有的漂亮物品。难道，白人没有错误吗？他们购买黑人奴隶，并且让他们到很远的地方去劳动——为了得到他们所要的财富，肆意地剥削黑人奴隶。可怜的黑人奴隶们只能不停地思念着远方的家乡。

黑奴们被任意买卖，他们的身体早已不属于自己，奴隶主可以随时玩弄、欺凌他们，他们就像是奴隶主的玩偶。在农场，他们又像是牛马——被奴隶主用手中的皮鞭抽打！如果黑人奴隶是人，为什么在奴隶主眼中他们就像是寄生虫一样微不足道呢？当然，我所说的，是就它的普遍性而言。大家都知道有很多奴隶主虐杀奴隶就像踩死小蚂蚁一般，行为非常残忍。奴隶们其实只是想安安稳稳地工作，但不要忘记，他们都是有血有肉的人。奴隶们的生活让人感到悲伤。

曾经的记忆在奴隶们的脑海中回荡。天空仍然下着瓢泼大雨，他们的身体坐在森林中的小茅草屋里，可是，心早已飞回远在千里之外的家中。他们对家人万分思念！他们想象着自己的家人早上拿着农具到田里干活，努力地翻地除草，在地里挖出一个个小坑，然后在小坑里种植大豆、玉米、花生、南瓜以及其他他们爱吃的东西。家中的女人们也努力地、辛苦地劳作着。每天，女人们出门非常早。清晨，太阳还躲在山后时，她们就头顶着小锄头赶往田地里干农活。她们一只手拎着个小桶水，另一只手中拎着几个黄豆粉做成的馒头——中午的口粮。她们匆忙地赶往田地里，有时独自一个人，有时三五成群或和自家亲人一起或和邻居一起。

下午五六点钟，太阳慢慢落山了，人们开始陆续返回家中。这时，她们手中总是拿着一些收获或采摘来的食物，比如木薯、红薯和一些野生的水果回家。这些食物她们从来不购买。说实话，她们的工作非常辛苦，不过她们每个人的脸上都洋溢着幸福的笑容。她们通过努力，每天都可以获得足够的食物，所以她们可以非常安心地生活。晚饭时分，还可以为家人正儿八经地准备一份晚餐。

她们烹饪美味的玉米木薯糊糊粥时需要放一些玉米粉，所以，家里的孩子们常被指使拿着大大的木棒捣碎放在碓臼里的玉米粒。小孩子们非常不乐意做这样子的家务活。因为，做这项舂玉米的工作需要极大的耐心，要一丝不苟地把玉米粒捣碎成精细的玉米粉。在小孩子们匆忙的舂玉米的过程中，你可以看到他们对玩耍渴望的眼神——他们能渴望得兴奋尖叫起来。当孩子们手中的木棒上下翻飞时，碓臼里的粮食就被捣成了粉末状。

小孩子们到河边打水的时候，三五成群嬉戏玩耍。每个小孩子都拿着一个被破成水瓢的葫芦，他们能估算出来几葫芦瓢的水可以装满自己的水罐。家务活干完之后，他们就可以尽情地和小伙伴们玩耍了。

从前，在村庄的田地里可以看到茂盛的农作物。一排排的大豆苗，每行大豆中间还间作很多的玉米，玉米秆上面飘着美丽的绿油油的玉米叶。南瓜的瓜藤铺满了附近的土地，一些瓜藤上结出果实，果实的上面长着黄色的花朵。为了让大豆高产、玉米颗粒饱满、南瓜果实更大，女人们还有很多工作要做，男人们也会手拿锄头铲除田地里的杂草。到了丰收的季节，人们便可以收获丰富的食物。这是多么幸福的生活啊！女人们想吃什么便可以吃什么，不管什么时候她们都可以自己当家做主。

可现在，当她们在田地里哼唱小调时，歌曲里已看不到对生活的热情。她们的生活里没有希望，心底里充满了泪水——为她们悲哀的命运流泪，为她们失去的家园村庄流泪，为她们支离破碎的家庭流泪。很多次，她们的脸上露出了微笑，可是，她们的心却在为自己悲哀的命运呐喊。那个呐喊的声音像屋外呜呜吹来的狂风，那是在为所有的奴隶兄弟姐妹们叹息。

安东尼奥队伍里的奴隶们来自不同的地方：利博洛市、登布市以及拜伦多等地区。可以说，他们每一个人代表了一个地区。他们六个人的历史聚在一起便能书写出一部安哥拉殖民地时期的血泪史。他们也都相互了解了各自的坎坷经历。他们的命运可以用两个字来形容：悲惨。

年纪大些的大叔们每天都在为自己欠下的债务奔波忙碌，有时债主们也会向酋长投诉他们欠债不还。到最后，他们可以找到的唯一的解决方法便是卖儿卖女。一大早，他们把自己的孩子叫到屋外对他们说："走，咱们出去遛遛弯……"就这样把自己的孩子拉到债主的面前。随后，他对自己的孩子说："稍等一会儿，我马上回来。"可是，他一去就再也没有回来。奴隶主早已盯上眼前这些像牲口般的奴隶。究竟他们被卖了多少钱，根本没人不知道。也许是六千块，也许是一瓶白酒的价钱，也许是二十个海螺货币，也许是一把步枪。谁知道他们到底值多少钱呢？！也许，只有上帝知道……债务是一个非常棘手的问题，可能会引起非正常死亡。所以，可怜的村民为逃过一死，只能用自己的儿女换来自己暂时的安宁。

邪恶的奴隶主并不是靠自己的辛勤努力取得劳动成果的，他们靠贩卖人口换钱却从未觉得心里愧疚。这些奴隶主贩卖的是人口，黑人像牲口一样任意被他们买卖。一个人奴役另一个人，在他们看来是理所应当。

很久以前，有一个自称叔叔的老头子专门贩卖自己的侄子给奴隶主。可是，他并不是这些孩子的叔叔，而是他们真正的父亲。

那些被父亲偷偷地卖给残忍的奴隶主的儿子们每时每刻都在饱受奴隶主的虐待——鞭打火烧，魔鬼般的奴隶主心中却没有任何的罪恶感。当残忍不被看作是犯罪的时候，任何的力量都不会改变他们罪恶的嘴脸。

在奴隶主残酷的统治下，奴隶们的生活没有自由，他们的双手被终生束缚，直到生命的尽头。没有人起来反抗，所有的人都在逆来顺受。没有人知道在今后的某一天我们其中的一个人会不会也被卷入这桩黑心的交易中——人口买卖在黑人中蔓延：我们的父母会被他们买卖，我们的爷爷奶奶会被他们买卖，甚至即将出生的孩子们也会被他们贩卖。残忍的交易是这个时代的象征，而我们却只能像父辈一样逆来顺受。

围坐在火堆旁的轿夫们相互了解每一个人的历史，从他们的故事当中知道他们之间有着相似的生活轨迹。他们的故事有相似之处，他们的思想也停留在某一个地方……每个人的心中都充满了烦闷，就像当时的天空一样。轿夫们共有六个人，此时他们六个人的脑海中深深地种下同样两个字：渴望。

在这个充满希望却不幸的夜晚，这些轿夫兄弟们终于统一了思想。每个人都在畅想未来，都在憧憬理想中的生活。他们六个人相互鼓励、相互依偎，他们相信通过相互帮助一定能到达理想的目的地。所有人都团结在一起，像一块坚硬的石头才可以走向更远的远方。如果他们不能团结一致，结果会变得更加糟糕——苦涩会衍变成毒药。

人们沉默着，一些轿夫低头抽烟。可是，大家的大脑中却都在想象着美好的未来。

屋外面，天空中的闪电忽明忽暗。轰隆轰的雷鸣用尽它的力气疯狂地怒吼，仿佛要把整个天空震毁。现在，苍天更不会同情大地所遭受的屈辱了。大雨像恶魔的眼泪不停地流，疯狂地流……

安东尼奥·塞巴斯提昂被眼前的恐怖景象惊吓得全身麻木，他祈求风暴立即停止。很快，一个仆人从地上站起来并从自己腰间的厚厚的牛皮套里拔出一把锋利的砍刀，他怔怔地站在屋子门口，随后，这个“看守”回头对着身边的同伴说：

“今天我们的朋友拉加尔托可不能展示他的艺术天分了，拉加尔托酷爱打鼓！还有另外一个小疯子拉伊奥，只要他听到音乐便会跳舞！”他的话里充满了讽刺意味。

在场的轿夫们听到他的话都微微一笑。

安巴卡人假装镇定地对众人说：“他说的都是以前的陈年往事了吧？”

“是啊，都是以前的陈芝麻烂谷子的事。”

安巴卡人走到另一个地方，坐了下去，陷入了沉思。恐惧使他变得更加沉默。

三

在这个森林旁的小村庄里，时不时可以听到纯正的巴图克音乐吗？答案是肯定的，让我们来认识一下这个具有浓厚乡村特色的村子吧。

萨博先生和拉加尔图先生二人相约一起上演一场二重奏音乐会。弹奏音乐的是拉加尔图先生，萨博先生主要负责演唱。他们的音乐独具风格，且从来不掺杂低级庸俗的内容。他们的音乐源自一种发自内心深处的感受，听他们两个人的巴图克音乐，从来没有人中途离场。每当大家听到他们弹奏和歌唱的音乐，都会情不自禁地扭动自己的身体，或者随着音乐的节奏一起跳舞。

萨博先生让拉加尔图到一个小村子里去捉一条蛇，用那蛇皮做鼓皮。拉加尔图先生听从了他的吩咐。但是，前往那个村子的路很难走，但最后，他还是不畏艰难地弄到了一张蛇皮。

蛇皮鼓制作完成了。可是，他们还缺少一副鼓槌。拉加尔图先生向身边的朋友求助，让他的同伴爬上大树，掰下两根又大又粗的树枝。就这样，他们的乐器制作算是完成了。

在村中一个风景宜人的地方，拉加尔图开始拍打自己的蛇皮鼓，他嘭嘭地敲打自己手中的鼓。萨博先生则站在一旁尽情高歌：

磨好你的羊肉钎子，
磨好羊肉钎子，
磨好钎子。

“嘿！你在这里唱什么？”拉加尔图在一旁指责说。

以前，拉加尔图先生也有一副天使般的嗓音。那时，他唱的歌曲是：

拉伊奥，速度飞快的拉伊奥。
我们的思想在行走！

拉伊奥是一个小伙子，他为人和蔼和亲，他穿着一身紫色的衣服，只要他出现在人们面前，总是在跳着舞——只要能跳舞他就会全身充满力气。他的舞蹈那么优美！可以说，他是附近村庄里跳舞跳得最好的人，他的动作是那么的敏捷、优美、动人。

“拉伊奥来了，拉加尔图你快藏起来！那个怪人不喜欢看见你。”萨博先生看着自己的同伴说。

拉加尔图听到萨博的话，赶紧找到个小角落藏了起来，他可不想给自己招来不祥之事——谁都知道拉伊奥小伙子脾气暴躁，容易发火。

拉伊奥小伙子到了！却真让人失望！因为让人意想不到的是，现实中的他演唱的歌曲和传说中的差距那么大，他演唱的歌曲可以用难以入耳来形容。

拉伊奥感觉巴图克鼓曲的节奏很奇怪，便很不高兴，他停住舞步，用居高临下的口气问：

“为什么这次的鼓曲和刚才不一样啊？”

萨博先生赶紧致歉：“音乐的调子是一样的，也许，是您太长时间没有跳过这支曲子了。”

拉伊奥小伙子支付给他很多钱，所以，心里有些不耐烦。

见拉伊奥又去跳舞去了，拉加尔图从躲藏的地方窜出来，冲着萨博问：

“他到底支付给你多少钱啊？”

萨博先生只把拉伊奥支付给他的一半的钱放在拉加尔图的面前。这时的拉加尔图已经不相信总是欺骗自己的萨博了，于是他又拿起自己的鼓拍打起来。

听到拉加尔图的拍击的鼓乐，拉伊奥像一只欢快的鸽子般疯狂地在舞池中尽情舞蹈。他已经忘记了刚刚的不愉快，心中无比的高兴。

这个时候，萨博又开始给拉加尔图打手势让他藏起来，所以他又藏在角落处，换成萨博拍打乐器。

拉伊奥又一次听到那个让人扫兴的音乐节奏，但是他并没有终结快乐的心情，他的心早已飞到空中。

拉加尔图又一次回到同伴的身边，他又问同伴刚刚的那个问题，当然，同伴也给了同样的回答。拉加尔图不再相信自己的同伴，但是却并没有反驳他。他开始一边拍打蛇皮鼓，一边歌唱，悦耳的音乐声在空中回荡。

拉伊奥也沉浸在美妙的音乐中，尽情地在人群中舞动着自己曼妙的身姿。

萨博先生在一旁偷偷计算着自己到底能赚多少钱，而拍打乐器的拉加尔图则一直沉浸于自己深爱的音乐世界里。

拉伊奥跳着舞，直到人群渐渐散去。最终，他明白为什么拉加尔图总是在他面前玩消失了；原因很简单，因为萨博先生曾经想把拉加尔图买到自己的家中当乐师，不过拉加尔图拒绝了萨博先生的要求。

四

第二天一大早，天空放晴，太阳露出了金黄色的笑脸。这支队伍又欢欣鼓舞地收拾行装继续赶路。

前方的路途还很长，而雨后的路面又泥泞不堪。路上有数不尽的大坑和小坑，雨水积攒在坑里，阳光一照，好像一面面形状不同的闪烁着光芒的镜子。杂草上面点缀着很多亮晶晶的水珠，它们就像一颗颗美丽的珍珠。一路上草木葱茏，空气中也弥漫着潮湿的味道，充满了农村独有的乡土气息。

安巴卡人安东尼奥·塞巴斯提昂躺在轿子上一言不发。他正在反复地思考着自己的烦心事，他的耳朵听不到鸟群美妙的歌声，他的眼睛看不到化茧成蝶的美景；他只听到皮鞭上铃铛的响声和轿夫们啰唆的唠叨。轿夫们走一路说一路，这缓解了他们神经和身体的劳累。有时，他们还用悦耳的声音唱歌——在森林里，队伍排成一排往前行进，他们一边走一边反复高唱他们的歌曲，每一句歌声都注入他们至高无上的精神。

在这风景优美的森林里，野兽的叫声中仿佛掺杂着些悲伤的情感。刚刚走出一段路程，路边突然闪现出一头野兽，它的眼神非常凌厉，一动不动地盯着这支行进的队伍。但是，队伍中没有任何人感到害怕，甚至还有一些人敢于面对面地盯着眼前的野兽。有时，森林里的野猪、野牛、狼、狐狸、豹子和狮子也会不声不响地出现在某个意想不到的地方。不过，凶猛的野兽不会攻击心地善良、灵魂纯净的人。只要人们保持心灵美善、与人友善，便可以平安地到达人生的目的地。

按照既定日程表的时间，仆人们陪着安巴卡人艰难地到达了本戈省地界。过了这条小河，前面便是本戈省了。小河两边是茂密的森林。森林为当地人提供了很多美味的食物。一路上，时不时可以看到一些正在放声歌唱的女人，还能遇上一些为他们热情引路的男人，还有一些人正在为鳄鱼制造的不幸事件祈祷。灰蒙蒙的草丛里面有很多的蚊子。浓密的树丛里居住着很多奇异的小鸟，美丽的小森林就像是斑鸠、鹦鹉、鸽子、老鹰等鸟儿的表演舞台。很多树藤缠绕在树木的枝干上，好像在拥抱自己亲密的兄弟。藤缠树仿佛是在展现一幅兄弟不离不弃的画面。

前面的路途仍十分凶险，队伍继续行进。安巴卡人心中仍然忐忑不安，一旁的仆人不停地唠叨着。枝头的鸟儿开始鸣叫，昆虫也在一旁混乱地叫着，人一走过，茂密的植物便摇摆着拍打着，小河流水声潺潺不绝。头顶的天空已经不再发雷霆之怒，恢复了它原有的样子。

前方几公里的道路极其难走：路面上凸起的石头不时地硌着轿夫们的大脚板。为了轿夫们行走顺畅，安巴卡人下了轿跟着仆人一起走。

经过一条崎岖不平的山路时，一行人看到远处出现了一个人影。慢慢地，他们才看清那是一个穿着欧式风格服装的男人。

“你怎么独自一个在这荒山野岭，难道你不害怕吗？”安巴卡人用责备的口吻说。

陌生男人是个欧洲白人，他用冷冷的语调说：

“那些混蛋黑人，我的轿夫，他们想要杀了我。就在刚刚。起初我只是听到他们在那里喊喊杀杀的，也没有特别注意；可是后来，我发现其中的危险，我让仆人停下来，我也下轿步行，把随身携带的手枪上膛，并让我身边的随从注意安全，随时防范当地人的进攻。”

安巴卡人又问道：“你的仆人呢？”

欧洲白人用一只手指指了指自己来的方向。他有些受惊，已经没有多余的力气来回答安巴卡人提出的问题了——也许，他的仆人早已经逃跑了。

安东尼奥·塞巴斯提昂想深入了解这事情经过——他也担心自己的轿夫会做出这样的事。

然而，事情的真相是，由于路途崎岖，白人的轿夫们用自己独特的土著语说：“先生，石头太多，路不好走，您还是下来走吧！”白人在非洲待的时间不长，他听不太懂轿夫们说的金本杜土著语，所以，他误会了轿夫的意思，认为眼前的轿夫要对他不利。于是他才跑到马路的另一边，等待经过的路人。其实并不是黑人轿夫要杀他灭口。

了解了事件原委的安巴卡人的轿夫们乐坏了，他们哈哈大笑起来。安巴卡人安东尼奥·塞巴斯提昂赶紧上前给他解释清楚那些土著语的意思，并派自己的两个仆人陪他去走完剩下的路程。

五

时间来到第三天的下午。烈日炎炎，天气又潮又热。香蕉树、杧果树、棕榈树、可可树、橙子树、木棉树和浓密的杂草周围湿气更重。一些土坯制成的山村房屋坐落在一些小山坡上。一些男人坐在房前地上的席子上面，小孩子则光着身子大声地嬉笑打闹，女人们则背着锄头在田间劳作。再往前行，他们会经过一处非常危险的地方，那里到处能见到鳄鱼——本戈地界的特殊物种——那里也是安巴卡人的终点卡比利村。

抵达目的地后，安巴卡人没有来得及安顿一众人，便开始到处寻找他的朋友。幸运的是那个时候若阿金正好在家。见到朋友的若阿金邀请安巴卡人吃一小盘橄榄油木薯粉糊糊粥。

“塞巴斯提昂老哥，你这次前来所为何事啊？你坐在这里吃啊。”身材瘦弱的若阿金用手指着他面前的一张桌面非常粗糙的木头桌子说。

安巴卡人“唉”了一声，长叹一口气。感谢了自己朋友刚刚提供的食物后，他又说：

“哎呀！说实话，我是刚刚从罗安达赶到这里的。但是，现在我不想吃饭，我没有一点食欲。我现在只想喝一杯椰子果发酵而成的甜酒。”

为了取悦安巴卡人，若阿金急忙去往另一个房间，不一会儿，手中拿了一个陶土杯子回到安巴卡人身边，那杯子里斟满了椰子果甜酒。

安巴卡人端起斟满甜酒的杯子咕咚咕咚地喝了起来，一旁的若阿金也陪着他喝酒。他一边吃东西一边问长问短。

安东尼奥·塞巴斯提昂拿出他标志性的东西——半根雪茄烟——他的大脑中已经想好了污蔑卡塔丽娜的招式。若阿金将对他所讲的事情感到震惊。

安巴卡人对若阿金说，一天晚上，他到卡祖诺村办事，一个男人的身影引起了他的注意。他小心翼翼地尾随在这个男人的身后——由于害怕被人发现，这个男人总是东张西望地观察附近是否有人。

“是不是晚上人家谈恋爱啊？”若阿金一边好奇地问，一边吃煮熟的鲫鱼。这些鲫鱼在烹煮之前裹上了一些木薯粉，使得鱼味更加香气扑鼻。

“你先别打断我的话。”安巴卡人激动地说。他又喝了一大口甜酒，再用手背擦拭了一下嘴唇之后接着说：“你知道那个男人在干什么吗，他是在找谁吗？”为了让自己的阴谋得逞，他装出自己对这事一无所知的样子，并宣称自己并不认识那个男人，只是看见那个男人鬼鬼祟祟地走进了一户人家。

若阿金听到这里，又一次打断了安巴卡人的讲话，他奇怪地问：

“他进了谁的家门？”

“你先别着急，听我说。”安巴卡人一挥手打断了若阿金的问话。

为了抓住鬼鬼祟祟的男人，安巴卡人说他在那家人门口等待了很长时间。他等啊，等啊，等到几乎第二天早上黎明时分，才看见那个男人从那户人家悄悄地离开——出门前他还站在门口东张西望了一会儿。

“呵呵，这么说那个男人是进了某个女人的家里……”若阿金呵呵笑着说。

“是啊，他进了一个女人家里。”

“你认识那个女人吗？”若阿金又追问道。

安东尼奥·塞巴斯提昂抱着自己的头没有说话。若阿金见自己的朋友没有回答，心中一时有些忐忑不安，他转过身问安巴卡人：

“你说的那个女人不会是我的妻子吧？”

“你难道害怕说出真相吗？”若阿金又追问道，他说话的嗓门也变大了。

安巴卡人不吭声。

若阿金用惊恐的眼神盯住安巴卡人，他脑海中已出现那个男人和妻子调情的场景。但他又对安巴卡人夸张的表现十分不解。若阿金大声问：

“你怎么不说话啊？”

“好，我跟你说，可是你不能跟我着急。我也只是把我看到的事情和你说一遍。”

若阿金双眼睁得大大的，屏住呼吸，他听到了那个女人的名字——卡塔丽娜。

猝不及防的答案让若阿金惊呆了，他感觉自己全身冰冷，视线也变得非常模糊。这事情可能发生吗？难道他钟爱的卡塔丽娜背叛了他？在自怨自艾和嫉妒心的夹击下，他感觉自己变成了一个被背叛的可怜人。他的心怦怦直跳，一口气卡住了喉咙，眼泪像闪电一样立时从眼眶里流了出来。此时他已气得全身抽搐，想到自己的女人背叛了自己，整个人快要疯掉了。他的灵魂像掉进了十八层地狱，正饱受地狱炼火的淬炼。为什么遭受不幸的人是他！他的女人为什么要背叛他？他甚至想给自己插上一对翅膀，立刻飞回罗安达的家中……但是，卡塔丽娜是一个完美无瑕的姑娘啊……突然，一股强大的气流冲醒了他——这股气流像一只猫头鹰，面容恐怖、声音粗犷。

若阿金表情僵硬地走到安东尼奥·塞巴斯提昂身边说：

"你撒谎！卡塔丽娜不是你所说的坏女人！"若阿金用手指着大门大声说，"你这个大骗子，快滚出去！"

安巴卡人赶紧起身，表情尴尬地说：

"好好好！你先忙……"

安巴卡人出门不久，这家的男主人帕斯科尔老爹和莱莱莎老妈来到若阿金所在的房间。帕斯科尔老爹是个秃顶的小老头，留着一撇小胡子，样式十分时髦。上身穿着一件熨烫平整的短袖衬衫，下身穿着一条长布制成的裙子；莱莱莎老妈是一个说起话来嗓门粗大的女人，嗓音甚至有些难听。这个家还有三个没有成年的孩子，现在，每个孩子都穿着小裤衩，坐在院子的地上兴奋地玩耍着。老爹和老妈听到若阿金在生气地大叫，便走进屋里查看端详。若阿金看到二老进门，赶紧振作精神对他们说自己没事。听若阿金说没事，两位老人互相瞅瞅，觉得有点奇怪，不过，他们还是走出房间来到院子里面。他们正要陪着孩子们吃自己烹饪的特色食物。

老爹一家人坐在院子，品尝着下午打来的清澈泉水，一边消化着晚上美味的晚餐，一边围坐在一起聊天。若阿金也坐下来，他点上一根香烟低着头拼命地抽着，努力地思考着什么。由于他没有食欲，便坐在一旁使劲地饮用椰子甜酒。一群苍蝇嗡嗡地飞过来凑热闹，由于餐桌上没有盖餐桌布，所以，一些苍蝇飞落在桌面上。

在院子里，若阿金把安巴卡人刚刚捎来的信息和在座的人讲述了一遍。西斜的太阳光慢慢地照进了屋内的走廊，又慢慢地消失了，夕阳留下一个美丽的身影。院子的大门是使用木板钉制成的，门前的土地上是层层的黄沙。小河旁的植物比较茂密，形成大片的绿荫。鸟儿非常钟爱这片小湿地，所以在这儿几乎每时每刻能听到鸟儿愉快的歌唱。这里还能听到雄鸡的啼叫声，经常还有些猪、羊在此闲逛。

若阿金经过反复思考后，觉得卡塔丽娜不可能对他不忠。因为卡塔丽娜不像其他女人，总是一天到晚想男人。她从不那样，而且她为人非常严肃，不苟言笑，甚至她不会在其他男人面前露出自己洁白的牙齿，也不会在其他男人面前哈哈大笑。她只是在熟人面前微笑说话，至于说她和别人调情更像是天方夜谭——在和她谈恋爱期间，若阿金施展了多少攻势才获得了她的芳心。

在若阿金的眼中，卡塔丽娜是一个身材苗条的美丽女人，黑色的大眼睛里透着一股淑女气质，唱歌的声音非常优美。说她喜欢别人是不可能的，安巴卡人一定在撒谎。在若阿金的心中，卡塔丽娜只喜欢他自己，再也不会喜欢其他人。

若阿金的视线模糊了，他坐在凳子上反复思考着，手搭凉棚遥望着大门外。借着那忧郁的夜色，他看到大群的鸟儿拍动着翅膀各自返回鸟巢。院子里，人们在窃窃私语。若阿金心中有股冲出院子的冲动，可是最终，理智占了上风。他想，啊，我绝对不能相信安东尼奥·塞巴斯提昂的流言蜚语。我必须反驳他的每一句谎言，我相信自己妻子的忠贞。他也许把卡塔丽娜和其他女人搞混了，或者是他在和我开玩笑……但是，说安巴卡人弄错我的女人，这种可能性又不大，因为他对卡塔丽娜非常了解。难道他说的这一切都是真的吗？我能相信安巴卡人说的每一句话吗？我的心里好乱啊！当然，有些时候女人也会欺骗自己的男人，她们也会口是心非。也许，安东尼奥·塞巴斯提昂根本没有搞混，那个女人就是自己的妻子。事实曾告诉我：在这个世界上，一切皆有可能。人脸并不是人心。人脸我们可以看到，我们可以感觉到它的喜怒哀乐；人心我们却感觉不到，它可以欺骗我们，因为它躲藏在内心深处。也许，安巴卡人所说的一切是真的，因为女人也会欺骗人，她们口中说忠贞万岁，心却早已给了别人。最后，他竟然选择相信自己的朋友安东尼奥·塞巴斯提昂的话，因为，罗安达距离卡比利非常远，而且山路崎岖，他长途跋涉前来告诉我这个信息，怎么会是假消息！

当卡塔丽娜曼妙的身姿、会说话的黑眼睛和银铃般的声音出现在若阿金的脑海中时，他又觉得卡塔丽娜绝对不会做出那样龌龊的事情，安巴卡人所说的一切都是虚假的，她心中只有他一个人，不会再爱其他男人了。

敏感的若阿金大脑中现出一幅抽象的画面。

他又点着一根香烟，不一会儿，烟雾就笼罩住了他。此时天空中现出一幅美丽的晚霞风景，光线昏暗。这美丽的风景使人不知该用什么语言赞美它。院子里的气氛非常活跃，房东一家人围坐在一起悠闲地谈天说地。当手中的香烟抽完时，若阿金又屏住了呼吸，脑海中思绪万千。

不可能，一定不可能。安巴卡人说的一定是假话。卡塔丽娜是一个正经女人——众所周知。卡塔丽娜绝对不会昏头做出那样的傻事。他是这个女人的第一个男人，这个大家也都知道。他的脸面也从未被人玷污过，也没人对他指指点点过，可现在怎么会有人说他的女人行为不端？卡塔丽娜是一个性格和其他女人截然不同的人——有一些女人好高骛远，总是在想找有钱的高富帅。安东尼奥·塞巴斯提昂一定是在和他开玩笑，也许是想吓唬他，然后，再嘲弄他的胆小。他发誓事实一定是这样。

但是，左思右想之后他心里还是有一些不踏实，他又开始相信安巴卡人的话。因为，安巴卡人跟他说此事的时候表情非常严肃，没有一点开玩笑的样子。有时候，女人也会欺骗男人，她们的嘴巴并不总是讲真话，她们的心也容易背叛。

想到这里，滚烫的眼泪像断了线的珠子，顺着若阿金的脸颊流了下来。

若昂娜是若阿金恨之入骨的女人，他对她完全死了心，还让她得到了应有的悲伤的惩罚。他们两个人最开始感情非常坚定，他们在罗安达也有一个小房子，他们一起展望着未来美好的生活。为了使今后的生活更加美好，那时他也选择到卡比利村打工。可是，在他外出打工后不久，若昂娜就勾搭上了其他男人。

当他知道若昂娜与其他男人苟合后，恨不得拿刀杀死那个贱女人！后来，他渐渐地不再为若昂娜伤心难过了，这种女人不值得他去爱和原谅。

可现在，疼痛再一次撕裂了他的生活，他的心脏仿佛在被不停地捶打——死亡总是如影随形地跟着自己。嗓子里仿佛有一颗圆球堵住了气管，使他不能自由地呼吸，大脑也慢慢地变得迟钝了。

他看看自己手指上佩戴的银戒指，这又勾起了他很多不愉快的记忆。他愤怒地把戒指摘了下来，他已经厌倦了虚伪的人性，也许，只有洞房花烛的那一晚她才真正地把她给了自己。他绝望地摘下了结婚指环——只有白人才用这种方式，微笑着和自己心爱的人居住在一起。由于他过于轻信女人，才给自己制造了许多痛苦。多么愚蠢啊！他为了这个家付出了一切，想不到自己的女人却是偷男人的臭婊子！

若阿金越想越伤心，他的眼睛在流泪，心却在流血。他甚至想打开自己妻子的胸膛，看看她的心里是否装着他。各种想法一点点地涌上心头，嫉妒心也在时刻折磨着他，这个黑人被可怜的想法裹挟着。突然，他的脑海中出现了一幅画面，一幅可怕的画面：画面上有两个人，一男一女，女人是他的妻子，男子则是妻子的情人。他们先是如胶似漆地拥抱在一起，然后又安稳地躺在床上。

多么痛苦的事情！另外一个男人俘获了他妻子的芳心。这个女人实在太可恶！一定要杀了那对奸夫淫妇！只有杀了他们才能消除心头的仇恨。在杀死妻子之前，他一定要亲口问问她为什么要背叛自己，为什么要给他戴绿帽子。这个无耻下贱的女人！

心中的怒火打乱了他的正常思维，眼中的泪水也越来越多，以至模糊了视线，他像疯子一样抖动着。他已经不能控制自己的语言和行动，他已经处在绝望的边缘，他的心似乎被背叛了自己的妻子和悲摧的命运伤得鲜血淋漓。

几杯甜酒下肚，若阿金以前那些美好而令他痛苦的记忆就像放电影一样，一幕幕地出现在脑海中。他仿佛看到有人在跳巴图克舞蹈，那木制的打击乐奏出了悦耳的乐曲。在舞池中，心爱的妻子卡塔丽娜翩翩起舞，他低声说出对她的爱慕之情。最终，两个人情投意合喜结连理。卡塔丽娜爱撒娇，起初，她总是拒绝若阿金的求爱。现在，很多女人拥有漂亮的外表，内心却污浊不堪，可谓金玉其外败絮其中，卡塔丽娜却是个例外。若阿金对她一见钟情，他的心早已属于卡塔丽娜。最终，卡塔丽娜接受了他的求爱，而且也爱上了他。他们两个人手牵手走入幸福的婚姻殿堂。夜晚，这对夫妇感受着对方身体的温暖。小夫妻也会坐下来聊聊家常，卡塔丽娜时不时主动向若阿金示好，她也会爆料闺蜜的小秘密，当然，有时也会说一些抱怨的话。

现在的卡塔丽娜正在家里忙着准备生孩子坐月子。一个即将出世的小男人将取代若阿金的地位，现在那个小男人占据着她的身体。她的身体很纯洁！但此时的若阿金却感觉不到幸福！他希望一切不幸已经过去！以后，他的家中再也不需要女人，他也可以化身成美丽的蝴蝶到处招蜂引蝶，他的心将对所有的女人都关上大门。他也可以喜欢所有的女人，但是，他不会再和任何人结婚。他一定要报复那些水性杨花的女人，他一定要报复那个红杏出墙的女人。

接着，卡塔丽娜婀娜曼妙的身姿、温情的黑眼睛、美丽动听的嗓音又出现在他的脑海中。他又一次否定了卡塔丽娜偷情的传闻，那一定是谣言。他相信卡塔丽娜只喜欢自己，不喜欢其他的任何男人。

过了一会儿，若阿金从沉思中惊醒。他深深地叹了口气，慢慢地站起来走到大门口。外面的鸟儿们都已经飞走了。他抬起头望着天空中的一弯新月。一阵微风吹来，枝头的树叶相互拍打着，微风似乎吹进了他的灵魂，他被眼前的一切陶醉了。突然间，他又仿佛恍然大悟——只有两情相悦、相互恩爱，才能产生真正的幸福。他独自回到房间用门闩把房门锁上，抽着香烟努力整理着自己混乱的思绪。不大一会儿，走廊外面响起脚步声。

“若阿金，你睡觉了吗？”莱莱莎老妈高声问道。

“没有睡！我在这里休息一会儿。”若阿金急忙回答道。

时间一分一秒地流逝，小客厅里点燃了一盏橄榄油油灯，灯光把整个客厅映成橘红色。

“若阿金，你不喜欢吃糊糊粥吗？”老妈一边和蔼地问，一边看着饭桌上若阿金一口都没有吃的食物。

“喜欢，当然喜欢。只不过我现在肚子不饿。”

“我能收拾盘子吗？”

“好的，您收拾吧。”

莱莱莎老妈拿走了剩余的饭菜，客厅里又充满了悲伤的气氛。

一束微弱的灯光照在整个房间里，若阿金靠在门框上，他喜欢夜晚的昏暗。蛐蛐躲在房屋的角落里鸣叫，他掏出香烟使劲地抽着。接着，他又开始新一轮的推理。

他不知道该倾向谁——是该相信自己的好朋友，还是该相信的自己的女人？难道是安东尼奥·塞巴斯提昂弄错了吗，还是自己冤枉了无辜的卡塔丽娜？

他又犹豫不决了，甚至感到有些迷茫。

安东尼奥·塞巴斯提昂是个严谨的人，可是，自己的妻子更不是一个稀里糊涂的女人。安巴卡人是一个值得信赖的人，却给他带来这样的噩耗。卡塔丽娜是他最钟爱的女人，他从未质疑过她的忠贞，她的人品、举止无可挑剔。他到底该相信谁呢？如果相信了自己的好朋友，等于相信自己的妻子在外面偷欢；如果相信自己的妻子，意味着自己最好的朋友在对他撒谎。卡塔丽娜人品端正，应该是自己的朋友在撒谎。因为安东尼奥·塞巴斯提昂爱开玩笑，也可能是他在故意开玩笑。

安巴卡人有时候像孩子一样。比如，挂在墙上的鹦鹉闹钟，鹦鹉从屋子里出来鸣叫的时候，安巴卡人会抓住它以便清楚地看到钟表内部的一切。他在别人家的时候不摘帽子，唯一的理由竟是怕自己的帽子被别人偷走。同样，还有很多故事也非常诙谐！假如你想了解一对同父异母的姐妹，谁是前妻生的，谁又是现在的妻子生的，你会去当着双方的面问这样的问题吗？同样的道理，当有人想知道自己手腕上的手表显示的时间时，恰巧手表机芯不运转了，你会幽默地回答“时候不早了”吗？但是，尽管如此，他并没有损害到谁的利益，而且，看到他的样子大家都会会心一笑——安巴卡人从来没有给大家制造过麻烦。但是，在这件事情上，他说话时态度非常严肃，并不是开玩笑的样子。到底事情的真相是怎样呢？

若阿金再一次陷入沉思。啊！上帝啊，该怎么办！

突然，他脑海中产生了另外一个想法：安东尼奥·塞巴斯提昂是亲眼看到卡塔丽娜偷情还是道听途说呢？亲眼所见和道听途说区别很大：看，是通过我们自己的双眼；听，是通过别人的双眼。再说，即便是我们亲眼所见——有时我们的眼睛也会欺骗我们。

卡塔丽娜的样子又一次出现在他的脑海中，那美丽婀娜的身姿、动人的黑眼睛、甜蜜的嗓音再一次征服了他，他又觉得是安巴卡人在说谎——她只爱他一个人，不可能再喜欢其他男人了。

尽管女人会欺骗身边的人，尽管她们的嘴会说谎话，尽管她们的心也会摇摆不定，但若阿金最终还是坚信自己的女人卡塔丽娜是清白无辜的。解决问题的好方法，就是找到自己的朋友和他进行深度交流，了解清楚这件事。

若阿金走出屋门的时候感到浑身僵硬。

老爹一家人还在院子里聊天，不过，现在他们都已经躺在席子上了。帕斯科尔老爹起身问道：

“若阿金，你今天不在家里睡了吗？”

“在家睡啊，我一会儿就回来。”若阿金急忙回答道。

皎洁的月光令人陶醉，小河流水潺潺，树丛里斑鸠们在沙沙地歌唱，鸽子们在鸣叫，鹦鹉在哭泣，乌鸦在嘎嘎叫。

六

当若阿金的几种想法进行着激烈交锋时，安东尼奥·塞巴斯提昂待在另一间茅草屋里也陷入矛盾之中——仇恨和理智在不停地博弈。

黑暗笼罩着茅草屋，他已经厌恶了这种玷污他人名声的报复行为。他竭力想保持内心的安静，但这已超出了他的承受能力：当他开始这场报复计划的时候，一场战争便拉开了帷幕。如果他就此罢手，那么卡塔丽娜和其他人还会嘲笑他的虚荣，而且，他的糗事还会传播得更广。在这寂静的夜晚，他仿佛听到一些人在疯狂地嘲笑他。卡塔丽娜必须为此付出应有的代价，现在有这么多人嘲笑他，都是因她而起。所以，他不顾长途跋涉来到卡比利村找到卡塔丽娜的丈夫若阿金，向他编造出卡塔丽娜偷情的事情，而且，若阿金可能相信了自己的话。如果这事不能让卡塔丽娜颜面扫地，他便会去找那个巫师用巫术杀死她——巫师根本不懂什么是怜悯，而很多人便那样轻易丢掉了性命。巫师向他展示过报复的种类：污名、神经和死亡。

月亮撕破了黑暗，黑暗的灵魂也在黑夜中出没，正义的光芒笼罩着邪恶。安东尼奥·塞巴斯提昂用简单的语言便能玷污一个女人的名节，让她遭受别人的辱骂，而他却将自己伪装成学识渊博的大师。事实上，是由于他的错误才招致了大家的嘲笑，这并非是卡塔丽娜的错。他不认识字，可以把事实说出来，没有人会去责怪他；并不是所有人都能捧起书本读书，甚至，很多白人也是大字不识几个。因此，我们没有必要虚伪地伪装自己。如果有人嘲笑你，你必须找出原因，在他们的嘲笑中去改变自己——我们不能去抱怨任何人，更不能报复他人。我们应该从现在做起。如果安巴卡人按照这种方法去平息他的怒火——卡塔丽娜遭遇不幸的事情，那只能让他受到更大的谴责，他一辈子只能活在别人的阴影下了。

以上所说是真知灼见。仇恨像一层黑纱，它可以蒙蔽我们，让我们失去分辨是非的双眼，且说出一些脑残的谣言。

但是，安东尼奥·塞巴斯提昂并没有觉得自己在说谎——尽管他让卡塔丽娜哭泣，但是让她哭泣不代表他说若阿金已经去世了。虽然归根结底这事还是因为他不识字而引起的。

“安东尼奥·塞巴斯提昂，你在家吗？”若阿金站在门外边喊边敲门。

“是谁在外面啊？是若阿金吗？”说着，安巴卡人打开屋门。

“嘿，你怎么想起现在来看我啊？刚刚你是像轰狗一样把我撵出你家家门的啊！”

“哎呀，塞巴斯提昂，你可千万别生气啊！”

接着，若阿金请安巴卡人到屋外，想和他聊些事情。

他拍了拍安巴卡人的肩膀，借着蒙蒙的亮光，两个人来到一个四下无人的地方坐下来。

此时，外面突然响起不祥的轰隆声。树梢上的叶子疯狂地摇摆起来，树丛里面的斑鸠都停止了歌唱，鸽子却还在鸣叫，偶尔还能听到鹦鹉和乌鸦的叫声。草丛中的蝼蛄们像管弦乐团一样在弹奏、展示着它们的乐器。在闷热的空气中，蚊子嗡嗡地飞着。这里唯一常年演奏的“乐器”，是那条从本戈省边界奔流而来的小河。在朦胧的月光下，村子像一只沉睡的魔兽。

若阿金和安东尼奥·塞巴斯提昂两个人的谈话是在烟雾缭绕的环境中进行的，他们聊了很长时间，安巴卡人还添油加醋地伪造了一些污蔑卡塔丽娜清白的细节。若阿金是懦弱的，他被谣言击溃了。

最终，若阿金用沙哑的声音说：

“我们明天回罗安达，好好修理那个贱人！”

月　夜

一

月夜，皎洁的月光照着整个山村，人们仿佛披上了一身银装，这令他们的心中充满爱。月夜的场景是如此的壮观。小山和村庄，小河和大海，情人之间的窃窃私语和熊孩子们的儿歌，所有的一切是那么美好。

卡塔丽娜家的屋子门口放着一张席子，卡塔丽娜、吉列尔米娜、洛洛塔和桑塔都坐在席子上愉快地聊着天，还有一些人在唱歌——这是一个小型的聚会。一众人围坐在地上，形成一个大大的圆圈，小孩子们捡起地上的石子欢快地蹦跳起来，然后，向圈子的中心丢石子，到最后谁的石子丢在圈中最多，谁便是胜利者。小孩子们一边投掷小石子，一边欢快地跳舞。大人们摇着手中的铃铛，孩子们优美的歌声回荡在天空中：

丢石子，
地上滚着走！

在葡萄牙，
地上滚着走！
在木萨米迪什沙漠，
地上滚着走。

鹿神啊，
我们的孩子在哭泣！
鹿神啊，
我们的孩子在流泪！
啊，我们的孩子在悲伤！
啊，我们的孩子在哭泣！

“为什么我们大家不是同样的肤色呢？一些人是白人，一些人是黑人，还有一些人是混血人……”桑塔问道。因为她看到路边有一个白人和一个黑人在谈话，于是想起这个问题。

“怎么问那么笨的问题！这都是上帝造成的结果啊！”吉列尔米娜责备地说。

洛洛塔老太太突然笑了起来，她说：

“你可别责骂桑塔啊，她的问题非常有意思。小时候，我的爷爷奶奶专门用一个故事给我解释过这个问题。”

“是吗，外婆？那您给我讲讲那个故事啊。”桑塔拍着手求自己的外婆讲故事，她非常喜欢打破砂锅问到底。

老太太的两个女儿卡塔丽娜和吉列尔米娜也坐到她身边请求她讲故事，因为，她们也想知道这问题的答案。

老太太接受了孩子们的强烈的请求，微微摇晃着身体呵呵地笑起来。接着，她清清嗓子，开始讲述神话：

“古时候，天和地是一个混沌状的圆球，只有一对夫妻生活在世界上。男子是一个黑人，女子也是一个黑人。后来，他们的孩子陆续出生了，当然，他们的孩子也都是黑人。他们共同生活在一片土地上。在这片土地上只有一个湖泊，而且湖水的面积很小，或者说非常小。一天，他们为了解决洗澡的问题，制定了一个规矩，从父母开始，按照年纪大小的顺序去湖中洗浴。这对父母首先下湖洗浴。当他们夫妇走出湖面的时候皮肤变成了玫瑰红。接着，是一个儿子一个女儿轮流去洗。他们两个洗浴之后皮肤变成了白色。下一对小兄妹跳进了湖里，随后，他们变成了混血人一般的皮肤。最后一对小兄妹还没有来得及洗浴，湖里的水干涸了。他们只好用手搓身上的灰泥，所以，这对小兄妹变成了浅色皮肤。”

洛洛塔老太太用手拍打着小外孙女桑塔的腰说：

“这是我给你们的答案。为什么世界上有白人和黑人之分，就是这个原因……”

小桑塔哈哈大笑，看着外婆说：

“啊！这么说白人曾经也是黑人啊！……”

小桑塔很少和自己同龄的小朋友玩耍，她反而喜欢和年长的人在一起。

“桑塔说得对啊。现在虽然我们的肤色是不同的，但是，我们的血液却是一样的。”卡塔丽娜赞同桑塔的观点。

吉列尔米娜也随声附和说：“是啊，我们的血液和其他东西都是一样。”

老太太突然改变了语气，伤感地说：

“小湖的水都干枯了。如果有足够的水够我们大家都洗浴，估计我们这一家子也都是白人啦。”

接着，她们老少四人都沉默下来。

院子外的小孩子们手拉手，排成一排，再手搭手形成一个拱桥，小孩子挨个穿过拱桥。接着，他们把手搭手的拱形桥变换成圆圈形状。在做游戏的时候，他们要高兴地唱游戏歌曲：

我们的老鹰，
死亡之鹰！
我把它送给你，
我们老鹰。

离开的女人，
日日思念家人。
我把它送给你，
我们老鹰。

腐烂的香蕉，
日日思念。
我把它送给你，
我们老鹰。

它从这里飞来，
也从这里飞走……
我把它送给你，

我们老鹰。

小孩子们三五成群愉快地做着游戏，一些孩子还在玩影子游戏。吉列尔米娜看到自己的孩子桑塔也在玩影子游戏，不由得训斥她：

“嘿，你在这里干什么！你不知道晚上玩影子游戏会给你自己带来厄运吗？”

小姑娘桑塔心中很不高兴，不过，还是乖乖地坐回到席子上。现在，她只能坐在席子上眼睁睁地看着自己的小伙伴嬉戏打闹。

“外婆，你给我讲故事吧。”小桑塔感到无聊，便请求自己的外婆。

外婆说不行，她有些困了。

卡塔丽娜也请求说：“老妈，我们再聊一会儿天吧，您看看今天的月亮多漂亮啊，我真想一晚上都在这里待着。您给我们讲个小故事吧。”

老太太深呼一口气，回忆着自己年轻时最喜欢的山区的月夜。她慢慢地说：

“好吧。我让你们猜几个小谜语吧。你们要注意听啊！如果你们猜不出谜底，就都回去上床睡觉。如果你们猜不出来谜语，又不去睡觉，就要接受我的小惩罚。如果你们不想受惩罚，请注意听谜面啊。”

她们三个坐在席子上面，都表示同意老太太的意见。如果她们三个猜不出谜底，她们都要去睡觉，而且还要接受老太太的惩罚。

老太太清清嗓子，想了想说：

“我开始说谜面了。”

“请出题！”

“我的谜面是：一个老太太开垦一片自己的土地，可是，为什么到收割的时候什么收获都没有呢？”

小姑娘桑塔笑着大声抢答道：

“是因为她种的都是稻草，而且被大火烧没了。”

老太太微笑着说：“是吗？你们还有其他答案吗？”

卡塔丽娜笑着说：

“谜底是头发！”

小桑塔觉得不理解，想知道谜底为什么是头发。老太太把土地和头皮做对比——头发也是可以种植的。

接着，桑塔的外婆又大声说：

“我开始讲谜面了！”

“请出题！”

“从遥远的葡萄牙寄来一封信，为什么没有人能读懂呢？”

“因为这封信是星星。”吉列尔米娜解释说。

小桑塔不解地问：

“啊！难道星星也是我们的信吗？”

吉列尔米娜和卡塔丽娜看着小桑塔较真的样子笑了起来。

外婆解释说：“是啊，它们是星星，你想想，谁能把天上的星星数清楚啊？没有人能做到吧！”

老太太又接着说：

“我出谜面啦。”

“请出题！”

“谜面是：一个驼背的小老太婆，身体总是弯着。等到她去世的那天，她的腿却伸直了。打一个物品。”

小桑塔还没有等外婆说完谜面，便抢答说：

“是罗圈腿。”

她们三个人听到小桑塔的回答哈哈大笑起来。

“当人死的时候，难道她的罗圈腿会伸直吗？”老太太问道。

“啊！我知道了，谜底应该是烟斗。”卡塔丽娜说。

老太太说：“回答正确！”

她继续说：

“请你们听题！”

“请出题！”

“老太婆有一个小家，每天清扫却还是很脏。打人体一个器官。”

卡塔丽娜假装打喷嚏地说：

“谜底是鼻子。”

“再请听题！”

“请出题！”

“它是家里的主人，但是，为什么总是睡在路上？打一种植物。”

桑塔拍着巴掌说：

“是南瓜。”

“呵呵，你终于猜对了一次。”吉列尔米娜表扬她道。

“请听题！”

“请出题！”

“一个人在海边丢了一样东西，为什么回来找却找不到呢？

请问他丢的是什么？”

卡塔丽娜回答：“是脚印。”

小桑塔不明白为什么是脚印。卡塔丽娜便问她，谁能在海滩上找到自己的脚印呢？

“请听题啊！”

“请出题！”

“什么东西没有脚却又能走呢？”

小桑塔急忙回答：

“是独木舟。”

“请听题！”

“请出题！”

“上帝提供给我们一汪清水。打一个果实。”

小桑塔积极抢答说：

“是椰子。”

老太太非常高兴：

“哇！我们的小桑塔现在已经学会抢答啦！好吧，我再出一个谜语。”

“小山顶上有一棵棵白色的树。猜人身上的一件东西。”

吉列尔米娜笑着对桑塔说：

“桑塔，你看看你外婆啊……”

小桑塔仔细观察一番自己的外婆，可是，依旧想不出谜底是什么。

卡塔丽娜对自己的外甥女说：“桑塔，你现在把外婆头上的白头发拔掉吧。”

洛洛塔老太太笑着说：“好了，这道题算作废了，卡塔丽娜给小桑塔提示啦。”

“请听题啊！”

“请出题！”

“在大海中心有个窗户，窗户里面还有一个小窗户。打一个物品。”

吉列尔米娜揭秘说：“谜底是渔网！”

“桑塔，我现在专门给你出一个简单的谜语，看你能不能猜出来。谜面是：外表银闪闪，里面金灿灿。打一食物……”

小桑塔没等自己的外婆说完，立即站起来举起手大声喊：

“我知道啊，我知道了！谜底是鸡蛋！”

洛洛塔老太太也很高兴，拍着小桑塔的头说：

“我的小外孙女真聪明！真是我的宝贝蛋啊！等过段时间，我一定给你买一件星期天穿着出门的漂亮花衣服。你听到了吗，桑塔？”

趁着外婆的心情好，小桑塔渴望已久的愿望终于要实现了：

“外婆，你真的要给我买一件像花仙子一样漂亮的花衣服吗？哦，我太高兴了。”

吉列尔米娜也非常高兴，急忙追问：

“老妈，因为小桑塔猜对谜语，你要给她买新衣服吗？”

“当然啊！孩子开心才最重要啊……”老太太解释说。

卡塔丽娜打断她们两个人的讲话，说道：

“妈妈、姐姐，你们别总是聊花衣服，咱们还是继续猜谜语吧。”

老太太笑了笑说：

“好的，请听题！”

"请出题！"

"我扔下一粒玉米籽，所有的母鸡跑过来都能啄一下。打一个物品。"

卡塔丽娜笑着说："呵呵，我知道啦。谜底是牙齿。"

小桑塔坐在外婆的怀里哀求说：

"外婆，求您给我们讲个小故事吧。"

坐在两旁的卡塔丽娜和吉列尔米娜也轮流请求说："是啊，老妈，您给我们再讲个小故事吧。"老太太神态自若，微笑地看着自己的孩子们，问道：

"你们还想听我讲故事吗？"

"想听啊！"三个人异口同声地回答。

老太太开始讲故事：

> 有一天，狮子先生肚子非常饿。为了能弄到食物，他不停地在村外徘徊。他走啊走啊，走了很长时间，最终他碰见了兔子先生。啊！狮子先生想，这只兔子可以给我打牙祭。
>
> 狮子先生蹑手蹑脚地慢慢靠近兔子先生。但是，当他快要靠近兔子的时候，兔子先生却不慌不忙地摇着手中的折扇站在一株野草前面，他仔细地上下打量那株野草——行为很奇怪！饥肠辘辘的狮子先生只想着美味的烤兔子肉，噌的一声跳出数米远的距离！可惜他运气太差！兔子先生事先在地上挖了一个陷阱，正等着狮子掉进去呢。
>
> 当狮子掉进陷阱之后，他怎么跳也跳不出来。于是，

他什么都不做了，只乖乖地趴在地上想自己该怎么逃脱。

时间一分一秒地过去了。突然，一个猎户出现在陷阱处。狮子先生急忙哀求他：

“哎呀，猎户先生，求你不要杀我啊！求你把我救出去吧！我家里还有嗷嗷待哺的小狮子啊。”

猎户心地善良，看到这可怜的狮子，产生了怜悯之心；又想到它家中的小狮子们，他立马把狮子放了出来。这时，又听狮子先生说：

“请把你身上的牛皮皮带给我吧，我现在真的很饿。”

猎户先生解下腰间的皮带给了狮子。很快，狮子狼吞虎咽地吃下了整条皮带。接着，狮子又向猎户要求说：

“请把你的猎枪给我吧，我的肚子还很饿啊。”

善良的猎户先生把自己的猎枪给了他。狮子先生又一次狼吞虎咽地把猎枪吞到自己的肚子里。狮子再一次对猎户说：

“把你的胳膊给我吧，我的肚子太饿了。”

猎户先生拒绝了狮子的要求。他们之间爆发了一场激烈的论战。就在这时，乌龟夫人从他们身边经过。猎户先生拦住龟夫人，给她讲述了事情的经过，并且请求她帮忙解决他们之间的问题。龟夫人了解了事情的前后经过，但是她装作听不懂的样子，不慌不忙地问道：

“狮子先生，你一开始是在什么地方啊？”

狮子先生一下子就跳进了陷阱里面，并对龟夫人说：

“一开始我在陷阱里面，像现在这个样子……”

龟夫人看见狮子跳进了陷阱，哈哈大笑起来，转身对着猎户先生说：

“善有善报，恶有恶报！以后你自己一定要注意那些恶人啊！”

老太太讲完故事后说：

“我的故事讲完了，故事是好还是坏你们自己心里会明白。”

“这个故事很好。”三个人一起鼓掌。

“这是个好故事啊。您再给我们讲一个故事吧。”

老太太欣然接受了大家的请求：

“好啊，我再给你们讲一个。”

一位豹子夫人想找一个保姆照顾她年幼的孩子们。她的孩子们刚刚出生几天，所以身体都很弱小。她东问询西打听，可是没有一个人愿意帮她照顾孩子。因为所有人都害怕豹子夫人。最后，她终于找到兔子先生帮她照看孩子——兔子先生非常愿意帮她照顾孩子。

当豹子夫人外出捕杀猎物的时候，兔子先生在家里好好地陪着小豹子们。当豹子夫人回家的时候，兔子先生把小豹子们交给豹子夫人，然后，由豹子夫人一个一个给他们喂奶。就这样，他们母子和兔子先生相安无事地过了很长时间。

一天下午，狐狸女士手里拿着一块肉和一碗木薯糊糊粥出现在豹子夫人的家门口。不过，这时豹子夫人并不在家中。兔子非常高兴，大口品尝着狐狸带来的美食。

由于肉的数量少，所以只有木薯糊糊粥剩下很多。

狐狸女士看着旁边的小豹子们，眼睛滴溜乱转，她对兔子先生说：

“我们的肚子还有点饿，不如我们两个人吃个小豹子吧？”

兔子先生拒绝了狐狸女士的提议，他害怕小豹子的母亲。但是，狐狸又建议说：

“兔子老兄，你不是每次逐个把小豹子递给豹子夫人喂奶吗？你可以这么做：在豹子夫人喂奶的时候，你把同一只小豹子多次递给她。听懂了吗？”

兔子先生笑了，并且同意了狐狸的意见。两个人开始享用小豹子。

当女主人回家的时候，兔子先生按照狐狸女士教授的方法把同一只小豹子交给豹子妈妈喂了两次奶，接着，兔子若无其事地回到了自己家里。

第二天，狐狸女士又出现在豹子夫人的家里，手里拎着一条蚂蚱腿和一碗木薯糊糊粥。兔子和狐狸两个人吃得非常高兴。他们边吃边聊，直到碗里面剩下很多的木薯糊糊粥。

狐狸女士舔着嘴巴对兔子说：“兔子老兄，我们今天再吃一只小豹子吧？”

小豹子总共有七只，随着时间的推移，他们一天一天地消失了。当最后一只小豹子也消失的时候，兔子先生决定设计一个故事。它找来一根绳子假装上吊，以博得豹子夫人的同情。

跟以往一样，豹子妈妈按时回家了，她大声地叫兔子先生，可是，却没有人回应。她找遍了整个屋子终于找到了兔子先生，兔子先生正要寻短见上吊自杀。她急忙把吊在兔子脖子里的绳子解下来。

豹子夫人大声地问："我的兔子先生，家里到底发生了什么事了？"

兔子先生一动不动地躺在地上，像死了一样。

"我的孩子们在哪里啊？他们到底在哪里？"豹子夫人声嘶力竭地咆哮着。

慢慢地，兔子先生开始现出"生命体征"。豹子夫人开始问他：

"兔子先生，家里到底发生了什么事情啊？"

兔子用微弱的声音解释说：

"哎呀，豹子夫人啊。刚刚来了很多的野兽！他们穷凶极恶地吃掉了你所有的孩子，我奋力反抗想保护你的孩子，但他们却……"

最终，豹子夫人和她的兔子先生约定展开复仇行动。兔子先生则急忙出去以制造一些虚假的证据。那天，他召集了很多野兽到家里，让他们在屋里唱歌跳舞。

兔子看见野兽们玩得非常尽兴，便教他们唱歌，并说："你们为什么不用另外一种方式去唱歌呢？你们应该这么唱：我们吃掉小豹子……我们吃光小豹子……"

野兽们觉得兔子先生的建议非常好，他们玩得很高兴，并接受了兔子的建议。后来，兔子先生又回到豹子的身边，对她说那些凶手们在自己的家里开派对，而且，还在唱吃小豹子宝宝的歌曲：我们吃掉小豹子……我们吃光小豹子……

豹子夫人来到家门口，亲耳听到野兽们口中的歌曲。但是，她却没有立即冲进去杀死那些野兽。她让兔子先生用假消息去蒙骗那些野兽，她想通过这个假消息了解所有野兽的表现。

兔子按照豹子夫人的吩咐，回到屋中对野兽们说："朋友们，告诉你们一个天大的好消息：那头老母豹子已经死了。你们大家跟我一起去豹子的家里庆祝她的死亡吧！"

听到这个好消息，所有的野兽都非常高兴。他们带着各自的乐器来到豹子的家中。

在豹子夫人家中，豹子夫人像死了一样一动不动地躺在地上。看到这样的场景，大家都相信了兔子的话，开始尽情地歌唱跳舞。只有猴子先生蹲在树枝上承担起警戒的任务；但是，豹子夫人已经死了，猴子也觉得没有什么危险存在。

在大家狂欢之后，兔子先生邀请所有的动物到母豹子装死的房间里享用美食。所有动物都跟着兔子进了房间，只有猴子一直待在树枝上。

趁动物们混乱地交谈时，兔子从房间里走了出来，并把房门锁了起来。就在此时，豹子夫人突然站起身咬死了屋子里所有的野兽……

现在，需要一条长长的绳子捆绑所有动物的尸体，于是兔子先生跑到一座荒凉的小村子里找绳子，在路上却碰到一条饥肠辘辘的蟒蛇。蟒蛇女士想吃了兔子先生。

"哎呀，蟒蛇婶子，求求你不要吃我啊。我的个头这么小，也不够你填饱肚子啊！如果你想吃饱肚子，我就带你去豹子夫人家里啊。"兔子先生浑身颤抖着说。

蟒蛇女士觉得他的提议很不错——而且兔子跟她说豹子夫人已经死掉了。就这样他们两个人来到豹子夫人的家里。

蟒蛇女士和豹子夫人碰面之后，便厮打在一起。蟒蛇使劲用自己的身体缠住豹子夫人的身体，最后，蟒蛇婶子杀了豹子夫人。

为了烧火煮肉，兔子先生又跑出去找火。但是，不一会儿，他便回来对蟒蛇说：火源存放在狗先生家里，但是，狗先生却不愿意借给我火。为了拿到火，蟒蛇女士跟着兔子先生一同前往狗先生家中。

当他们拿到火的时候，兔子先生点燃了地上的杂草。由于它身手矫健，三步并作两步跑出了火区，而蟒蛇女士却被火烤成了蛇肉干。就这样，兔子先生轻轻松松地解决了身边所有的威胁。

老太太讲完了这个故事。

"小故事我已经讲完了。是好还是坏，你们心中自知……"

三个人开始议论起来："这是一个非常不错的故事。"

桑塔要求外婆再讲一个故事，因为晚上的月夜太漂亮了，她们根本没有睡意；而且，其他的小孩子也还在外面做游戏。

老太太对小桑塔笑着说：

“如果你想再听我讲故事，你得帮外婆抓头上的虱子。”

老太太高兴地平躺在席子上面，并把自己的头轻轻地放在外孙女的怀里；然后，把绑在头上的纱巾解下来放在席子上；接着，小桑塔开始给外婆抓头上的虱子，并用自己的指甲轻轻地把虱子碾碎。老太太开始讲她的小故事：

“你们都听好了，我开始讲新的故事了。”

“您快开始讲吧。”

老太太开始讲述小故事：

这个故事的男女主角是一对夫妇。女人天天下田干农活，并且早上一大早去下田，直到很晚才回来。男人则在外面从事一些小营生。每天，女主人都会准备丰盛的美味给自己的丈夫当午饭。

时间一天天过去，小夫妻生下了一对健康的龙凤胎。孩子们一天天长大，开始学会自己吃东西了。女人也渐渐把生活的重心从丈夫的身上转移到孩子们身上。

男人不喜欢被冷落的生活，他以为媳妇已经不再爱他了。久而久之，男人的心里积攒下了怒火，他嫉妒自己的孩子争夺了属于他的“丰盛午餐”。

两个可爱的小孩子总是跟着自己的妈妈。但这一天，女人独自一个人下田干活去了，两个小孩子在家里等母亲回家。男人看见孩子就非常生气，便把他们带到离家很远的地方。最后，他把自己的孩子抛弃在荒野中。

女人回家后问丈夫，孩子们去了哪里。男人则回答说，也许是小孩子自己出去玩耍了。女人到处寻找两个孩子。但是，人们都说没有看见她的孩子。她整个人像疯了一样，四处寻找孩子。她拜托附近村子的村民帮她寻找孩子，可是，到最后也没有发现两个孩子的影子。

“哎呀，他们两个小孩子可能是被野兽吃掉啦。”众人议论纷纷。

时间慢慢地过去了，女人的心碎了。男人也后悔了——不该做出伤天害理的事情。

被抛弃的两个小孩子分别叫亚当、夏娃。当他们迷失在荒野中时，他们大声地喊叫着爸爸妈妈，一边喊一边哭。天渐渐地暗下来，两个小孩子心里充满了恐惧，他们不知道自己该去哪里。后来，亚当只好牵着妹妹的手爬上一棵高大的猴面包树，以防晚上出没的野兽袭击他们。荒野中野兽经常出没，所以，夏娃只好留在树上，亚当为了找寻亲人便爬下树。在他爬下大树的一瞬间不幸的事情发生了：一头野兽跑过来吃掉了他。

没有父亲、母亲和哥哥的照顾，夏娃变成了一个可怜的孩子，不过，她是一个勇敢的孩子。饥饿的时候，她便小心翼翼地爬下树，找一些能充饥的食物。她靠吃野果子充饥生活了很多年。

有一天，一个猎户和他的仆人经过夏娃藏身的那棵猴面包树。从远处看，猎户还以为猴面包树上是一只大猴子，但是，他的仆人说不是猴子，而是一个饥肠辘辘的人。猎人没有开枪射击，他急忙跑到了树下面。

啊！太令人高兴了！原来树上果真不是一只猴子，而是一个漂亮的女孩子！仆人立马爬上树，把可怜的夏娃安稳地抱了下来。接着，猎人把夏娃带回自己的家中。

再后来，猎人和夏娃结婚了。夏娃的丈夫还继续自己的猎人生活。

某一天，猎人和自己的朋友聊天，朋友说所有的女人都非常奸诈。猎人不同意他的说法。最后，他们两个人决定打赌定输赢：猎人的朋友决定用计谋测试一下夏娃的忠贞度。猎人满口答应。

那朋友竟使用了下流卑鄙的无赖手段：他和一个女乞丐约定好，用装可怜的方式获取夏娃手上的戒指。夏娃是一个心地善良的女人，总是施舍一些食物给乞丐。女乞丐总是隔三岔五地跑到夏娃的家里索要食物，所以，她了解到夏娃的性格和一些生活习惯。女乞丐了解到夏娃总在同一个时间去沐浴。这一天，当女乞丐在门口吃饭的时候，夏娃回到后院沐浴，她把自己的戒指放在屋子里的桌子上。于是，女乞丐成了女小偷，她拿着夏娃的戒指逃走了。

猎人的朋友从女乞丐手中拿到戒指之后去找猎人。猎人看到自己女人的戒指出现在自己朋友的手上时，感觉五雷轰顶。他想立即杀死夏娃，可是，他又非常爱自己的妻子。所以，他把夏娃带到一个非常遥远的地方，并命令她待在那个鸟不拉屎的地方。

尽管夏娃尽力反抗，但她还是遵从了丈夫的命令。她走了很远的路才看到一户人家，这户人家居住着一对老夫妻和他们的儿子。她并不认识这个男人，但是她曾经听说过这个男人，他是一个有名的麻烦制造者。夏娃被偷的戒指就戴在他的手指上。夏娃默默地看着戒指，她想知道事情的原委。

于是，夏娃便留下来生活。她听见这户人家的老太太对自己的儿子说：

“儿子，你看看，刚刚到咱们家的客人不是男人，而是一个楚楚动人的小女人。”

儿子听到自己妈妈的话，笑了，他知道会是这样的。老太太拥有丰富的人生经验，她在烹饪的食物中放了很多肉，以便博得夏娃的好感。可是此时，夏娃根本没有胃口。随后，那儿子建议夏娃和他到花园里休息——如果他们两个人能睡在一起，就算达到目的了。在花园里夏娃一直假装睡觉。最后，她接受男人的邀请到大海边沐浴。这时她只想逃跑，当她脱下身上的救生衣时，男人拿出一封信。这封信带来一个坏消息。信中写道：夏娃的丈夫把她嫁给了这个男人。

一天下午，夏娃和这家人正坐在院里乘凉，有四只小鸟落在地上，两只个头稍大的鸟在互相啄对方。所有人看到鸟儿打闹都笑了起来，只有一旁的夏娃沉默地坐着。

过了一会儿，夏娃慢慢地说：这四只小鸟是一家人，两只打架的大鸟是一对夫妇。公鸟性格轻浮，母鸟决定和它分居，并且要把两个孩子带走。但是，公鸟和母鸟的想法刚刚相反，所以，它们便厮打起来。

这家的老头子是一个受人尊敬的人，他对夏娃说：

“假如你能听懂鸟语，你一定对它们说：儿子跟随母亲生活，以后它可以照顾母亲。女儿跟着父亲生活，以便以后持家过日子。”

夏娃用特殊的鸟语和四只小鸟交流起来，它们拍打着翅膀感谢她的建议。随后，儿子跟母亲飞走了，女儿则跟着父亲离开了。

作为一份奖励，夏娃获得了一个属于自己的地方。她心里很高兴，就给丈夫写了一封信，请求他来这里找她。

最后，她的丈夫终于出现了，态度也比以前好了很多。

猎人也暂时居住在这户人家里。晚上，晚餐过后，猎人问大家是不是想听一个故事。在场的人都非常高兴听他讲故事，只有夏娃默默地站起身离开了。猎人把自己身上所发生的故事讲述给在场的每个人听，只不过把名字换了。后来，他假装需要找一些东西，便跑到房间里去找自己的妻子。正在此时，太神奇了！夏娃突然出现在他的面前。现在，夏娃身着漂亮的衣服，像贵妇人一样亭亭玉立地站在众人面前。

猎人用自责的口气说：“我刚刚说的故事的女主角就是我的妻子；我就是这个故事里的男主人公；故事里搬弄是非的小人，就是你们的儿子。”

也许，是上天的惩罚——没过多久，猎人的朋友被装满沥青的油桶烧伤了。

洛洛塔老太太讲完这个故事后说：

“我的故事讲完了，是美还是丑，你们心中自知……好了，现在我们也该回去睡觉了，等我睡着觉，小桑塔再我给抓虱子。我们如果再不睡觉，肚子该叫了。”

二

与此同时，若阿金即将赶到罗安达城。月亮照亮了所有的路，队伍也按照原计划到达了目的地。安巴卡人的仆人们跟随在队伍的最后面，他们还差一小段路程就抵达罗安达城地界了。

到达因孔博达市地界后，若阿金走下轿子打发走轿夫，独自一个人回住所——丈母娘家。夜已深，村子里已经没有了歌声，没有了孩子们嬉戏打闹的声音，也没有了情侣们打情骂俏的甜言蜜语。村民们已经安睡，只是不时有几声狗叫和公鸡打鸣的声音。家家户户的煤油灯都已经熄灭了。若阿金牵着两匹马，径直往卡塔丽娜的所在赶去。

一阵微风袭来，吹透了他的灵魂，吹得他浑身都在颤抖，整个人陷入了悲伤之中。他的心被轻易地碾碎了，令人惊讶的是，他竟然没有勇气去见自己的妻子卡塔丽娜。若阿金牵着两匹马停在自己家的拐弯处，他心中犹豫地想此时此刻是否要进家门。

突然，传来一个小孩子的哭闹声。听到孩子的哭声，若阿金整个人都不好了，他心中为这个陌生孩子的哭声升起一团怒火。他心想，这个孩子到底是谁的孩子呢？这难道是其他女人的孩子吗？这时屋内传来一个女人的声音，仔细一听，这个女人正是他的岳母，她一边唱催眠曲，一边哄着小孩子睡觉。

这时，屋内传出一个女人的声音："你是不是该给小孩喂奶水了？晚上睡觉的时候一定要关好门窗，留意别让凶猛的老鹰飞进屋子里。"

不一会儿，孩子的哭声止住了。这个时候，老太太从房间走了出来，经过一条走廊回到了自己的屋子里。她身上铃铛发出的声音在宁静的夜里显得那么的清脆。

叹息了一声，若阿金决定继续往前走。他试图躲在一旁偷窥屋子里面的动静，也许明天对他来说都太迟了。

站在房子附近，他心里十分激动。窗户上闪过不同人的影子。微风吹过，树枝被风吹得沙沙响。若阿金仔细观察着四周的情况，他的耳朵注意听着每一个细微的动静。但是，一个人影他都没有看到。他的心中有些犹豫，腿也变得沉重起来。他又靠近些，心想，是继续监视，还是继续向前走进家门？

村外，猫头鹰在咕咕叫，青蛙在呱呱叫，斑鸠们也在鸣叫。它们的叫声像是哭泣的警报。突然，一群公鸡也啼叫起来。

若阿金最终决定了，他躲到了卡塔丽娜的房间的窗户边听墙根。可是，仍然一无所获，没有看到不寻常的事情。这一刻，折磨他的痛苦仿佛瞬间蒸发了，他相信是安东尼奥·塞巴斯提昂制造假象迷惑了自己的双眼。

卡塔丽娜曾经和他亲爱的若阿金亲密无间，可是，这时她却不知道自己的爱人已经站在了窗外。

正在此时，身怀六甲的卡塔丽娜打开了窗户。看到窗外的人她大吃一惊：

“若阿金，是你吗？”

若阿金瞬间感觉到自己的血液沸腾了，他变得怒火中烧，说：“看来事情是真的！你这个臭婊子！你是不是打开窗户迎接你的情人……”

还没有来得及听清若阿金说的话，卡塔丽娜就跑到门口打开了屋门。若阿金像猛兽一般气势汹汹地跑进了屋子。刚进屋子，关上门，暴风雨般的拳头便重重地打在卡塔丽娜的身上。

“哎呀，哎呀，你想杀了我吗？”卡塔丽娜哭喊着。

卡塔丽娜的哭声透过半开的窗户传到屋外。此时，卡塔丽娜的母亲洛洛塔和姐姐吉列尔米娜在另外的一个房间里休息，她们两个人听到哭声立即穿上衣服，脚踩趿拉板儿跑到卡塔丽娜的门口。

“天啊！是卡塔丽娜在里面吗？快把房门打开啊。”吉列尔米娜站在门口激动地对屋里面大喊，她双手紧紧地攥起来，像两个铁锤。

左邻右舍的男男女女们听到哭声，也迅速穿好衣服跑出家门，顺着哭声传来的方向找过来。老太太和吉列尔米娜进不了门，听着卡塔丽娜撕心裂肺的哭声也禁不住大声哭了起来：

“哎呀，我可怜的女儿啊！卡塔丽娜，有人想要杀了你吗？”

“呜呜，我的好妹妹啊！我可怜的妹妹啊！里面发生什么事情啊？你到底怎么样了？”

在一片混乱当中，若阿金不再殴打卡塔丽娜了。他顺手拿起放在一边的自己的草帽，一边疯狂地给自己扇风，一边打开门往外跑。

“你这个淫娃荡妇！臭婊子！你一定会不得好死啊！”若阿金口中大骂着。

此时，卡塔丽娜整个人在地上翻滚起来，痛苦地呻吟着：

“哎呀……我快被打死了！……我要死了！我的妈啊！哎呀……上帝啊！”

老太太和吉列尔米娜两个人着急万分，但她们只能蹲在地上放声大哭。夜黑灯暗，她们并没有看清到底是谁在殴打卡塔丽娜。救援的人们也都陆续赶到，他们也想知道到底是谁在殴打屋子里的女人。最终，所有人都把怀疑对象集中在若阿金的身上。于是，他们又开始追问打架的原因。现场有两个男人：一个男人有六十岁的样子，脸上留着大胡子，名叫贝尔纳多，他身穿一件黑色的长大衣。另一个男人叫雅辛多，年纪在四十岁左右，下巴上留着一撮山羊胡。他上身穿一件带划痕的衬衫，下身穿一条灰色细棉布裤子。他们两个人决定沿路追击若阿金。

若阿金现在像被疯狗咬了一样，整个人都在发疯。他们追赶若阿金的时候，脚下的拖鞋发出“啪啪”的声音。他们努力地往前追赶。

“站住！快站住，若阿金！”雅辛多大声喊叫着。作为回答，若阿金更加努力地往前跑。

“站住！快站住！若阿金，你等等我啊！”

若阿金没有停住脚步，贝尔纳多老头大声地开玩笑般说：

“嘿！你们都看见了吗？我估计这个家伙是被卡比利的苍蝇叮过，人是得了疯病啊！”

“你说得对，我看也是被苍蝇叮啦！贝尔纳多大叔，你看看那个家伙的鸟样……那些苍蝇不单单能传播瞌睡病，还可以让人像疯狗一样犯病。这么说若阿金是被那里的带病的苍蝇叮了，要是这样他可玩完了！”

“是啊，雅辛多。这个家伙的脑子肯定不正常，要不然怎么会无缘无故殴打自己的妻子呢……”

若阿金一直往前奔跑。

贝尔纳多老头气喘吁吁地停在一块大石头前面对着雅辛多说：“孩子，我的两条腿已经不听使唤了，我要赶紧坐下来歇一会儿。你现在赶紧追上去，抓住那个犯疯病的若阿金。”

老头子深深吸了一口气坐在了大石头上，雅辛多则还紧随在若阿金身后。

“若阿金，你快站住啊！快站住！”

雅辛多终于追上了若阿金，两个人停住了奔跑的脚步。

“若阿金，你在干什么傻事，你为什么殴打卡塔丽娜？你妻子到底做了什么对不起你的事情？”

“她到底做了什么见不得人的事情？你最好自己去问她！”

接着，若阿金又跑起来。这时，天渐渐变亮，但是，并没有大亮。这是一个留下诧异、疑问和疼痛的夜晚。

破镜重圆

一

在位于今天的布拉加村的萨尔瓦多·库雷亚高级中学附近，躲藏着主人公若阿金。他反复思考着自己这件难事。他变得异常的颓废，再也没有力气去工作了，只是拿着自己心爱的烟袋锅子抽着土烟。他一想起在卡比利村的日子，眼睛就会被眼泪浸湿，小夫妻相聚的场景也总是在他的脑海中闪现。

这样东躲西藏地过了两天，收到消息的若昂大叔和马努埃尔便赶过来找到了他们的好朋友若阿金。通过若阿金的叙述，他们了解到麻烦的制造者是安巴卡人安东尼奥·塞巴斯提昂。

这场让人痛苦的风波，并不是所有人都不喜欢。幸灾乐祸的人就有一个，她便是若昂娜。现在，她听说自己的前男友若阿金的葬礼竟然是一场闹剧，内心涌起了万分邪恶的想法——如果卡塔丽娜的希望都落空了，那么现在的结果将非常有利于她若昂娜了。她幻想着伸出曾经被若阿金抛弃的双手，若阿金能够重新选择她。现在，若阿金夫妻间出现了严重的裂痕，仿佛是上帝又给了她一次得到若阿金的机会。她希望再次得到若阿金的爱！她希望看到转机！若阿娜暗想：再次感谢上帝，又给我一次得到若阿金的机会。她整个人像打过兴奋剂一样欢欣雀跃，她独自一个人跳起舞，一边拍手一边歌唱着他们小夫妻的不幸。现在，若昂娜的另外一个朋友告知她若阿金的现状——他每天都在东躲西藏，她和自己的朋友大笑起来……她真的是幸灾乐祸！但是，这注定是徒劳无果的。人家说：坏的不灵好的灵！

此时的若阿金，坐在一棵腰果树下，这里是他临时的家。他身边还有另外两个男人。这天上午一大早，太阳便开始发出强烈的光，前夜一场大雨使得现在的空气中充满了湿气，给人一种窒息的感觉。

与若阿金饱受痛苦煎熬的形象形成鲜明对比的是他面前一百多米外的农场忙碌的情景——农民们在这里忙碌地工作着，而若阿金则坐在腰果树下发愁伤神。在农场里干活的人都是一些前来做客的客人，他们也到农场帮街坊四邻干活。有些人则是专门被邀请过来帮忙烘焙面包果的果肉粉的。农场里架起一米多高的大型的泥质烤炉，然后，将塞在烤炉里面的稻草点燃，火炉的炉口直接对着一个铜质的架子，这个架子也是烤炉的支撑点。所有在农场工作的人都在辛勤地工作着。第一个完成分配任务的是一个由男人组成的团队，接着女人团队也提前完成了农作任务。

然后，人们找来两根长长的铁丝，用铁丝捆绑住面包果壳，面包果果肉则放进大锅里反复烘烤。人们手拿工具开始工作，他们把一些农作物倒进一个三米高、直径一米五的竹筐里。到底是些什么东西被装进这么大的筐子里呢？比如香蕉树的树茎，香蕉树的叶子。一旁的女人们则拿着长长的大砍刀，努力地分切刚刚从地里刨出来的木薯。木薯被切成小块之后，会放在一个大水桶里进行发酵，发酵的时间在两个星期左右，发酵过后再把木薯铺在地上晒干，晒干之后再放在一个木头桩子做成的木头碓臼里面，用木棍把木薯块捣成粉末。那时，一些女人们则在木臼旁边翻拣出来木薯粉块的粗大纤维，并将形状比较大的木薯块再次放进木臼里，进行第二次研磨。

年纪大的老人家则躺在席子上面，头下面枕着一个用衣服包裹起来的圆滚滚的木棍枕头。他们悠闲地躺在席子上抽旱烟，或者回忆一下自己年轻时的故事,或者指导一旁的人做一些农活。除了年长的老人，还有一些家庭主妇也坐在凳子或者是大石头上面休息。她们主要负责所有人员的工作餐。她们支起三脚架，放上一口大大的陶土大锅烹饪美味的食物。每当劳作的人们饥饿时便可以来品尝美味可口的饭菜。一旁的女孩子们也都没有闲着，她们主要负责前往河边打水。男孩子们主要负责来往酒馆购买红葡萄酒和白酒，同时，他们还买了一些椰子发酵的甜酒。面包果果肉粉在农村是非常重要的食物来源，而且它的味道鲜美，营养价值也非常的高，现在，它们在人们的精心烘烤之下终于变成可以安心食用的面包果面粉了。

“嘿，若阿金老弟，你是不是在卡比利村被带毒的苍蝇叮了？”若昂大叔责骂道。接着，他坐在了若阿金的身边。

若阿金没有回答若昂大叔的问题，只是脸上布满了苦笑。

马努埃尔也同样坐在红土地上，用同样的口吻责骂若阿金，而且说话的语调还拖着长音。他到底是怎么回事，难道出了什么事情吗？若阿金曾经是那么爱他的妻子，而且一直保护着她！他现在的所作所为实在让所有的人感觉到痛心难过，还有一些匪夷所思。

由于感觉内心憋屈，若阿金心中又升起一团怒火。他站起来，麻木不仁地说："是啊，我心里是感觉羞愧，可是，是因为那个无耻的女人才让我感觉到羞愧。"

若昂大叔愤怒地质问道："可是，你为什么动手打人？"

若阿金生气地说："那又怎么样啊！难道她被我打死了吗？她不是没有死吗？那个臭婊子！"

"臭婊子？卡塔丽娜可不是你口中的臭婊子！"马努埃尔用严肃的口吻说。

"她怎么不是臭婊子？你了解她多少……"若阿金生气地说。

若昂大叔拿着烟袋锅，皱起眉头说："卡塔丽娜不是你口中的臭婊子。她是一个勤劳的女人。以后，有很多东西你需要慢慢去了解啊。"

他们三个人坐在树下陷入沉默，一只蓝知更鸟在树上鸣叫起来。

一杯茶的时间过去了，若阿金的好友若昂大叔忍不住开口说：

"哥们，我的话在你心中到底占多大比重？难道到现在你还觉得自己的女人是个无耻之徒吗？"

慢慢地，若昂大叔抽完了手中的烟，他用一种同情的眼光看着面前的若阿金，他知道若阿金心中仍然存在很多的疑问，便开始慢慢开导他："若阿金，假如是你的男人去世了，你能体会到做女人的心中是多么的痛苦吗？"

在他们身边一米开外的地面上，有一队黑色的蚂蚁军团，它们在自己将领的带领下，排列有序地往前行进。马努埃尔正试图打乱这支蚂蚁队伍，听到若昂大叔责备的话语，他也用同样的语气对若阿金说：

“你好好看看自己的妻子，想想你妻子平日的表现，她会做出对不起你的事情吗？”

若阿金的大脑中产生一个疑问：难道是他们在故弄玄虚吗？但是，看着他们两个真挚的表情，他又迷惑了：

“可是，安东尼奥·塞巴斯提昂跟我说了卡塔丽娜的糗事。他千里迢迢从这里到卡比利村就是为了跟我说那些事情！”

若昂大叔和马努埃尔两个人对视一下，更加确定了他们的猜测。

“这件事我们两个人早预测到了……”若昂大叔笑着说。

马努埃尔心中也憋着一股劲，从地上站起身，用手拍打了一下若阿金的后背。他把前段时间读信风波的前前后后给若阿金讲述了一遍。他曾经给自己的妻子写过一封信，而且，那封信交到了自己的好朋友安东尼奥·塞巴斯提昂的手中。而安东尼奥装模作样地读完书信之后，跟卡塔丽娜说了两个字：“哭泣！”由于所有人都相信了他的话，所以出现了很多问题……所以，他的话全部是诽谤！大家知道他的那句话给当事人造成了多大的麻烦……

在他们三个人讨论期间，树上的蓝知更鸟由一只变成了两只，并且，它们在树上不停地嬉戏打闹，后飞来的蓝知更鸟还用喙啄对方。接着，两只小鸟都跳到地面上。

听到马努埃尔的解释，若阿金心中非常吃惊。他们两个人所说的一切和安巴卡人所说的完全相悖，他不由得心中一凉——难道这就是一个天大的谎言？突然，一来神秘的光照亮他的内心：若昂大叔、马努埃尔、安巴卡人安东尼奥·塞巴斯提昂三个人都是我的好朋友，可是我现在该相信谁啊？

若阿金回头看着若昂大叔。他想问他们两个人他到底该相信谁。他刚要开口说话，便听到远处的几只狗汪汪叫起来。

若阿金支支吾吾地说："卡塔丽娜怎么样了？"

"哎呀，可怜的女人啊，她现在卧病在床，身体状况很不好！这都是你这个混蛋一手造成……"若昂大叔站起身回答。

"你现在最好赶紧回到她的身边好好照顾她。"马努埃尔语重心长地对若阿金说。

"呱呱呱！"一只乌鸦从他们头顶飞过去。

若阿金不再唉声叹气了，他看到了让自己兴奋的画面。男人们穿着破烂的衣衫，腰间都系着一条腰带，在巨大的盆地里劳作着，收获丰硕的面包果，然后，把面包果果肉掏出来放在草席子上晾晒；女人们头上戴着有流苏的毛巾，有的女人背后背着小孩子；光屁股的孩子们身穿一个小裤衩，在木薯地和干草地上的火炉旁玩耍。场面非常的喧闹，但是却充满了欢乐的基调。

"啊啊啊！别在这里扯谎了！"从远处飘来几声女人的声音。

美丽的农村风景并没有映入若阿金的眼睛里，另外一个幻觉画面却突然出现在他的大脑中。出现在脑中的画面便是卡塔丽娜打开窗户的情景，她结结巴巴叫出自己的名字，想起她当时的样子，简直是一场噩梦！随后便是一场暴风雨式的拳打脚踢。再后来，安巴卡人出现在卡比利的画面也出现在他的脑海中，他给他讲述妻子见不得人的糗事。卡塔丽娜现在可怜的样子都是拜他所赐！如果，她因此去世怎么办啊？我该怎么办啊？她现在怀有身孕，身体状况还很差。我可怜的老婆啊！我为什么要相信那个可恶的安巴卡人，而不相信自己的妻子啊？该死的安巴卡人！

脑海中两个不同的场景互相交织着，两种对立的感觉产生敌对的画面。忏悔，他想立即回到自己妻子身边向她忏悔，哀求卡塔丽娜的原谅。每当他想到忏悔的时候心中便无比的疼痛，甚至有种疼到死的感觉。而另外一种感觉是仇恨，仇恨冲刷着他的内心，使他心中产生无名之火。

腰果树上一只红尾鹦鹉叽叽喳喳地叫个不停，它痛苦地让出了自己的领地，入侵者停留在腰果树上啄咬着美味的腰果。

若昂大叔和马努埃尔两个人安静地抽着烟，对自己朋友现在所感觉到的痛苦只有深深的遗憾。出于对朋友的信任使他遭受到如此的打击，并做出伤害自己妻子的事情。他没有相信自己的妻子，而是像一匹吃了生姜的野马，没头没脑地相信了那个可恶的安巴卡人。他把自己和妻子之间的夫妻之情抛到九霄云外。安巴卡人曾是他最尊重的人！真是太可恶了！

“安巴卡人，这个混蛋！”若阿金喃喃自语。

在他念叨这些话时，公鸡们时不时地啼叫起来。

一顿责备之后，若昂大叔又像父亲一样说：

“你已经知道事情的真相了，现在赶紧回家吧！”

若阿金感到非常后悔，便使劲咬着自己的下嘴唇。他不知道自己是否还有勇气站在卡塔丽娜、岳母和吉列尔米娜的面前。自己真是太草率了！他在卡比利饱受痛苦回到这里，现在却不敢再去见自己的妻子。

既然误会已经解除了，马努埃尔便伸出一只手抓住若阿金的胳膊问：“你为什么不想回家？难道你以为你这张脸是卡祖诺村的大人物的吗？”

“我是觉得不好意思啊！”

“你觉得是不好意思重要，还是悔过重要啊？”若昂大叔深情地说。

“你不是一个傻子，该做什么事情你自己心里明白，你现在最重要的是求得卡塔丽娜的原谅。”马努埃尔对他说着，一只手还使劲地抓住若阿金的胳膊。

若昂大叔的话最终打动了若阿金。是啊，现在唯一可以做的是请求卡塔丽娜的原谅。因为，这一切都是他自己的错。卡塔丽娜或许已经不再恨他，但是，给予他的柔情也一定不会像从前一般了。羞辱，总是会带给人一段刻骨铭心的痛。

三个人站起身，开始往卡塔丽娜家走去。

二

太阳高高升起。广阔的沙地上留下血渍般的污点，仿佛在炫耀太阳烫伤人们双脚的功绩。腰果树上悬挂着诱人的肥厚的果肉，腰果已经变成微微的金黄色。树上传来鸟儿们清脆的叫声，其间的斑鸠和知了也在不停地鸣叫。猪和羊懒洋洋地趴在地上，张着嘴巴美美地享受着树荫的凉爽。村子里散落的茅草屋里，时不时会响起说话声，还会听到有些人家正在用木臼研磨木薯粉的敲击声。

这里是一个喧闹的地方，女人和孩子们在这里抓美味的白蚂蚁。由于前夜下雨的原因，地面上积攒了很多白色的泡沫。在捕捉白蚂蚁的时候，一些女人开始食用蚂蚁，另一些女人则把蚂蚁装在一个盆子或者罐子里。一个头顶盆子的小贩，高声叫卖自己制作的烤鼹鼠肉，价格为三十块钱一串。若阿金、若昂大叔和马努埃尔三个人风尘仆仆地赶往卡塔丽娜的家中，只为终结这个悲惨的故事。

当他们赶到卡塔丽娜家的时候，若阿金害怕走进这个曾经进过无数次的大门。他心中充满了悔恨和内疚，邻居们也都赶来规劝他要好好对自己的妻子。他还年轻，不能因为这件事痛苦一辈子。安巴卡人才是真正的恶魔、真正的混蛋！

若昂大叔像恶棍一样大力地推了若阿金的腰一把，说：

“我们进去！难道一个女人我们还搞不定吗？快进去！”

他们三个人走进了一个凉亭，卡塔丽娜躺在凉亭里面的小床上，身上盖着一块质地粗糙的大布。她独自一个人在家中，发着高烧，脸变成紫红色。

“卡塔丽娜，我们把罪犯给你抓来了，现在就听你发落……”若昂大叔对卡塔丽娜开着善意的玩笑。

马努埃尔也用同样的口气对卡塔丽娜说：

“若阿金他现在就在这个院子里！是打还是骂，就听大人您吩咐……”

他们两个人的笑话，把卡塔丽娜逗乐了。

当若昂大叔和马努埃尔离开的时候，若阿金已经坐在卡塔丽娜的床边了，他轻轻地抓住妻子的双手小声耳语说：

“丽娜，请你原谅我曾经做过的混账事吧！”

卡塔丽娜眼中饱含着泪水。现在没有任何语言可以表达她内心的感受，于她而言，只有原谅和疼痛两件事。

“你难道不愿意原谅我吗？你要恨我一辈子吗？”若阿金苦苦地哀求说。

卡塔丽娜的双手在若阿金的手中颤抖了：

“不，我会继续做你的好妻子！我的心已经告诉我，爱已经回到你的身边……”

两个人陷入浓浓的幸福和感动中。

若阿金是一个卑微的小人物，他再次回想起自己所做的蠢事，他像贼一样偷偷躲藏在窗户下面偷听自己妻子的动静。他觉得自己是一头披着羊皮的野兽。卡塔丽娜发出的让人痛彻心扉的哭声和叫声“哎呀！……我的妈啊！”在他的脑海中反复回荡，眼泪在他的心里流淌。可怜的卡塔丽娜！太可怜啊！黑色的月亮神啊！为什么这种事情要发生在她的身上，为什么要让她饱受疼痛的折磨？难道这些事情都要让那个混蛋安巴卡人偿还吗？“哎呀……我快死了！我的上帝啊！”卡塔丽娜的哭声一次又一次地在他的脑中重放，声音由远及近。

卡塔丽娜接受了若阿金的道歉，并试图走出悲伤的世界。阴霾的天空忽然出现太阳的影子，太阳驱散了身旁的雨云，露出了它久违的笑容。卡塔丽娜流泪的脸上现出一丝丝的微笑。微笑给他们带来欢闹。当若阿金打开窗户的时候，卡塔丽娜也打了他一巴掌。虽然挨了自己妻子的巴掌，但若阿金心里别提多高兴了。心中所有的烦恼都抛到脑后，妻子能原谅自己，多少巴掌他也愿意承受。这一辈子他只愿记住自己所爱的人。

回想那天晚上，卡塔丽娜小酌了几杯甜酒，若阿金便忽然出现在她面前，让她感觉惊喜万分。晚上她睡觉的时候，盖了一床很薄的床单。每次她听到屋外有动静便会设想是自己的丈夫若阿金回来了，于是她便会从床上蹦起来跳到地上，然后，再跑到屋门口打开屋门，可是，每次都是希望落空。在她被殴打之后，她停止了这种想象，剩下的只有痛苦和眼泪了。

大门口，一只食籽雀欢快地叫着飞进家门，院子里瞬间变得热闹起来。在小床旁边的一个高凳子上放着一个大瓷盘，盘子里面还有吃剩下的一些玉米糊糊粥，几只苍蝇嗡嗡地飞在上面。透过小窗户，太阳光照射着洗脸盆中的水，折射出五颜六色的光。太阳光和折射出的美丽的五彩光芒融合在一起又投射在茅草屋顶。

“都是混蛋安巴卡人害惨了我们小夫妻！”若阿金生气地说。

“现在所有的人都不再相信他！”卡塔丽娜说自己在打开小窗户之前，在梦中见到了若阿金，起床之后才发觉这一切都是梦境。她期望有一天若阿金能奇迹般地出现在窗户外面。那天晚上，卡塔丽娜小睡之后觉得天热，便起身开窗户，没想到正好撞上若阿金站在窗外。

“怪我太相信安巴卡人安东尼奥·塞巴斯提昂的话。我以为你起身打开窗户是为了迎接自己情人……”若阿金用悲哀的声音对妻子说。

卡塔丽娜深深地吸了一口气，她迅速地把自己的双手从若阿金的手中拿开，对他说：

“若阿金，你难道真的想过我是一个不守妇道的婊子吗？”

院外，一个从此经过的小伙子吹了一声响哨。

对于卡塔丽娜的质问，若阿金自知自己罪有应得，所以内心又开始颤抖。但是，这次他主动出击，又一次抓住妻子的手喋喋不休地说：

“丽娜，你骂我是应该的！我做了对不起你的事情！但是，这一切都是嫉妒心在作祟，是嫉妒让我做出所有的傻事。安巴卡人讲的那些谎话每天都在煎熬着我的心。我起初是不相信他说的话的，直到我从卡比利村回来之前也是抱着怀疑的态度！但是，当我看到你开窗户的时候，我的心不能平静了，它在流泪。

我总是时而相信他的话，时而又质疑他所说的每一句话。哎呀，这都是我的嫉妒心惹的祸！它可以让我丧失理智啊！最后，我还去找了一个巫师，让他帮我答疑解惑。他跟我说的每一句话都是负面信息。我相信他的每一句话，因为他在卡比利是小有名气的巫师。可是，我真没想到巫师的每一句话也都是谣言。所以，最终我放弃那里的生意专门赶回家里。”

一位小贩曾经说过：“杧果是甜的，如果你想吃到甜杧果，就必须经得起磨难。”

卡塔丽娜流着眼泪听完若阿金的讲话，她大声地发泄般地说：

“哼！没有关系！上帝会看到这一切！上帝是我们的父亲，不是我们的继父！”说到这里，她笑起来看着若阿金又说道，“这个世界上善有善报，恶有恶报！那个安巴卡人也有自己的儿女！难道将来他给自己的孩子读书信的时候，也只会给自己的孩子说两个字：哭泣？他为什么会那么读书信，只能说明他是一个富有的文盲。哈哈哈！”

村子里，慈祥的母亲们正在照顾自己的孩子，小斑鸠们在附近的树上叽叽喳喳。

这时，若阿金的两个朋友若昂大叔和马努埃尔以及卡塔丽娜的母亲和姐姐四个人走进了他们的房间。

洛洛塔老太太看到若阿金便开始撸胳膊挽袖子，她双手叉腰对着他大骂起来：“都是你干的好事啊！你还想跑到我们家里杀死我的女儿吗？”

若昂大叔急忙替若阿金解围说：“好了！那些不开心的事都让它过去吧！现在我们应该继续往前看。”

“我的爷爷奶奶曾经告诉我：在这个世界上没有人能认清到底谁对谁错！”

此时，洛洛塔老太太和吉列尔米娜两个人坐在床上，若昂大叔和马努埃尔则坐在一个行李箱上面。若昂大叔语重心长地说：“卡塔丽娜，原谅你的丈夫吧！现在厄运已经过去，你们还是恩爱的夫妻。再说了，这件事的罪魁祸首是那个安东尼奥·塞巴斯提昂。”

“是啊，先生！在他设下隐秘诡计之后，他还巧舌如簧地出现在我们家门口，嘴里像抹了蜂蜜一样。”吉列尔米娜拍了一下巴掌说道，随后，她又打了一个响指。

“这个安巴卡人，真该狠狠地揍他一顿。”马努埃尔严肃地说。

此时的洛洛塔老太太脸色依旧很难看，她站起身说：

“哼！这事还没有完啊！”

一段时间之后，卡塔丽娜心中产生了报复的念头。俗话说，善有善报恶有恶报，不是不报时候未到。如果他是无辜的，那么神灵也会原谅他。神灵会保佑我们所有的人，谁是恶人上帝会给我们指清楚。

“汪汪汪！”院子里的小狗叫起来，小桑塔在院子里和小狗一边玩耍一边哈哈大笑。

洛洛塔老太太最终同意了他们的观点，她对着若阿金说：

“你是不是要跟她道歉啊！”说着，她双手重重地拍打着墙面，双眼看着天空。接着，她又拍着巴掌祈求说：“上帝啊！我想看到这事的结果，是谁的错就让谁受到惩罚吧！”

“老妈说得对：有因必有果，有孽必有报。”吉列尔米娜愤怒地说。

若昂大叔和马努埃尔也不住地点头。安东尼奥·塞巴斯提昂就是一个彻头彻尾的混蛋，他一定得为自己的行为负责。

若阿金还处在自责的懊丧中，一直坐在床边垂头丧气地听着大家的议论。他把自己的一根手指屈起来放在另一个戴着戒指的手指上面。他不会原谅那个安巴卡人所做的挑拨离间的事情。如果那个安巴卡人现在就在罗安达，他一定会揪住他狠狠地教训一顿！

关于所谓的诅咒，对于那些聪明人来说没有任何的作用。洛洛塔老太太咬着牙对在场的人说出自己的观点，声音时而高亢时而低沉。不过，她说话的时候总是喜欢指手画脚，她开始了自己的演讲：

“丽娜还是一个小姑娘。说实话，她现在应该跟着我一起住，一对夫妻不能总是抱着分歧过日子。这件事往小了说，是下雨天打媳妇；可是，往大了说，是夫妻感情破裂。今天，别人告诉他自己的妻子在家里偷汉子，他回到家就可以不问青红皂白拳打脚踢自己的妻子吗？现在我心里窝着一肚子火。作为女人我们也常常扪心自问：这些事情，就像放在火上的一口锅，锅里面出现了闲言碎语，为什么锅下面的火炭和支架却打了起来？”

“是啊，铁锅里面的三言两语，怎么会引来火炉支架和火炭的争吵呢？”吉列尔米娜随声附和说。

“是啊，安巴卡人和铁锅一样是天大的骗子！”

接着，老太太又用同样的口气说：

“可怜的女人因此离开自己男人，估计到后来后悔的便是打老婆的汉子。他们要是聪明懂得挽回女人的心，就应该实诚地向女人道歉。女人也会原谅他。但是，原谅有时也会产生不好的后果，那些男人会回到河边用几个臭钱找其他的女人。女人轻易地原谅男人的过错，是在助长他们的错误。”

后来，大家都在狠狠地指责安东尼奥·塞巴斯提昂，大家异口同声地说：“让他饱受贫血病的折磨吧！”

赎 罪

一

若阿金离开卡比利村回到罗安达城之后，安东尼奥·塞巴斯提昂心中窃喜。他又赶到潘帕·雷阿尔村，在那里他拥有大量的资源，包括土地。由于他感觉到心中有些羞耻，所以他每天都喝到酩酊大醉。他的心中有种说不出的愧疚感，他的内心每时每刻都受到良心的谴责。

安巴卡人之前的强烈的报复心慢慢地消失了，因为他被自己的良心一次次地谴责着，整个人也陷入深深的悔恨当中。他没有心情工作，总是独自跑到一个无人的地方，陷入沉思。时间慢慢地过去了，但他的眼前总是出现一些可怕的画面：一个杀人的画面。自责的感觉实在太痛苦了！而且，他听到一个神秘的声音在责骂他，时不时还会看到卡塔丽娜尾随在他身后。

安巴卡人在幻觉中看到一个模糊的画面。他看到卡塔丽娜和她的家人以及她的丈夫若阿金，他们全是该事件的知情人。

他们的诅咒像冰雹一样狠狠地砸在他的身上。他整个人仿佛被巫师控制了一样。安巴卡人那些日子处于昏昏沉沉的状态，感觉到生活非常的枯燥乏味。又仿佛被邪神包围住他的身体！也许，这是因果报应！这件错事是因他造成的，所以，他也算是自作自受，没人会为他承担责任。他会遭人嘲笑，他不是傻子，他知道后果！

安巴卡人的脑海中出现一些他不愿意回想起来的画面，特别是他给卡塔丽娜读信的场面，画面中他装模作样地给卡塔丽娜读家书，丽娜心急如焚地问他："大叔，信上都说什么啊？"而他却为了自己的面子，不懂装懂假作斯文地回答说："稍等啊！"直到最后，他的嘴里也没有说出家书的大意，只是让卡塔丽娜"哭泣吧"！这些全是他自己做出的蠢事、傻事！

安巴卡人不单单自己的内心受到良心的谴责，而且身体状况每况愈下，饱受病痛的折磨。他心中只剩下两个字：忏悔。由于安东尼奥·塞巴斯提昂污蔑他人清誉，反而使得自己受到精神和肉体的折磨。他所受的痛苦源于他内心邪魔的作祟。他独自坐在浓密的树下，大口抽着旱烟。乡间的景色无比的优美，可是，他却沉浸在无边无际的痛苦中。枝头的树叶在风吹动下不停地摆动，随风飞舞，并展示出各种不同的色彩。一旁的小溪正为自己永恒的命运潺潺呻吟。

一些人从罗安达城来到此地，他从他们口中听说了卡塔丽娜被若阿金殴打的事情——她现在已经生重病卧病在床，而若阿金已经把她抛弃。这些话让安巴卡人感觉到更加的内疚和自责。他只好和自己的妻子唠叨几句。他的妻子坐在他身旁安慰他，但是，那些安慰的话却让他感觉到更加的内疚和痛苦。

不久，安巴卡人抱病在床，高烧不退。一天晚上，他做了一个非常可怕的噩梦：梦中出现的是卡塔丽娜，她像一个影子一样时时刻刻跟随在他的身后。在梦中，卡塔丽娜躺在一个棺材里，在她的身上和棺椁旁边堆满了黄色的菊花。她虽然躺在棺材里，两只眼睛却怒目圆睁，仿佛她有天大的仇恨没有了结，并会生生世世一直围绕在他的身边，还会一直困扰他的子孙后代。他的生活被人诅咒，他每天都生活在诅咒的阴影下，无论是在家里还是在路上，还是在其他任何地方，他的生活陷入难以摆脱的诅咒阴影中。现在的安东尼奥·塞巴斯提昂已经不是那个时髦洋气的安东尼奥了，那个头戴椰子壳帽、手戴金戒指并夹着雪茄烟的时尚人物。现在的他是一个身穿破衣烂衫、神情低落的穷老头。之前，所有认识的他的人都会主动模仿他的穿衣风格，甚至是话语言谈。可是现在，见到他的人纷纷避开走，并且大家都称呼他为巫师。在他的梦中，所有人都在模仿他的动作，大家还在他的额头上绑上一个小树枝,又在他面目狰狞的脸上涂上五颜六色的颜料。有人双肩上用带子绑着一只大鼓，一边打鼓一般扭动大大的屁股。脾气暴躁的人从人群中跳出来，像发疯的大蟒蛇一样舞动自己的身体……

每天，安巴卡人都起得很早。这一天，他更是让妻子听从自己的安排，早早把灯点上，他恐惧黑暗。安巴卡人的妻子也不知所措了，立马下了床在旁边的桌子上找到一盒火柴，划着一根，点燃了一盏牛油灯。安东尼奥·塞巴斯提昂气喘吁吁地跟妻子讲述了刚刚梦中的可怕场面。妻子只好安慰他说，人家都说是日有所思夜有所梦，可能是你白天想得太多啦，加上你现在还在发烧，所以才做了那个噩梦。

灯光依旧亮着，安东尼奥看着墙上自己的影子，仿佛是幽灵在跳舞。那时几件洗过的衣服正搭在一根绳子上晾干，他却把它们的影子想象成魔鬼的影子。接着，他像孩子一样愤怒地要求妻子把灯熄灭，因为他不想再看到墙上的影子。妻子一口气吹灭了亮着的牛油灯，整个屋子又陷入了黑暗。

安东尼奥·塞巴斯提昂的睡眠质量也越来越差。他躺下去会在梦中看到面目狰狞的卡塔丽娜，她仍然继续迫害着他，好像她要在梦中报复他。在梦里，卡塔丽娜用恶狠狠的眼神盯着他，他述说着自己的无辜，而卡塔丽娜却责骂他卑鄙无耻。突然，他的脑海中又一次出现那个读信的画面：他坐在凳子上读信，卡塔丽娜则充满期待地听着。不知什么时候，突然出现很多在追赶他的人。为了躲避他们的追打，他拼了命地往前奔跑。但是，他并没有感觉到自己被人刺痛，也没有感觉到自己的脚底板被石头割伤。他时不时回头看着身后追赶他的人，那些暴民紧追不舍，而且一边追一边喊："抓住巫师，打死巫师！"他拼了命地往前跑，如果他停下来一定会丢掉性命。他漫无目的地跑着，不一会儿，跑到进城的一条大路上，跑过了自己熟悉的道路和村寨，但前方是哪里他却一概不知。突然，在他的面前出现了一个很可怕的悬崖。他高高跳起，跳过了悬崖。可是，追在他身后的人却一个一个掉下悬崖，在他们坠崖时，他们大叫着安东尼奥·塞巴斯提昂的名字。突然，他气喘吁吁地又被噩梦惊醒了。

睡在一旁的妻子立即起床查看，并点上蜡烛。隔壁房间住着其他人，他们也跟着起了床，男男女女赶到安巴卡人的窗前小声议论着，他们已经了解了安东尼奥·塞巴斯提昂骗人的来龙去脉。他们坐在席子上等到天亮才慢慢地散去。最终，大家建议安巴卡人找一个巫医诊治一下。

二

当天，安巴卡人家里就请来了一名巫医。巫医中等身材，身形消瘦，眼神却很奸诈，年纪在六十多岁。他走路的时候右腿有一些蹒跚。他身上披着一件长袍，秃头上戴着一顶硕大的草帽，左手拎着一个皮包，一个仆人搀扶着他的右手。

卡塞萨，安巴卡人的妻子，把巫医领进屋子里。他们进屋后都坐在席子上，巫医向在座的人展示了自己随身携带的法宝。他拿出来一些白色的石灰粉，与其他大法师一样做出一些必要的诊断姿势：他拿出一些泥土，在他的手掌和手背上各画出一个十字架的图样；接着，用石灰粉在一根木棍上画出另外一个十字架；然后，在一块木板上画上一个十字架；又在一件法器上画出四个十字架：一个长十字架，三个横十字架。

在巫医做好一切准备工作之后，他伸开双腿让安巴卡人躺在他双腿之间的木板上，然后，摩擦着他的身体大声喊叫。

巫医手中拿着一根魔棍比画着说："你的病因从何而来？难

道是诅咒而来的吗？如果是，请说是；如果不是，请说不……啊，不！原来不是诅咒所致！那为什么你会患病啊？难道是你欠人钱财赖账不还吗？如果是，就回答是；如果不是，就回答不。”可是，他手中的魔棍没有给他任何的启示。他又接着说：“病因从何而来？是否是你欺骗自己的妻子？还是你承诺和她居住，而后却很少和她在一起？如果是，就回答是；如果不是，就说不。”

就在这时，一个女人走进屋子。巫医停止了施法，用傲慢的眼光看着女人说：

“你是谁啊？”

安巴卡人感觉有些窝火，便又回到自己的木床上。

卡塞萨女士和自己的小姑子一起坐在一张席子上面。她用婉转的语气回答巫医道：

“巫医大师，她也是我们自己家人啊。”

巫医怒火中烧地反驳说：“我这个人不喜欢马马虎虎！在我施法的时候，必须是病人和家属在场，其他人都不能代替病人和病人家属。”

为了屈就巫医的怪癖和他的个人喜好，小姑子赶紧请求刚刚进门的大姐稍等片刻，她说：

“好姐姐，你稍等片刻啊，我马上就来。”

小姑子出去以后，巫医看着大门口说：“你们这样是在削弱我的治疗效果。如果效果大打折扣，到最后受苦的还是你的家人。”

“大师，您说得对啊。请您继续做法吧！”卡塞萨建议说，态度非常礼貌。

巫医拿出一点石灰粉，朝着大门吹了一口，然后，又对着病人吹了一下，接着，在屋子里转来转去说：

“病因从何来啊？是因为和他人有仇怨吗？如果是，就说是；如果不是，就说不。”巫医手中的棍子像定住了一样，不能再继续摆动。他又继续说：“好的，病根找到了！就在这里，安东尼奥你别动啊！”

卡塞萨急忙谦卑地问：“大师，您找到病因了吗？”

巫医像胜利者一样说：

“它们现在就在我的指头尖上。但是，现在我还不能让它们现原形！”

巫医扔掉手中的小棍子，从地上捏了一小撮灰尘，把灰尘扬洒在木板上，又用他的指头尖在木板上打了几下，然后他又拿起自己的魔棍。

“这个仇怨是和其他女人有关吗？如果是，请说是；如果不是，说不。”巫医手中的木棍又一次定住不能动了。巫医高兴地说：“啊，我现在已经胜券在握，病因也已经知晓。”就在这时，病人安东尼奥·塞巴斯提昂又回到巫医身边说：“大师，不是您说的那样啊！您不是在测谎吧？”

“我已经知道你的病因了。咱们继续瞧啊！”

站在一旁的巫医徒弟高兴地大叫着：

“您看我现在能做些什么啊？现在神灵已经给了明示吗？

为了让魔法棍子重新活动，巫医又演示了一遍刚刚的步骤。

“和你有仇怨的女人是你女朋友吗？如果是，请说是；如果不是，请说不。”小棍子继续摆动着，巫医的手指剧烈地颤抖，仿佛手指尖的魔鬼在愤怒地咆哮，一次又一次地愤怒咆哮！最终，魔鬼从巫医的指尖逃走了！巫医盯着安巴卡人说：“安东尼奥，这都是你自己做的好事！你曾经对那个女人施过巫术！你为什么要这么做？”

心中愧疚的安东尼奥·塞巴斯提昂用充满希望的眼神看着巫医，他问：

“大师，我的病还能治吗？”

“当然，我当然能治好啊。但是，首先我想知道那个女人在哪里。”

正在这时，一个女人走进了房间。巫医整个人暴怒了：

“妈的！我已经跟你们说过，我不喜欢马马虎虎做事！如果你们没有做好做法的准备，咱们不要再继续了！”

女人心中有些不安，立即向巫医道歉，并请求他继续施法。

雷霆之怒过后，巫医开始继续施法驱邪。

安东尼奥·塞巴斯提昂请求说：“大师，您别介意啊。这些人进来看热闹都是因为心里好奇啊。”

为了清除施法棍子的魔力，巫医又用手指沾了一些白色粉末，并在小棍子上轻轻敲击了几下，接着施法说：

“那个和他结怨的女人在这里吗？”棍子还继续运行着。“难道她不在这里，而且离此地非常远吗？是不是很远啊？”小棍子又一次定住不再摆动。“哦，我了解这事情的原因了，我马上解决所有问题！”巫医闭上眼睛，右手捋着自己的山羊胡对病人说，“好了，我能帮你解决身体暂时的疼痛，可是，我这个方法治标不治本。如果你想彻底解决自己的问题，需要你自己亲自去解决。俗话说，解铃还须系铃人。你必须到那个女人的所在地跟她当面道歉。”

所有人都同意巫医的看法。是啊，这就是因果报应吧。

为了施展法术，巫医让他的家人准备一只白羽毛母鸡。羽毛必须是纯白色，其他颜色都不行。安巴卡人的妹妹收到巫医的指示，立即去院子里找白色母鸡。由于寻找母鸡的时间比较长，巫医不耐烦地说：“我在施法期间不能出任何的差池，而且，你们一定要注意不能随意污蔑他人。在我的病人当中，很多人是因为污蔑诽谤他人，最终导致家毁人亡的。这就是我们所说的，行恶业必得恶果！”

安巴卡人的妹妹手里抓着一只白色母鸡回来了。可是，巫医又说需要一根带子，女人又拿着扫把出去了。不一会儿，她把巫医需要的一根小带子交给他。巫医拿着带子把母鸡的双腿绑了起来，把它放在席子上面。随后，他双膝跪在席子上面用力拍着双手说：

“女士，你如果希望自己的丈夫身体康健，在他出门的日子里，晚上你必须在屋中睡觉。如果想让他病情痊愈，他必须亲自向被他污蔑的女人道歉，并请求她的原谅。”

施法之后，巫医拿起母鸡和包白色石灰的纸放在病人的身边。同样，他需要向神灵祈求祷告。

安东尼奥·塞巴斯提昂坐着，心里有一种说不出的烦闷。他小声说：

“大师，您先帮我解决身体当下的毛病，以后，我再去向她道歉。大师，我曾经做过坏事，可是，我是有自己的原因的。我现在希望您能治好我的病，您需要多少费用尽管开口。”

根据巫医的指示，安东尼奥拈来一小撮石灰粉，塞进了母鸡的嘴里，然后，吐口吐沫把粉末黏在母鸡的下巴处。

到此，法师做法全部结束。

三

“让我们再回到罗安达城，让卡塔丽娜拥有健康的身体和自己的丈夫继续相亲相爱。”这想法让安东尼奥·塞巴斯提昂心中高兴了很多！他的心像在黑暗中突然看到一丝微微的亮光，如果是这样，他心中的忏悔也会少一些。他不想让那个半透明的影子出现在某一个地方，走时却留下很多的伤害。所以他想尽力去修复自己曾经给若阿金小夫妻俩造成的伤害。在他病愈之后，他踏上了前往罗安达城的路，并最终实现了自己的诺言，向卡塔丽娜忏悔道歉。

报　复

一

卡塔丽娜在床上躺了八天的时间。尽管病情已经没有大碍，但是，她的心却时不时隐隐作痛。她心中最初的愤怒早已烟消云散。也许是大风吹来了阵雨令她的身体又开始出现不适。

复仇会给人带来巨大的快感，洗脱他人给自己带来的骂名！在一开始的阶段，安巴卡人会因为自己的后悔产生一些屈辱感。当他慢慢地抛开因为罪恶行为所产生的道德谴责时，他也会感到自己的罪行是不可以得到原谅的。其实，在我们每个人心灵深处都存在着一个恶魔，不管是文明社会还是原始社会，人都会存在恶的一面。

一天，已经是上午十一点左右了，卡塔丽娜要前往因孔博达地区，她听说那里居住着司法女神的看护人，所以她决定和自己的姐姐吉列尔米娜一同前往。

在她们前去的路上，经过一个拐弯处，卡塔丽娜看见了自己的情敌若昂娜。若昂娜头顶着一个大大的托盘和图图里老奶奶一起经过这里。尽管，面前的图图里老奶奶是颇受人尊敬的老太太，可是，卡塔丽娜为了躲开自己情敌犀利的眼神而故意躲开了她们。卡塔丽娜非常了解若昂娜，现在的她还在为马样卡取水井附近被人嘲笑和殴打的事情耿耿于怀，一直想寻找机会报复自己。而若昂娜呢，想到自己的前男友若阿金殴打并抛弃了卡塔丽娜的场景，心里便乐开了花，甚至会情不自禁跳起欢快的桑巴舞。卡塔丽娜并不真正了解若昂娜的仇恨，她也从未想到自己的情敌对她的仇恨是如此根深蒂固。所以，她只能向世人展现自己的高尚品格，祈求上帝为她主持天理公道。

“那贱货怎么还没有去死啊！”若昂娜小声嘀咕着，翻着白眼看着前方。也许，这便是天意，仇人见面分外眼红。

不过，幸好卡塔丽娜的母亲对她讲过很多做人的大道理，才使得她拥有超出常人的忍耐力。

“如果她骂你，你可千万不能回口对骂。”吉列尔米娜对自己的妹妹说，她双眼看着前方地面往前走。

姐妹两人继续赶路，假装没有看到迎面走过来的那两个人。但是，令人不快的场面还是出现了。若昂娜看到姐妹二人，便朝着地上狠狠地吐了口吐沫，并对着图图里老太太说：

“瞧她们那丑恶的嘴脸，又要去请求巫师做法，是不是啊？肯定不得好报！”

图图里老太太则连忙向卡塔丽娜姐妹打招呼说：

“我的好孩子们，你们是去做礼拜啊？”

姐妹二人没有停下脚步，只是看着图图里老太太大声地说：

“早上好，图图里老奶奶！”

两组人就这样擦肩而过。若昂娜心里仍有些不快，便开口说：“我真想和她干一仗，把她那张善于伪装的脸装到屁股上，看她以后还有没有脸出门。”

图图里老太太听见她的话，心里有些不高兴：

“喂，若昂娜！你的心是怎么啦？你为什么谩骂她们两个人？难道你自己觉得安心吗？啊！我可不想看到你这样的行为！”

若昂娜则粗鲁地反驳图图里老太太说：

“她的面子那么大吗？连你都为她打抱不平吗？”

姐妹二人一直往前赶路，不理会若昂娜叽里咕噜的谩骂。这并不是懦弱胆小，这也是一种自然的发泄：以后，再也不想看到这个丑八怪！

大家都在热火朝天地工作着，村子里充满了人们工作时产生的各种声音。在广阔的草坪上面，一些人正在晾晒衣物。时不时有一些猪、母鸡和羊在草地上漫不经心地找寻着食物。

最后，姐妹俩到达一个中档级别的住所。这所房屋和那些建筑在野灌木丛旁边的土坯房子一模一样。

“索菲亚女士，在家吗？我们来这里想求见司法女神啊。”卡塔丽娜在门口说。

索菲亚女士是司法女神的看护人。进门后，她递给吉列尔米娜一个带靠背的椅子，并请卡塔丽娜到自己休息的房间去。卡塔丽娜紧紧跟随在个头不高的索菲亚女士身后。

走进房间里，卡塔丽娜才发现这屋子是如此的破旧：屋顶是用一张破破的草席遮盖而成的；床铺上盖了一些草秆，床榻像一个杂草堆砌的台子；挨着小窗户放着一张非常做工粗糙的桌子，桌子上面放着一盏土灯、一个水盆，水盆里面放着几个小杯子和一面已经照不出人影的镜子；在墙的另一边，放着一个刮刀、一个牙刷棍和两个大小不一的行李箱。

索菲亚女士打开其中那个小的行李箱，箱子里面存放着一些小玩意和一些护身符，护身符当中放着一尊司法女神的雕像。索菲亚女士恭恭敬敬地将司法女神雕像放在一个凳子上。整理完毕后，卡塔丽娜双膝跪地祈求说：

“尊敬的司法女神，我来此请您为我主持公道。事情的缘由是因为一封信，我的朋友安东尼奥·塞巴斯提昂不认识字却给我读信，而且，污蔑我的名节。他向我远在卡比利村打工的丈夫若阿金说我私通他人。不幸的是，我的丈夫信以为真。他脑中充满了怒火，返回到罗安达城把我打得死去活来，差点葬送小命。接着，我的丈夫抛弃了我。不过，上帝在帮助我们。通过一些朋友的帮助，他了解了事情的真相，并且向我忏悔求得了我的原谅。今天，我觉得身体好了很多，可是，我心里的伤口却不时疼痛。尽管所有人都知道那个人所说的一切是谎言和诽谤，可是，今天我还是想司法女神能帮我断定公道。如果这件事是我的过错，我愿意接受一切惩罚；如果是安东尼奥·塞巴斯提昂的责任，请司法女神惩罚他的过错，并让他跪地向我道歉，让所有人知道他的罪行。尊敬的司法女神，这是我的请求，请您解除我心中的怨气。”

祈祷之后，她站起身来。索菲亚把司法女神的雕像重新放回箱子里，并把箱子合起来。

“好！现在我们等司法女神处理吧。”索菲亚女士说。随后，卡塔丽娜两姐妹便离开了。

二

若昂娜没有好脸地告别了图图里老太太，她觉得自己心里很憋屈，便径直赶往闺蜜因格拉塔姑娘的家里。

若昂娜坐在自己朋友房间里的席子上，开始破口大骂：“我今天觉得非常糟糕！不知道为什么我会碰到那个丑八怪！”

“可是，你说的到底是谁啊？”因格拉塔不明就里地问。

“是谁？还不是那个让人讨厌的丑八怪卡塔丽娜！”

“你们两个打架了吗？”

“没有。并不是我不敢和她打啊。如果不是那个可恶的老太婆图图里挡住我，我会把那可恶的两姐妹一起收拾了。”

因格拉塔笑着说：“呵呵，她们姐妹俩是一对臭味相投的东西。”

若昂娜用一种凛冽的口气大叫说：

“我不能忍了！再也不能忍了！我一定要找一个人好好收拾一下那个臭婊子！她如果不死，我心里这口怒气难消！”

大路上，小孩子们高兴地玩耍着，一些人也在路边谈论着感兴趣的话题。为了防止其他人偷听她们的谈话，因格拉塔走到门口把大门关了起来，并且用门闩把门插上。接着，她回到自己闺蜜的身边。

“那个贱货肯定和巫师一起睡觉了！”若昂娜看着自己的闺蜜说。

因格拉塔若有所思地看着一缕阳光，这道阳光透过窗户照在屋子的地面上。随后，她温和地说：

“你别再难为卡塔丽娜啦！她的男人已经狠狠地抽打过她，而且，你已经达到报仇的目的了。”

“达到报仇目的？这些远远不够啊！我一定要看到她死啊！”若昂娜生气地用手掌狠狠地拍打着地面。

“如果你没有充足的道理，巫师会反过来会惩罚你。你一定要知道因果报应！”

听到自己朋友的建议，若昂娜皱起眉头说：

“你是什么意思啊？难道你是在保护她吗？”

“当然不是，我只是在给你忠告啊。因为你现在想用巫术解决问题……”

“对啊，我就是要用巫术！卡塔丽娜使用巫术抢走我的男友，我为什么不能成为一个女巫好好地教训她？”若昂娜继续生气地说，“难道她真的没有使用巫术吗？那个女人为什么愿意穿着一身黑衣？而且，当时她的丈夫还像我们一样好好地活在人世间。如果她没有使用巫术，她是怎么诅咒自己远在卡比利的丈夫，并且最终在窗户边看到自己的丈夫的呢？我敢确定，卡塔丽娜肯定是一个不折不扣的大女巫。”

“嘿，若昂娜！你是怎么了解他们夫妻二人的事情的？”

若昂娜用手托着脸颊，下巴放在自己食指和大拇指中间，她慢慢地摇着头，又一次开始自己的高谈阔论：

“哇！今天你怎么像换了个人似的！你像她的皮条客一样处处在保护她啊！”

因格拉塔心中也有些生气，说：“你怎么这么说话？我从来没有保护过她。”

接着，因格拉塔又笑起来说：

“告诉我实话，你家里有人做过巫师吗？”

“没有啊。你为什么这么问？”

院子外面洗衣女人优美的歌声飘进了院子里。她的歌声里有一种凄美的调调。

因格拉塔对若昂娜解释起原因。传说在梦中，一个病人的灵魂想让自己投身巫术，巫师便传授给他一身的巫术本领，而且，赠送给他一个魔法棒。用魔法棒轻轻地点一下石头，便可以轻而易举地清洗自己身体的任何关节。后来，他弄来一只小猫和一只刚孵化的小鸡，他把小猫和小鸡放在火炭上烧烤，随后，把焚烧后的炭灰抹在自己的眉头上，他便能看到那些已经死去人的鬼魂。巫术有时候是可以遗传的，并不需要别人教授。接着，因格拉塔带着讽刺口吻说：

“当然，假如你不想继续使用巫术，必须找一名神奇的巫医帮你解除身上的法术……”

若昂娜右手托着下巴静静地听着自己朋友的讲解，时不时地用眼睛看看树枝，或者看看清理嘴巴的牙刷，再或者眼神停留在红土包裹的土墙上以及堆在墙角处的盘子。

“不过，你现在没有其他方法学习巫术吧？”因格拉塔讽刺说，“你有勇气杀死你自己的母亲或者其他你心爱的人吗？如果你有这个勇气便可以成为一个出色的巫师。”

“嘿嘿嘿！你不要跟我说这些没用的话啊！我可是一个冷血动物！”若昂娜坚定地说，一边说还一边扮鬼脸。因格拉塔又继续说：

“你只能六亲不认才能成为一名合格的巫师！如果你不懂巫术的真正含义，你不会知道自己的胆量如何。因为巫师只会杀无辜的人，制造负能量。他们的心是宽大的，因为，在他们的心里只有阴谋，他们可以杀死自己的亲人。所以，没有人能够请求巫师真正帮助他们。当一个巫师向另外一个人施展巫术的时候，必须了解被施法对象的一些爱好。只有这样被施法人才能迅速得到惩罚，他的心脏会迅速膨胀！巫师可以毁掉他的生活。你知道是为什么吗？因为，巫师把自己关在房间里，摇晃着自己手中棕榈树的树枝，每天都在用恶语迷惑可怜的人们。哎，巫术是这样啊！”说着因格拉塔装成巫师的样子说，“你们想生活得美好吗？你们想得到别人所拥有的一切吗？请稍等，我会让你们得到一切！巫师边说边从一个罐子旁边拿起一个木头勺子。”

“哇！照你的说法好像你曾经害过其他人一样！”若昂娜像看小丑一样看着眼前的好朋友。

因格拉塔笑着说：

“所以你才要向我学习……据说，巫术曾经是一种思想。不过，我们还是继续咱们的话题。当一个巫师去世的时候，为了避免鬼魂的迫害，必须剪掉死者的一些头发和指甲。如果在白天不能立即下葬，必须在当天晚上把死者下葬。不然，尸体会爬起来问，你喜欢吃椰子果吗？我一定会杀你。为了报复你的行为，他也会惩罚你。逝去的巫师也会突然站起身，把你抬起来，把你应得的报应全部转移到你家人的身上。所以，巫师死后必须立即把尸体下葬。然后，把剪下来的头发和指甲全部烧掉，再把烧掉的灰烬收集起来用作施法的宝器。但是，为了更好地扣住鬼魂，还要找到那根魔法棍。然后，把棍子埋在一个非常隐蔽的地方。在杀死一个人的时候，都会产生一个魔法棍。在深夜时分，去世巫师的家里总会听到石头撞击的声音和猫的叫声。那个时候，没有人能够入睡。为了家人的身体健康，人们会请来一位巫医帮助家人诊病。随后，巫医会认定是巫师生前作恶太多，必须把他生前身边的一切物品全部埋掉，并且，要埋在离家非常远的地方。在那个地方挖一个大坑，大坑旁边必须有流水经过，然后，把物品放在坑中加上圣水一起埋起来。只有这样才能把巫师生前的一切罪恶清洗干净，不留厄运给后代子孙。好啦！我知道的故事已经讲完了。这些都是真实的故事，不要忘了我刚刚跟你说过的，在梦中接受的巫术是最强大的法术。”

若昂娜陷入困惑，她产生了另外一种想法：

“我最好去做一名巫医啊！巫医不单单能救人性命，而且还能轻而易举地杀人。”

“卖橙子喽，又香又甜的大橙子喽！”大街上一个头顶着筐子的小贩一边走一边高声叫卖着。

因格拉塔颇有耐心地问：“你做过几次巫医帮工啊？”

若昂娜伸伸舌头，表示从来没有做过帮工。

“如果他们不愿意传授你巫医的本领，你去找谁教你？”

若昂娜有些生气，突然站起来，双手扯着自己的裙子，把裙子拉到膝盖处说：

“妈的！卡塔丽娜可以做一切，我为什么不能做啊？”

接着，她坐了下来继续沉思。然后，叹一口气说：

“走着瞧吧！我一定会让你记得我的……”

因格拉塔调皮地笑着说：“好姐们，你别生气！现在还有其他途径可以做巫医啊。我还没有跟你说，你的家人当中有做过巫医的人吗？”

若昂娜耸耸肩说：

“我不知道啊！”

“得到巫医本领的方法和梦中得到巫术的方法是一模一样。如果你的家人曾经做过巫医，那么他的鬼魂也可以把巫医的本领全部传授给你。在梦里，他会向你展示一片浩瀚的森林，在森林里面有各种各样的巫医方法。你会看到一切，可以看到植物和一个十字路口，你也可以看到巫医处理方法的宝典法则……巫医是可以家传的，当你得到祖先全部的真传，你可以像巫医的小徒弟一样在现实中实践。你知道，巫医们头顶着灿烂的光环，可是，谁知道他们也有很多见不得人的勾当被封存起来了……巫医总是在梦中出现，而且巫医的法力十分强大。”

“我有一个祖先就是这样得到巫医传授的，不过，他现在能在我的梦里出现吗？”若昂娜有点动气，她总是因为一些小事情大动肝火。

正在这时，村子里激动的工人们又唱起了属于他们的小调。

“关于你的问题，当然有办法解决。现在我给你讲一件事情，而且，这件事是我亲眼所见。你还记得祖碧拉先生吗？他是个巫医，居住在比斯波海边。”

“记得啊，那又怎么样啊？”

“有一次，我去他家看到了让人惊叹的一幕。那件事情发生在他自己家里，而且，那件事情发生后一个小时左右，他就撒手人寰了。还有那个和你同名的小姑娘若昂娜，她是穆西玛婶婶的女儿，居住在马古鲁苏地区，你认识她吗？”

“是那个总爱眨眼睛的女孩子吧？”

因格拉塔一边点头一边拍着自己的大腿说：“对，就是她！她也是我的好朋友，那天和你同名的小姑娘就待在院子里乘凉。我的天啊，可不得了啊！只见她‘噌’的一声从席子上站了起来，开始痛苦地呻吟、抽搐，但是，她却不能说话，只是低声呻吟和全身抽搐。所以，家人请来一个巫医帮忙诊治。你知道这种情况我们只能请求巫医帮忙。巫医到病人家后开始拍打她的脑袋，并在她的脑门上滴下一滴水，并要求在女孩子身体里的鬼魂冷静。当时的场面混乱极了。”

因格拉塔回想着当时的场面：所有的人都围绕在生病女孩的身边，人们的喊叫声充斥着院子。她长长地叹了口气，接着说：

“那件事过去之后，记不清楚是几个星期之后，穆西玛婶婶请另一名巫医前来诊治她的女儿。当时，她家里挤满了人，甚至那些鬼魂的家人也赶到现场。院子里，他们铺了一条大大的席子，然后，巫医在凳子上洒下一些石灰粉。他命令小姑娘坐在凳子上：‘你过来，坐在上面！’随后，巫医紧紧地抓住小姑娘的胳膊，让她坐下去再站起来，来来回回总计九次。最后一次他让小姑娘坐在了凳子上。然后，在她面前摆上了丰盛的食物。”

若昂娜对自己闺蜜讲的一切非常感兴趣，便打断她的讲话问道：

“那些丰盛的食物都是什么啊？”

“你很喜欢打断我的讲话吗？那盘丰盛的食物不是给人吃的，而是给那些藏在小姑娘体内的鬼魂享用的。首先，巫医在盘子里放了一些树叶的碎末；接着，又放了一些玉米发酵酒、红酒和水。你现在明白了吧？”

若昂娜笑着说：“我明白，你接着说。”

因格拉塔带着讥讽的语气继续说：

“如果你想成为一个巫师，我现在把这里面的利害关系一点一滴地给你讲清楚。巫医手中拿着一把小刀，来回走走停停开始施展巫术。只见巫医大喊：‘听清楚了！你不能跟我说谎话！脑子里要充满善念！’生病的小姑娘双目圆睁，直勾勾地看着眼前的丰盛美食。为了逼迫藏在小姑娘身体内的厉鬼现身，巫医又回到小姑娘身边，开始用力拍巴掌。慢慢地在场的人跟随着巫医开始吟唱驱散鬼魂的歌曲。”

这时，因格拉塔也像当时在场一样拍起巴掌大声唱道：

你已经死去，灵魂却在蠢蠢欲动，
你来吧，让我们看看你的尊容，
你来吧，在我们前面显身！

你已经死去，灵魂却在蠢蠢欲动，
灵魂是伟大的，
他消失了，就不再出现！

灵魂啊，快啊，快啊！

啊！啊！

灵魂啊，你走在不远的大路上！

啊！啊！

灵魂，你从不远的地方而来！

啊！啊！

灵魂，请停下你的脚步！

啊！啊！

“不大一会儿，小姑娘开始流眼泪，她不住地摇头，一边呻吟一边哭泣。在场的人鸦雀无声。为了让真正的厉鬼鬼魂现身，巫医开始命令小姑娘在凳子上来来回回坐下起身整整九次。接着，在她的舌头上扎下一根针并放上一块正在燃烧的木炭，还有一些毛发的灰烬。”

若昂娜听到此处不由得不寒而栗。

“哎呀！那个可怜的姑娘没有痛苦地大叫吗？”

“当然没有。如果她大喊大叫，厉鬼便不会从她身体里出来。随后，巫医把扎在舌头上的针放到盘子里，把火炭扔到地上，又命令小姑娘坐在凳子上，并询问鬼魂一些问题。鬼魂说出它们自己的名字。它们说很喜欢这个名叫若昂娜的小姑娘，所以，才选择附在她的身上，并且，希望通过她的身体说出自己的怨恨。这些鬼魂使得小姑娘受到无尽的折磨。鬼魂心中的哀怨和要求必须得到巫医的帮助才能实现。鬼魂们开始抽泣流泪。说实话，当时听到鬼魂的哭泣，我的心扑通扑通直跳。看到女人哭泣，在场的孩子们也都跟着哀号起来。所有的人走到小姑娘面前紧紧地抱住她。”

“是啊，鬼魂让她吃了不少苦啊……”若昂娜点头说。也许，她已经把自己的心事忘光了。

“它们给小姑娘带来很多苦难和恐惧！慢慢地从小姑娘的身体里走出若干个鬼魂：卡佐拉老太太的鬼魂飘飘然地从小姑娘身体中走出来，蒂尼昂加太太和卡比塔太太的鬼魂也分别从小姑娘的身子里走出来。在场所有的人都亲眼看到藏在小姑娘若昂娜身体里屈死的冤魂一一现身。但是，它们向大家发出想要讲话的手势。慢慢地小姑娘又开始呻吟、摇头，巫医赶紧找来她的毛发递给鬼魂。最后，这个故事是以喜剧收尾的，人们为了庆祝小姑娘病体痊愈高兴地载歌载舞。”

若昂娜听得十分认真，所以，因格拉塔又用开玩笑的口吻说：

“如果你想复仇，我还有另外一个建议给你：当一个执掌鞭刑的女人。当然这个工作是男人们的强项。不过，现实生活中也有女人做鞭刑女。”

若昂娜笑着说：

“妈的！我从来没有想过你竟然懂这么多东西啊！”

“是吗？你现在才知道。我平时是不喜欢侃侃而谈，我知道的东西比你想象的要多啊。”因格拉塔笑着回答。

“是啊！你现在给我讲讲，我听你还能说些什么。”

“你喜欢听我讲故事，是吗？我们认识的持鞭驱魔人共分为三类，看你自己挑选哪一类。”

因格拉塔小声地开始给自己的朋友解释：

“好了，我的小女巫。我给你讲讲持鞭驱魔人的工作。他们主要是抓捕那些施展邪恶巫术的巫师，也就是那些黑巫师。所以说持鞭驱魔人的巫术要比巫师还要强悍。是谁给了他们强大的法力，当然还是那些巫师和巫医。他们的神力主要都集中在手中的鞭子上，他们手中的鞭子其实是一根普通的木棍。”因格拉塔用手比画着，看样子，这根木棍的长度在一米半左右。她又接着说：“这根黑檀木制成的神鞭上面镶嵌着一些漂亮的海螺，并且，海螺排成十字架的形状。她们还有一个从坟墓附近的树上摘下来的小圆球果子。当持鞭驱魔人出门抓捕巫师的时候，打开门之后必须双臂开张在门口等一会儿，然后，把那个带着粉末的小圆球放在自己的舌头下面。在他前进的路途上，他只能朝前看不能向后看。他的左手拿着另一个圆球，右手拿着法力无边的神鞭。当他觉得眼前的人可疑时,会把左手中的圆球放在自己的额头上。如果眼前的人是巫师，持鞭驱魔人会与他保持距离，然后施法，将其收服。如果巫师在他前面止步，巫师便没有办法逃脱持鞭驱魔人的手掌心了。当持鞭驱魔人赶到巫师的面前，使用手中的神鞭逼他说出自己的真名实姓时，如果巫师变化成一条大蟒蛇，那么驱魔人就会变化成蛇的克星，变化成一条长长的神鞭；如果巫师变化成火焰，驱魔人就会变成火的克星，然后用神鞭使劲地敲击巫师的额头；巫师变成水，驱魔人变成水的克星，再用神鞭击打巫师的额头。持鞭驱魔人就是如此，直到巫师再一次变回人样他才会停手。这时的巫师会下跪求饶，恳求驱魔人放他们一马。不过，驱魔人在施法期间是不会和任何人讲话的，巫师会做一些肢体语言，表示如果驱魔人放他一马，他愿意给驱魔人奉上一份大礼：或者给他一只羊、一头猪，甚至是一头黄牛。啊，对了，我差点忘记提醒你，即使是一个法力无边的持鞭驱魔人，也不能贪得无厌。如果驱魔人索要太多的供品，会给自己招来杀身之祸。我告诉你，今天我们两个人的交谈，只能我们自己知道，不能告诉外人啊。当巫师奉送贡品给驱魔人的时候，必须是以自己朋友的名义奉送。如果持鞭驱魔人想让世人看清楚巫师的丑恶嘴脸，就不能接受贿赂。所以，在驱魔人的一生中不能向巫师收取三次以上的礼品，不然，他的法力会急剧下降。即使巫师使用巫术杀人，驱魔人也无力管辖。所以驱魔人也必须遵守职业法则，不能私下接受供品。我的爷爷奶奶也总跟我说：'持鞭驱魔人如果把握不好自己的品德，很容易变成邪恶的巫师。'"

最后，因格拉塔像说笑话一样说：

"我的故事讲完了。这个故事是美还是丑，你自己心里知道。"

若昂娜站起身说：

"哇，我现在后悔了！我现在不想做巫师了。知道为什么吗？我现在想，如果那个可恶的卡塔丽娜是一个女巫，我要去当一个持鞭驱魔的女人。到时候，我到山涧里拔一颗龙舌兰，当一个名副其实的女驱魔人。每当她从我面前经过的时候，我可以找她的麻烦。如果她胆敢和我叫板，我就让她尝尝我手中神鞭的威力，还有她那个可恶的姐姐，我把她们两人一起收拾！那两个大混蛋！"若昂娜一边小声嘟囔，一边还噘着嘴问身边的因格拉塔，"怎么，你这是要走了吗？"

这时的因格拉塔已经站起身，知道她的朋友要做不理性的事情，她急忙跳起来说：

"你放过卡塔丽娜吧！你为什么要用龙舌兰抽打她啊？那种抽打人的方式都是对那些……听着：用龙舌兰抽打人的方法，只能是在师傅和学徒之间才能使用！"

"难道你想让我用草秆抽打她吗？"若昂娜生气地说。

“说实话，自从我走上正道，就再也不能看到那些肮脏的勾当啦！你知道她们为什么打我吗？因为那天我的母亲看见我和巫师西基图老太婆讲话。她们认为我和巫师有合作！”因格拉塔用手捂住自己的嘴巴，又接着说，“我妈妈从山涧里找了一些龙舌兰狠狠地把我抽打一顿！当时要不是宫古老爷爷前来劝我老妈，我可能被当场打死了，就是说，你再也看不到我了……”

若昂娜整理着自己的裙子，小声说：

“那些老太婆都是不可理喻的！她们只会私底下偷偷做不可见人的事情，你说她们做人还有啥意思！”

“现在我们是成年女人啦！”因格拉塔深吸一口气，对自己的朋友语重心长地说，“好啦，你还是放过卡塔丽娜吧！她丈夫已经狠狠地打过她了，她受的苦已经足够啦。”

“足够吗？我可不这么认为！你现在真的变了，好像你是她的皮条客一样！”说完，两个人便分开了。

三

卡塔丽娜在姐姐的陪伴下，从因孔博达地区朝着回家的方向走去。

在一片生长着茂密仙人掌的灌木丛里，若昂娜手里拿着一个烂玻璃瓶子，试图砍掉一根龙舌兰当自己的“神鞭”。

“今天，我要好好教训一下卡塔丽娜这个贱女人！我要故意难为她，挑她的错，直到她跟我说话！如果今天我不打她，心里就难受！”若昂娜高声咆哮着。

突然，若昂娜手中的玻璃碎片掉在了地上——好像有什么东西在咬她，她哀号起来。卡塔丽娜姐妹俩正好打此经过，她们听到女人的喊叫声，心中感到十分好奇，便停住脚步。谁在这里叫得这么凄惨啊？两个女人冲着声音发出的地方跑过去。

“啊！原来是若昂娜！”吉列尔米娜低声说。

还没有听到自己的姐姐的话，卡塔丽娜便赶到了自己的情敌若昂娜的附近。她看见自己的情敌身体有些扭曲，而且，还在不停地用头上的毛巾擦拭着紧闭的双眼,眼睛里还不时流出眼泪。

“怎么了？你为什么在这里大喊大叫啊？”

当若昂娜听出是卡塔丽娜的声音时，心里非常不高兴，她试图用毛巾盖住自己的脸，但是，由于心中害怕，所以忙中出错。一瞬间，那些对她不利的想法像弹动的锋利的钢刀一样嗡嗡地响起来。她不知为什么自己突然变得非常胆小，她对卡塔丽娜姐妹说她来这里想拿一样自己需要的东西。话音未落，她感觉自己的眼睛里有东西往外喷射。她已经不能忍受那强烈的疼痛了，这种疼痛像辣椒粉末撒进眼睛里。

“我们现在要回家了，有人陪你来这里吗？”卡塔丽娜一边说一边把她搀扶起来。

“走吧，我们陪你回家！”吉列尔米娜也过来搀扶住若昂娜。

接着，三个人走出了灌木丛。卡塔丽娜和吉列尔米娜搀扶着若昂娜快速地往她家中赶去。姐妹二人为了减少若昂娜的疼痛感，不顾她们之间的复杂关系，像相聚很长时间的好朋友一样安慰她，告诉她不用担心，这种病非常容易治疗，而且根本不需要到药店里买药就可以治疗。可以到野地里找一些龙舌兰和马齿苋，然后把它们磨碎，再在碎末里滴上一点水，将其搅拌均匀就行啦。以后的日子里，每天用这些草药的碎粒清洗眼睛，不日则可痊愈。

她们三人快要赶到若昂娜家中的时候，小孩子们围住了她们问到底发生了什么事情。她们边走边回答孩子们：“应该是眼镜蛇咬伤了若昂娜的眼睛。”一些人加入了她们的队伍，其他人则走在她们前面。

图图里老奶奶正好和她一个徒弟的女儿在此。她们头上顶着售卖货物的大盘子，坐在一棵无花果树下休息，看到她们三人从此经过便说道：

“伟大的上帝！没有人做坏事能逃过上帝的法眼，做坏事太多会得到报应啊。”

“师傅，您说得太对啦！若昂娜想着害别人，现在因果报应出现了，她这是自作自受。”

“是啊，我的孩子！人这一辈子，你看不到将来到底会发生什么事。没有人能预测未来。那天，我们两个人在一起，我听到她无端地骂人还教训了她几句。哼！”老太太张着嘴开始打响指。

“师傅，您说这是上帝在惩罚她吗？”

“你现在还年轻，注意自己说话的方式啊！”老太太严厉地说。

与此同时，卡塔丽娜她们的队伍也慢慢壮大起来，人也越来越多。若昂娜的状态已经比刚刚被蛇咬的时候好了很多。这次，如果不是卡塔丽娜两姐妹的帮助，她也许早“翘辫子”了。若昂娜的心眼远比不上卡塔丽娜姐妹好。

当她们三人走进院子的时候，正在洗衣服的若昂娜的母亲急忙扔掉手中的刷子，跑到她们面前问道：

“怎么了？这到底是怎么回事啊？”

“你女儿刚刚被眼镜蛇咬伤了！”队伍中的人抢着回答老太太的问题。

当所有人走进院子的时候，若昂娜把事情的经过向他们讲述了一遍。

“哎呀呀！你去山涧峡谷做什么啊？一个人是不能去那个危险的地方啊……现在可好，不幸的事情发生了……”若昂娜的母亲不停地唠叨着，一边说还一边不停地拍巴掌，然后她把两只胳膊交叉起来放在自己的胸前。

若昂娜身体后仰靠在床上，因为她的床榻没有床头。她一边呻吟一边祈祷。看热闹的人真不少，一些人站着，一些人坐在那张形状奇怪的床上。有些人还提醒若昂娜的家人去弄一些龙舌兰和马齿苋，或者找一些沾露水的绿草，或者是带有尿水的杂草。若昂娜的母亲有些愚笨，她有些不知所措，也许，她一生中从未碰到过这种棘手的事情。若昂娜自己也非常害怕，请求母亲去请一名巫医来帮她诊治，以便判断这次事故是上帝给予的还是魔鬼施法的。

街坊四邻走到若昂娜的家中。发生什么事了？所有人进门时都会询问事情的缘由，在场的人也愿意告诉他们事情的经过。这时，巫医安热利卡还没有赶到，大家只能直勾勾地盯着眼睛肿胀的若昂娜。这时，她的胸部开始慢慢地鼓起来，随后，她的胸部流出乳白色的奶水。

眼镜蛇咬人的事传开后，若昂娜的家被挤得水泄不通。洛基亚婶子是若昂娜的邻居，年纪老迈的她不慌不忙地说："曾经，有一条蝰蛇钻进一对夫妇的床底下，年轻媳妇看到蝰蛇心里非常恐惧大叫起来：'救命啊！蛇！蛇！'夫妇俩的儿子正在院子里玩耍，听到母亲的喊声，便拿着一根竹棍几下把蛇打死了。那条蛇不大，但是，看到的人都会觉得不寒而栗。没有多久，一个老邻居大喊大叫着跑到夫妇家里说他们的儿子死了，而且是因为他们而死的。"

在场的听众感觉十分的好奇，问道："难道那条蝰蛇是一个巫师幻化而成的？"

洛基亚婶子用手指挖出一块鼻屎，走到窗户边弹了出去。接着，她又走回来坐在一个木桩上面回答说："是啊！那条蛇是巫师变化而成的。事情还没有结束，第二天妇人喊叫说自己肚子疼得厉害，她的肚子非常肿胀，她的丈夫和邻居们赶紧给她灌肠。我的上帝啊！竟然从她的肚子里弄出来许多的小蛇。"

在场的听众听到这里都有些惊恐，问："你说的是真的吗？"

"嘿！你们觉得我能撒谎吗？我刚刚所说的一切都是我自己亲眼看到的。我对上帝发誓，刚刚所说的都是真事。尽管那个女人经过白人和黑人医生的诊治，可是，最后还是魂归天国了。"

正在人们议论纷纷的时候，雅辛塔婶婶和另外一个女邻居也给大家讲了另外一件非常稀奇的事情："曾经有一个独居的男人，午饭过后总是喜欢躺在自己的小床上睡午觉。每当他起床的时候，都觉得自己有些不舒服，他的身体也越来越消瘦，并且伴随着头疼。有一天，他的一个朋友有事来到他家里，家里的房门是开着的。这个朋友小心翼翼地走进屋子想看看自己的朋友在做什么。你们知道他看到了什么吗？家里的主人仰面躺在床上，一条巨蟒正在吸食他的血液！"

"够啦，够啦，不要再说啦！太可怕啦！"一旁的听众心中都有些害怕。

雅辛塔婶子有些意犹未尽，仍然手舞足蹈地继续说："那个朋友看到巨蟒吸人血的一幕，赶紧跑出去招呼附近的邻居。一些人拿着木棍，一些人拿着砍刀，大家一哄而入闯进房间将巨蟒砍死。可是，没几天时间，这些砍杀巨蟒的人都离奇死亡了。"

"每当我听到巫医们的名字，心里便久久不能平静。"若昂娜的母亲深信不疑地说，她仍然坐在自己女儿的身边，用一只胳膊把她搂在怀里。

雅辛塔婶子站在若昂娜母亲身边说：

“西卡老姐，这些都是真事啊！那些可恶的虫子总是如影随形，只要我们做坏事，它们就会出现在我们的生活里。”

“你的孩子被眼镜蛇咬伤也是不幸啊！人家说，善有善报恶有恶报，不是不报时候未到啊！”

在场的人纷纷点头赞成。

“是啊，最好请巫医帮我看看病，我的眼睛已经没有起初那么疼……”若昂娜呻吟着说。

经过巫医的救治，若昂娜的病情得到了控制。卡塔丽娜和吉列尔米娜两姐妹在整个过程中都保持沉默，随后，她们向在场的人们告别准备离开。

“亲爱的孩子们，我非常感谢你们救助我的女儿。”若昂娜的母亲西卡老太太双手抓住卡塔丽娜的手以表示真挚的感谢，“我求你忘了我女儿曾经对你的不礼貌吧。”说着西卡老太太又看着自己的女儿说，“若昂娜，你听见我的话了吗？从现在开始你们两个人之前的一切恩恩怨怨要一笔勾销。我希望你们还能像以前一样，是一对非常要好的朋友。”西卡老太太说话的时候，双手还一直暖暖地握着卡塔丽娜的手。最后，她双眼盯着卡塔丽娜说：“孩子，你说我说得对吗？我从未想害过你啊……”

两姐妹和所有人告别之后便走出了若昂娜的家，院子里所有人都对她们姐妹二人称赞有加。

四

一个星期天，出于朋友情谊，若昂大叔在若阿金的家中干成两件大事，第一件是促成一对夫妇的复合，第二件是恩怨的和解。

若昂大叔乐呵呵地问道：“嘿，你们两个人关系还没有好吗？你们纠结了那么长的时间，还不应该好好享受一顿美味的鱼块糊糊粥吗？把那些倒霉的霉运全部给扔得远远的。现在是时候把那些不中听的话埋在肚子里啦。只有这样，你们小夫妻才能得到真正的解脱。安东尼奥造谣说若阿金去世，然后，若阿金又突然出现在丽娜的窗户旁边。咱们为若阿金能够‘死而复生’也要好好地庆祝一番。是不是该准备一些母鸡肉、棕榈油大豆饭，随便给我们弄点小酒喝喝，也让我们高兴一下啊？”

院子里的一棵黄酸枣树下，摆放着一张大桌子，桌子用一块干净的桌布罩了起来。若阿金、若昂大叔和马努埃尔三个人坐在桌子旁享用着大餐；桌子旁边的地上铺有一张席子，席子上面又铺了一张毛毯，几个女人坐在毛毯上休息。

红酒的酒劲已经开始冲上几个男人的脑袋了。几个人谈话的声音越来越大，还总是发出一些震耳欲聋的笑声。几个人中谁的话最多呢，当然是我们可爱的若昂大叔。他总是在谈话中回忆起自己年轻时的事。聊天中他还不忘狼吞虎咽地填饱自己的肚子。他的幽默气质让大家都忍俊不禁，一件非常没有意思的事情，通过他的嘴巴讲出来会让大家觉得很好笑。

“嘿，怎么回事？你想把你的臭脸放在我的餐盘里面吗？这个大笨蛋！”小姑娘桑塔在吃饭时候，见她的小狗也探头来吃她餐盘里的食物，便拿起木勺子敲打它的脑袋。

若昂大叔听见小姑娘的骂声，清清嗓子严肃地对她说：

“小姑娘，你知道你这样子跟小狗说话非常不好吗？”

小姑娘桑塔整个人蜷缩起来，有些害怕，她看着眼前的小狗想问明白为什么不能那样骂小狗。

“如果你的妈妈好好教训你一顿，你还会在这里问我们为什么吗？说实话，现在这些小孩子非常没有礼貌啊！”桑塔的外婆洛洛塔老太太大声训斥着自己的外孙女。

“你们不要生气，先不要责骂不懂事的小孩子！她年纪还小，不懂事，可以理解。我现在就告诉她为什么不能那么做。你想知道为什么不能那么做吗？”若昂大叔说道。

桑塔没有回答，她只是假装听不明白他们的话。

“嘿，你没有听见你若昂爷爷在和你讲话吗？”吉列尔米娜也斥责自己的女儿。

“那好吧，我现在给你讲一个小时候我的爷爷经常给我讲的故事。”说着，若昂大叔拿起红酒杯，下巴一抬喝掉一杯红酒，他继续说，“小姑娘，听听我的故事。”旁边的两个男人掏出两根香烟开始抽。“故事是这样的：曾经有一个女人，她的家里养着一条狗，每天，女主人都要下地干农活，回到家里还要洗衣服、做饭、扫地，还要去水窖处打水。一天，干完农活回家后，她感觉身体非常疲惫，便发牢骚说：‘哎呀！做人实在是太累，觉得浑身乏力还要强打精神做家务活。’说着她瞧着身边的小狗心里非常生气，她说：‘如果你是人就好啦，也可以给我做一个好帮手啊。可是，你只是一条狗，整日只会吃饭睡觉！’小狗很多次听到女主人发出这样的牢骚，终于有一天它做完了家里所有的家务活。当女主人回家的时候，感觉非常的奇怪：地已经扫过，饭菜已经做好，水已经打好。女人奇怪地问：‘这都是谁做的啊？’小狗神奇地回答：‘谁做好的家务活？！当然是我啊！我已经厌倦了你每天的牢骚。’没多久，这个女人就去世了。”

小桑塔惊奇地问：“您说的是真的吗？”

“你若昂爷爷跟你说的故事都是真的啊。你听见了吗？”洛洛塔老太太又解释说，这也是很多人都曾经听过的故事。

大家应该明白，狗的工作是看家护院，它总是陪伴着我们大家。当你回家的时候，有自己的小狗摇着尾巴迎接主人。总体上说，狗和人一样。虽然它们听不懂我们讲话，可是，它们能感觉到一切。主人的素质高低直接影响小狗的情绪。因为，它们能明白人们的话。所以，再也不要对自己身边的狗进行谩骂，不然，它会给人带来灾祸。

正在这时，突然有人在门外敲门。接着，院子里所有人的目光都集中在门口。小桑塔急忙跑过去打开大门：

“是安东尼奥尼·塞巴斯提昂大伯！啊！啊！啊！你怎么在这里啊？”

大家只见一个人跪在门口，头上戴着一顶椰子壳帽子。安巴卡人爬进院子。小桑塔跟在他身后大笑起来，然后，回到她的座位上。

“嘿，你在这里笑什么？你赶紧出去玩吧！”吉列尔米娜命令自己的女儿。小桑塔听到母亲的命令立即跑出了家门。

洛洛塔老太太看着安巴卡人爬进自己的家门，便放下手中的餐盘，大声咆哮：

“你来我们家做什么啊？”

在场的人呆呆地看着眼前的场景，他们没有想到会看到眼前的一幕。安巴卡人摇着头低声地嘟囔着。他讲的不是葡萄牙语，而是安哥拉当地的土著语金本杜语。他抬起头对大家说：

“我来这里是向大家道歉的！”

“你没有必要来这里给我们道歉！你自己的所作所为只能到地狱里才能偿还！”

洛洛塔老太太情绪十分激动，冲动地站了起来，跑到安巴卡人的面前摇晃着右手，大声地训斥他：

“如果你不认识字，你为什么让我们哭泣？你是在和我们开玩笑吗？”

“大妈，您说得有道理。事情都已经过去了！”安巴卡人道着歉，毕恭毕敬地趴在她面前。

“事情都过去了吗？当然没有！如果你没有看见卡塔丽娜和别的男人在一起私会，你为什么要到卡比利村告诉若阿金他的妻子和别人私通？”

“您说得对，大妈。你们原谅我吧，让一切过去吧！”

“事情都过去吧？当然不会过去！如果我的女儿当初被人打

死，谁该负责啊？”老太太高声喊叫着，一边摇着头一边看着后面说，“嘿嘿嘿！你少在这里装可怜啊！”老太太双手拍着巴掌站在安巴卡人面前说，“你是一个巫师，等着遭报应吧！”说完，她又坐在席子上用手托着自己的下巴。

场面一下子冷了下来。木头房子商店的主人站在院子外面的小路上；山羊胡子的老头带着颤抖的声音在外面叫卖自己的货物，他的声音是那么的平淡；外面传来嘈杂的叫卖声，有小孩子在自家墙根下面玩耍；一只土狗嘴里叼着一根鸡骨头在主人身边享用美味。

等洛洛塔老太太心里平静下来之后，安东尼奥·塞巴斯提昂用沉痛的语气说：

“大妈，我非常了解自己犯下的罪过，我没脸求得你们的原谅。虽然这几天我感觉非常的难受，可是，上帝他并不想看着我死掉。您知道，是这场大病救了我的命，因为，它让我知道自己所犯下的错是多么严重，我的心在剧烈地疼痛。洛洛塔老妈，求您原谅我的过错吧。卡塔丽娜她已经原谅我的过错啦。”

其他人用同情的眼神安静地看着他。面对这个卑躬屈膝可怜兮兮的安巴卡人，大家的心里都充满了同情并原谅了他。但是，洛洛塔老太太却仍然不为所动。对她来说，现在安巴卡人所遭受的痛苦远远不能消除她的心头之恨，只有死才能消除他的诽谤罪。尽管卡塔丽娜已经原谅了他，可是老太太仍然愤怒地说：

“丽娜，她从未真正地原谅你！”

卡塔丽娜也对他心生同情，但她却没有说话。她的心在偷偷流泪。也许报复能让人产生快感，可是，卡塔丽娜的心却像掠过一阵狂烈的强风，耻辱的黑云又笼罩住她整个灵魂。现在，她只能在司法女神的面前去衷心忏悔，寻求女神的指引。

在鸦雀无声院子里，安东尼奥·塞巴斯提昂费力地爬到卡塔丽娜的身边：

“大妹子，我是自作自受！这都是因为我的虚荣心和坏脾气在作怪。我不知道当时为什么会那样做，我怎么会想起用污蔑的手法去玷污你啊？！大妹子，不管你能否真正原谅我，我现在所说的每一句话都是出自我的真心，到现在我的心还在流泪。”

若昂大叔知道安巴卡人是真的感到耻辱和羞愧了，于是他大声说：

“你现在觉得心里有愧，那是上帝对你的惩罚。你考虑过你给这个家庭带来多大的伤害吗？现在，上帝在用同样的手法惩罚你。安东尼奥老弟啊！我们大家真的没有想到你竟然能做出这样的蠢事！你现在看到报应了吗？”

卡塔丽娜给自己的母亲做了一个手势让她冷静一下；但是，老太太却越想越生气——那时候自己的女儿每天以泪洗面。

安巴卡人的表情变得非常的可怜，声音里也充满痛苦的语调。大家已经不能想象这个男人竟然成了这个样子——面前的他成了一只地地道道的可怜虫。

若阿金心里对他已经没有了任何的恶意和抱怨，他向自己的妻子请求道：

“丽娜，你原谅了这个可怜的家伙吧。他现在已经知道忏悔了。再说了，以前的事情就让它们过去吧。咱们都别再想了。”

“绝对不能原谅他！如果丽娜原谅了他，说明她自己不知羞耻！”洛洛塔老太太咆哮着，她紧咬着钢牙，双手还不住地捶打着自己的大腿。

面对这尴尬的场面，马努埃尔心里很难过。他插话说：

“洛洛塔大姐，您还是原谅他吧，丽娜也应该原谅他！他现在像囚犯一样出现在你们面前，上帝已经重重地惩罚了他！从现在开始，让一切结束吧！”

“我已经说过了，我不想再多说了。”

“老妈，丽娜为了此事还专门去参拜司法女神。她已经看到了自己想要的结果，现在也该原谅他了。”吉列尔米娜也请求自己的母亲。

“好啦！我刚刚已经说过啦，我不会轻易原谅他！”

卡塔丽娜不再保持沉默，她说：

“他现在已经知道忏悔了，我也应该原谅他。现在，你跟我去趟司法女神那里还个愿吧。”

洛洛塔老太太气得五雷轰顶，她愤怒地回到自己的房间里喃喃地说：

“你们想怎么办便怎么办吧，我不管啦！”她脑子中还想着要让安巴卡人受到应有的惩罚，必须要让他深深地赎罪。

“谢谢啊！谢谢你们啊！”安东尼奥·塞巴斯提昂高兴地感激起大家来，他激动地抓住了卡塔丽娜的手。

接着，他站起来，准备和卡塔丽娜一同前往司法女神的住所。赞扬声和道歉声在空中飘荡。

卡塔丽娜心中明白，早晚自己的母亲也会像自己一样去做。如果有人质疑她的清白，她可以向所有人证明自己的忠贞。

这时，吉列尔米娜指示安巴卡人继续跪在地上，她伸着舌头、拍着自己的脑门说：

“哎呀！我差点忘记一件大事。”说着吉列尔米娜朝着走廊的方向跑去。

看到自己的大姨子离开了，若阿金便对安巴卡人说：“安东尼奥大哥，你站起来吧！”

安东尼奥像小孩子一样站起来，嘴巴朝上翘，两行眼泪从眼睛里流出来：

“若阿金，我的好哥们！事情都已经过去了，都过去了！现在我们还是和以前一样的好哥们！”

正在此时，吉列尔米娜手里拿着一个垫子回来了——这个垫子是给让安东尼奥放在地上坐的。接着，她又离开准备换衣服出门。

在酒桌旁，聪明的若昂大叔手中拿着一个红酒杯说：“好了，万事大吉啦！现在大家的心都可以安静了。”他一边说一边笑。

与此同时，小桑塔在厨房大喊着说要收拾桌子上的餐盘。四个男人坐在桌子旁边喝酒抽烟聊大天。聊天的气氛十分的融洽。突然，和谐的气氛被打破了。因为，酒精冲昏了若昂大叔的头，他开始发酒疯了：

“哎，我的青春岁月啊，我的日子啊！你就惩罚我让我忘记跳舞吧！”

若昂大叔像得了癫痫一样，“噌”的一声从垫子上站了起来，开始跳属于他自己的桑巴舞。他牵着吉列尔米娜的手，想邀请她共同跳一曲——这时，吉列尔米娜手中拿着一块黑色的布已经回到院子里了。

所有人都在大笑，卡塔丽娜的脸红得像一个红苹果。她用一块印有海螺图案的印花布把自己包裹起来，开心地笑了。

“安东尼奥大哥，咱们走吧。”

五

下午三四点钟的时候，天空泛起棕色，骄阳似火。大自然仿佛也在饱受痛苦，空气中弥漫着潮湿的气味。大自然在空中吸纳悲伤，而悲伤已经进入它的心房。

枝头的小鸟和知了不停地鸣叫着。通往小酒馆的小路上，狂欢者们在纵情高歌。这边，一个疯癫的男人正手持吉他弹奏优美的音乐小调；那边，一个由土著人组成的小团体也欢快地弹奏着手中的乐器。在这条路上到处都发出巨大的嘈杂的声音，路边的小孩子们拉起风琴、吹起口拨琴。一位当地的花花公子身穿一套羊绒衣，衣服上钉着粉红色的扣子，头戴一顶漂亮的椰子帽子，悠闲的他手托下巴抽着名贵的雪茄烟。在每家每户的大门口，人们或坐在凳子上或坐在路沿上休息聊天，每周辛苦的劳作之后，人们都会聚在一起拉家常。

在索菲亚女士家附近，安东尼奥·塞巴斯提昂双膝跪地往前爬行。

“索菲亚女士，罪魁祸首已经给你带过来了。我刚刚已经原谅了他，现在还想请司法女神也能够饶恕他的罪过。”卡塔丽娜毕恭毕敬地请示索菲亚女士。

索菲亚女祭司听到这个消息心里非常高兴：“我早知道这一天会很快到来，司法女神是不会饶恕那些恶人的。你这样很好，非常不错啊。”女祭司一边说话一边把靠椅递给了吉列尔米娜，并让她去院子里坐着。她们几个人叽叽喳喳低声私语了一会儿，然后，女祭司把卡塔丽娜和安东尼奥·塞巴斯提昂引进自己的房间。

在诸邪勿扰的情况下，女祭司请出了司法女神的雕像，并将雕像放在木床上，随后三个人双膝跪地趴在神像前面。

“司法女神啊，罪犯已经在你面前。他知道自己罪孽深重，并且已经深深忏悔。现在他请求得到您的原谅，请司法女神不要再降罪于他。他愿意给您供奉所有的供品。”司法女神的守护人在一旁说着。

渴望得到救赎的安巴卡人用懊悔的语调说：

“我愿意付出一切，所有的东西。我只想让自己罪孽的心平静下来，让我的生活安定下来。司法女神，求您饶恕我的罪孽吧！”

接下来，仿佛时间静止一般，所有的人都保持着沉默，屋子里静得有些可怕。过了一会儿，司法女神的守护人使用通灵的方法说：

“如果想让自己的心灵得到安宁，司法女神将向你索要一瓶蓖麻油、一瓶蜂蜜、一瓶棕榈油、一包白高粱米、一匹大布、一个黑紫檀木的木球和一条围巾。”

在感叹中安东尼奥·塞巴斯提昂承诺会衷心忏悔：

“我会兑现我的承诺。我现在只想要我身体健康，我只想生活得开心一些。”

索菲亚女士站起来，走到走廊处找到几片无花果树的叶子，她让卡塔丽娜和安东尼奥拿着叶子，随后，又分别给他们一人一根树枝，并用树枝蘸上水洒在他们身上：

“司法女神，请原谅他的罪恶吧。他已经承诺奉献所有的供品，请您把安静的生活还给他。请您不要再惩罚这个可怜的恶男人。”

司法女神接受了女祭司的建议，安东尼奥·塞巴斯提昂也兑现了自己的承诺。为了表示对卡塔丽娜的歉意，他还特意送给她一对耳环。虽然他再也没有赔偿给她任何的东西，但是卡塔丽娜心里已经十分满意了。如果她愿意，可以要求他赔偿给自己更多的东西。但是，这样下去罪恶便不会停止，她的灵魂也将得不到安宁。

致　敬

一

上午的天有一些阴沉，天空像一块美丽的丝绸，太阳好像戴着一副墨镜看着天空下的黎民百姓。人们都在光明的神殿诚心地祈祷。

洛洛塔老太太离开自己位于因孔博达的家，来到吉列尔米娜和小桑塔所在的一个小商店里。现在，卡塔丽娜的心里已经不再空虚，她利用自己的空闲时间参加了一些学习活动。她最好的女徒弟阿妮卡这几天回来了。年仅十三岁的阿妮卡，跟随着卡塔丽娜学习一些生活技能，两个人的关系好到无话不谈。

洛洛塔老太太离开商店后，径直来到卡尔莫神殿，她经常到这个地方进行自我修行。通过两个星期的修行和牧师们的开导，她已经获得心灵的释放。可是今天，她心里还有另外一个心结和愿望——希望能得到神灵的指引和帮助。关于自己的愿望她从未向任何人提及，以免遭到家人和其他人的反对——“你为什么这么做啊？安东尼奥·塞巴斯提昂已经向你们道歉了，上帝会解决此事吗？”安巴卡人到底对她做了什么天大的错事呢？每个人都有自己的思考方式，所以每个人感受痛苦的程度也不同。她作为一个母亲，辛辛苦苦养大自己的女儿们，她不愿意看到任何人污蔑自己孩子的名声，也不愿意看到任何人偷走他们幸福的生活或财产。卡塔丽娜、若阿金、吉列尔米娜和其他人都原谅了安巴卡人的缺德行为；可是，她觉得他所受到的病痛折磨还不够，他必须得到更痛苦的折磨。到底谁能惩罚他呢？也许，只有爱情守护神圣·安东尼奥能惩罚安巴卡人棒打鸳鸯的行为。

为了兑现自己对神灵许下的诺言，这段时间洛洛塔老太太只是洗脸刷牙不再沐浴更衣。在她祈求爱情守护神圣·安东尼奥的八天时间里，她不能清洗自己的身体，如果她不小心清洗了自己的身体，就会给自己带来灾祸。只是她给神灵供奉的供品不够，所以，她每天上午都以做生意为借口到神殿里祈祷。

这天一大早，静谧的气氛笼罩着整个村子。所有在院子里的人，特别是女人们，手持大大的牙刷棒，上面涂上木炭和盐巴的混合细粉，然后蘸上一点水清洁自己的口腔。她们还可以用它清洁自己的舌头。这种生活习惯是安哥拉地区独有的。为了能够快些到达市场，小贩们便跟随在一些打水的家庭主妇身后抄近路到市场抢占摊位。

这时，神殿的大门已经敞开了。在十字架和大门之间，摆放着一尊朴素的圣女德肋撒的神龛。神殿里面显得空荡荡的，只有一盏长明灯孤独地亮着。

在昏暗的灯光下，时空仿佛静止了一般。神殿里，那尊圣洁的神像令人充满敬畏，而这里的每个人仿佛都走进了自己的内心世界里。

洛洛塔老太太在胸前画着十字祈祷神灵庇佑。她走到爱情守护神圣·安东尼奥的圣像前面，亲吻披在圣像身上的精美的刺绣。然后，她用一只手缓慢地抚摸着圣像的脸颊，接着，用另外一只手抚摸圣像的身体；她双膝跪在垫子上膜拜圣像。最后，她几乎趴在垫子上了。她一会儿扶着自己的腰部，一会儿又摸着自己的胸口，一会儿又跪在垫子上，一边祈祷一边指手画脚地不知在说什么。有时候她还用双手捶打自己的胸口，还时不时地双手拍掌，后来，她又开始高声祈祷：

“爱情守护神圣·安东尼奥，我来这里是向您讲述一段发生在我身上的事情，并请求你为我们做主。我女儿的一个朋友为了自己的虚荣心而污蔑她，他对我女儿远在卡比利村打工的丈夫说她有了外遇，到处卖弄风情。她的丈夫听到自己朋友的诉说，心里深信不疑，回到家中把我的女儿一顿暴打。我可怜的女儿差一点被打死。可是，可恶的恶魔上门道歉，我善良的女儿和其他人都接受了他的道歉。可是，我不认为事情可以这么简单地结束。恶人虽然经受了病痛的折磨，但我觉得他遭受的痛苦远远不够。我尊敬的圣神安东尼奥，如果您同意我的祈求，我会给您供上一升香油、十二根蜡烛、两根乌木和两把扫帚。”说完，她站起身深深鞠了一躬后离开了。

在这八天的时间里，洛洛塔老太太没有更换衣服，也没有做任何清洗自己身体的行为。

二

由于想吃鲶鱼，所以卡塔丽娜梦到自己吃了很多秋葵，而且还吃了添加了很多橄榄油的白色玉米糊糊粥。这些都是她曾经最爱吃的食物！但是当她起床后才发现自己一点胃口都没有！现在，她和其他女人一样，心里有了很多没有实现的愿望。

卡塔丽娜是一个固执的人。她迈着沉重的步子到位于保罗·迪亚斯·诺瓦伊斯大街的卖鱼市场去。

那是上午时分，天色灰蒙蒙的。在布满沙子的路旁生长着枝叶茂密的无花果树。城里到处是一派繁忙的景象：一些人赶着驴车给每家每户送水，还有一些人则使用牛车运送食用水，套在黄牛脖子上的铃铛叮叮当当地响着，声音非常的清脆；贵妇人乘坐着高大上的轿子出行，四个轿夫哼唱着属于他们自己的歌曲，系在腰间的酒壶随着他们的动作左右上下翻转；在市政府上班的女人们悠闲地在街上漫步；贩卖咸鱼、水果、蜂蜜、大豆、木薯粉和花生油的小贩们走街串巷高声吆喝着自己贩卖的货物名。

“喂，卡塔丽娜啊！”一个人大声呼喊她的名字。

卡塔丽娜转身往后一看，原来是若昂娜在叫她。若昂娜迅速跑到卡塔丽娜的身边笑了笑。自从若昂娜被眼镜蛇咬伤之后，卡塔丽娜的大度胸怀让她深刻认识到丽娜是多么好的一个女人，原来心中对她的敌意消失殆尽，所以，她们两个人的关系也缓和了很多。

两个人友好地打着招呼。

“你的眼睛现在好多了吧？”卡塔丽娜问身边的若昂娜，并仔细地看着她被蛇咬伤的眼睛。

若昂娜深吸一口气：

“我的好妹妹，你看我的伤口都好了！我现在觉得比以往都要好啊。”

“我的姐姐，上帝会保佑你的！”

“我被蛇咬伤是恶魔在作怪。肯定是他们做法陷害我。”

“啊？是谁做法谋害你啊？”

“我的妹妹，在那个山涧里发生那样不祥的事情已经不是一次两次了，做这样坏事的人便是那几个黑巫师。”

“难道是有其他什么人让巫师们在山涧灌木丛中施巫术吗？”

“是啊！我的母亲曾经还请过一名巫师。你不记得了吗？我被蛇咬伤之后，那个巫师到我家里来给我治病啊。”

“我的姐姐，咱们应该感谢上帝的庇佑，上帝在我们每一个人的身边。对啦，你这是要去哪里啊？”

“哦，我去海边买一些墨鱼和木薯粉回家做墨鱼肉拌饭。”

卡塔丽娜笑着说：

“那好吧，我也正好要去那里，咱们正好顺路。我昨天晚上在梦里还梦到吃鲶鱼木薯糊糊粥。”

“是吗？”若昂娜低头看着卡塔丽娜隆起的肚子，继续说，“你还有多久到预产期啊？”

由于面前的女人曾经是自己的情敌，虽然两个人现在成了朋友，谁知道她还会不会再生歹意。于是卡塔丽娜谨慎地说：

“不知道啊，估计还早吧……”

卡塔丽娜用一个无关紧要的谎言回答了若昂娜的问题（其实她还差一个月到预产期），两个人慢慢悠悠地走着，离鱼市场已经不很远了。天空依旧那么阴沉，微风夹杂着湿气吹来，一种惆怅的气息蔓延在整个空气中，树枝上的鸟儿不住地鸣叫。

“今天的天气好像是死了巫师一样……”卡塔丽娜调皮地说。

“是啊，今天的天气不是很好啊，估计是要下雨。”

不大一会儿，她们两个人来到鱼市场。坐在小凳子上的女人们叫卖着鲜鱼，鲜鱼都放在一些盒子上面。鱼市场的后面，有一长排摊位，商贩们都是来自本戈地区的农民。他们搭起一顶顶的帐篷，在帐篷前面铺上一张席子，所有的货物都在席子上摆放得整整齐齐。他们在这里售卖甘蔗、棕榈果、可可果、干芦苇秆、房梁、陶土盆等物品。在鹅卵石台面上，小船静静地停在那里等待着自己的主人——这里是渔夫们的地盘，其间还掺杂着一些外地人。卖家和买家们都各自高声喊着售卖或所需要的货物名。这时的天空有些混沌，空气中弥漫着死鱼的腥臭味道。

“魔法棍，专为男人量身定做的魔法棍啦！谁想买魔法棍？可以为家庭消灾除祸！”一位来自本戈省的商贩在大声叫卖。

魔法棍作为一种诱饵，是专门引诱那些男人的。有些男人一副无赖相，嬉皮笑脸地走过去购买魔法棍；一些男人则躲躲藏藏地跑过去扔下钱拿着魔法棍离开；还有一些人等在一旁要求小贩讲解魔法棍的功能。小贩则用自己经常叫卖的方式唱了起来：

这个魔法棍是让男人们在外面能够拈花惹草，
却不让家中妻子发现的法器。
它的使用方法也特别的简单：
拿着魔法棍使劲在石头地上摩擦，
然后，在棍子上吐口口水，
再用棍子在自己身体的每个关节处用力摩擦。
使用方法得当的话会得到意想不到的效果，
即便是男人们在外面和其他女人偷情，
也不会让家里的妻子发觉。

外行人听了小贩的解释心中甚是欢喜，他们都购买魔法棍“以防万一”。

在另外一个地方，一个女人怀中抱着一个发育不良的孩子，正在专心地给孩子喂食。喂完后，她一边跳舞一边摇着手摇铃歌唱：

我是孩子的母亲，
一个可怜孩子的妈妈！
孩子有些发育不良，
我求求你们救我的孩子，
我是一个可怜孩子的妈妈！

“我们去听听她在唱什么歌谣吧！”两个人买完东西之后，卡塔丽娜对若昂娜说。

“我们去看看吧。应该是发育不良孩子的母亲在这里行乞……”

两个人走到女子的身边，还有一些女人也在这里听那可怜的母亲讲她悲惨的故事，大家都力所能及地给她提供食物或者是金钱。

“可怜人啊！”卡塔丽娜心中升起一股怜悯之情，她从自己口袋中的手绢里拿出一枚五元面额的硬币递给了可怜的女人。

若昂娜也很同情她的遭遇，从自己的篮子中拿出一块木薯递给她。

当她们快要离开市场的时候，把各自盛满物品的篮子放在自己的头上，然后，用一个传统的黑布袋把自己买的干粮装好背在身后。

太阳光很强烈。在椰子树下面，一栋房屋的几个窗子打开了。这里是一所私立学校。在课桌周围摆放着长长的板凳，孩子们和成年人都坐在教室里用功地读书。黑人和混血儿在一起读书，他们异口同声地高声朗诵：

“墨鱼，墨鱼的墨，墨鱼的鱼！墨水，墨水的墨，墨水的水！陌生，陌生的陌，陌生的生！”

“念得非常好！”老师称赞说。老师是一位取得了成功业绩的黑人，他站在讲台上，身穿一件短袖衫，手中拿着一根芦苇秆。

卡塔丽娜和若昂娜路过这里时，卡塔丽娜边走边说：

“哇！读书的声音传得挺远啊！”

“是啊！”若昂娜点头同意，跟在卡塔丽娜的身后。高兴的时候，她们两个人还有模有样地高声读：“墨鱼，墨鱼的墨，墨鱼的鱼。哇，这样子读书像念经一样啊。”

在古代特殊法制时期，有些地方存在严重的奴隶贩卖现象。直到现在，这种现象仍然存在。卡塔丽娜和若昂娜两个人看到两个手带枷锁的年老的奴隶。她们停住脚步，停在枷锁面前，想和他们两个人交流。一条麻布死死地拴住两个人的腰部，又有一根根的绳子绑扎着他们的头发。

“两位老爷爷，你们在这里做什么啊？”若昂娜问道。

一个老头用充满悲伤的语气回答说：

“我们现在的所作所为是为让大家看看，奴隶主是怎么对待我们这些黑人的！我们曾经也像钢铁一样团结……有一天，我的老板命令我来这里，我当时被他们打得鼻青脸肿，他们使劲打我，打得我体无完肤，还流了很多的血！”

“我也是啊，我也曾经被他们殴打过很多次，我的第一个老板是非常坏的人！”另一个老头也用悲惨的语气说。

卡塔丽娜心里非常难受：

“可怜的老人啊！都怪万恶的社会造就万恶的罪孽啊！”

“是啊，他们把我们这些人当成他们自己的牛，想骂就骂，抬手就打……真是太可恶啦！”若昂娜发牢骚说。

第一个说话的老头接着说：

“我们就是他们的老黄牛，他们还用火烙铁在我们每一个人的身体上烙上印记。”老头一边说一边展示着胸口被烙上的标记。

“你们看看，我的烙印在我的腰上。”另一个老头也向她们展示身上的烙印。

卡塔丽娜又一次从自己的口袋中拿出两枚十元面额的钱币分别递给两个老头，说是让他们拿这些钱去买些烟抽。

若昂娜心中也觉得两个老头可怜，她也效仿卡塔丽娜从自己的口袋里拿出钱送给他们。两个老头鼓掌感谢她们的帮助。卡塔丽娜和若昂娜心中带着怜悯之情离开了。

太阳肆意地挥霍着自己的能量。一阵狂风吹来，吹得大树的树枝东摇西晃。大风夹带着一些灰尘飞了起来——一股魔鬼般的大风。

两个女人赶紧大声吆喝说：“诸邪勿扰！”然后，用手指在自己的胸前画十字架。

一股可怕的旋风吹到她们的身旁，这些旋风也许会带来危险的疾病，她们加快了步伐，并重复默念：“诸邪勿扰！”

在路上，一股夹着垃圾碎屑的风吹进了一户人家。一会儿，从那家里出来一个女人，她一走出大门便开始破口大骂自家的邻居：“你们这些混蛋巫师！如果我的家里遇到不幸的事情，我一定让你们血债血偿！”接着，她关上家里所有的门和窗户。

旋风越刮越大，它裹着树叶、纸张和碎垃圾飞了很远，从远处看去像一团巨大的火焰。每当人们遇上这样的旋风便会大喊：“诸邪勿扰！”

三

改过自新之后，安东尼奥·塞巴斯提昂经常到若阿金夫妇家里做客聊天。雨季里的晴日，他总是手里拎着一些礼物来到若阿金家里和他们一起聚会。不过，他的心里还是时不时地有些悔罪感，他觉得自己给这对夫妇带来的不幸是他永远偿还不完的债。他还要像空中的太阳般释放更多的善心才能抹去他的罪恶。卡塔丽娜是一个个性比较要强的女子，有时还有些调皮。她经常拿出自己爱吃的小零食逗弄那些可爱的孩子们。“阿姨，您就给我们一些好吃的零食吧。”孩子们向她索要美味的撒糖饼干、可可果、花生糖、香蕉干、罗汉果、樱桃等食物。

“晚上好！”一天晚上，安东尼奥·塞巴斯提昂来到若阿金家，向大家问好之后，他从口袋里掏出一根金线手链。这根链子是他给卡塔丽娜肚子里还没有出生的婴孩准备的。

小客厅里，一盏点燃的棕榈油油灯安静地待在桌子上，整个屋子里都弥漫着油灯的臭味。卡塔丽娜坐在一个挨着墙壁的凳子上，身上披着一件漂亮的绣花布。在旁边的一个凳子上，坐着卡塔丽娜的小徒弟阿妮卡姑娘，她正在往枕套上绣一个十字架。绣完后，她又在枕套上绣上一个蓝色公牛的图案。枕套在今晚就能全部制作完成，这之后，就可以把枕头芯放进枕套里面封口了。当然，还有其他一些生孩子时的必需物品也都已经准备完毕了。还有一些女工绣的漂亮衣服，这些都是必须提前给即将出生的新生儿准备的。

卡塔丽娜笑着接过安东尼奥·塞巴斯提昂手中的礼物，包括那个装满母婴用品的盒子说：

“谢谢，大哥！”

若阿金靠着桌子站在那里，脸上也洋溢着幸福的笑容说：“我们都是自家人了，你还这么客气啊。”

一股潮湿的风吹进来，棕榈油油灯反而燃烧得更旺了。

卡塔丽娜的眼睛里充满了幸福的味道，她高兴地欣赏着自己手里的金手链。安东尼奥·塞巴斯提昂也高兴地说：

“好了，别再瞧啦。”

“嘿！手链的确非常漂亮啊！”卡塔丽娜高兴地说。

阿妮卡为避免挨自己师傅的打，她只偷偷地斜眼瞄了一眼卡塔丽娜拿着的手链。“礼物魔术师”给了这个对做母亲有着热切愿望的女人很多礼品，这些礼品对做母亲的人而言是必需的。比如，女人怀孕的时候，必须为身体补充各种营养，所以，要吃很多很多有营养的食品。当然，给未来的小宝贝买一根金手链也很“必须”！

蛐蛐们吱吱地叫着，角落里的它们仿佛在哭泣。

这时，安东尼奥·塞巴斯提昂坐到一个垫子上，然后他将身边的一个包裹递给若阿金，包裹里装满了信件。

若阿金把装满信件的包裹放在桌子上：

“这些信件是给雅辛托老先生的，就是你们家隔壁的那个老先生，那个守夜的老大爷。”

安东尼奥·塞巴斯提昂站了起来对若阿金说：“如果你现在有约了，我就去别处玩。”

他慢吞吞地撅着屁股在屋子里走起来，悠闲地从这个房间转到那个房间，东瞧瞧西看看。

“老哥，你坐啊，若阿金一会儿就回来。”卡塔丽娜一只手扶着腰说。

安巴卡人又坐了下来：

“好啊！我就再坐一会儿。”

屋子里安静了下来。若阿金已经修好了那把没有腿的凳子。安巴卡人摆弄着手中的物件并敲打着自己的双脚，然后，开始搓自己的双脚。他现在做的是小时候每个孩子都会玩耍的游戏。安东尼奥·塞巴斯提昂走到那盏棕榈油油灯前说道：“想尿尿。”

卡塔丽娜孩子气地说：

“大哥，你不会像孩子一样在床上撒尿吧？”

大家都没有注意到，这时，一只蜈蚣和一只蟑螂正在墙根处展开一场厮杀。

听到卡塔丽娜的话，小徒弟大笑起来。安东尼奥·塞巴斯提昂也笑了，他正好利用这个机会说出自己的愿望：

“不开玩笑啊！我现在向你们夫妇提议啊，以后咱们必须是一家人，如果你生下来的是女儿，她就要嫁给我；如果生个男娃，我就当他干爹。”

若阿金咳嗽了一声，卡塔丽娜则大笑起来——这种回答也非常新奇了。也许安巴卡人的想法有些滑稽可笑，但是，若阿金夫妇为了不得罪面前的大哥，他们说这事同意与否要看安东尼奥·塞巴斯提昂妻子的意见。

屋外，枝头的布谷鸟一直在悲伤地鸣叫。

为了说服若阿金夫妇，安巴卡人还列举了很多村子里的风俗习惯：在那个村子，这样子的婚礼比比皆是。申请人只需要提供女孩子所有的生活费用，等到她十岁之后就可以娶她为妻啦。

若阿金也扶着腰说："老哥，刚刚讲述的这些风俗习惯，不知道你的老婆知不知道？你最好提前问清楚！"

安巴卡人说："在罗安达地区，就存在这样的习俗……"

一只猫咪突然窜出来，追逐一只逃跑的老鼠。

"仓鼠！"女徒弟惊慌失色地大叫起来。

"啊！错啦！不是仓鼠，是老鼠！"安东尼奥·塞巴斯提昂噘着嘴纠正小徒弟的错误用词。

卡塔丽娜却语气粗鲁地用土著语对女徒弟说：

"嘿！你到底是在聊天，还是在绣东西？"接着，卡塔丽娜又用手指指着她说，"好了，不要绣了，现在去睡觉吧！等你绣东西的时候，再好好想想老鼠的事情！"

在座的人听到卡塔丽娜的话都笑了。阿妮卡结束了自己的工作，吞吞吐吐地说："祝你们幸福，晚安！"她双膝跪地胳膊交叉放在胸前。她和在场的每一个人说晚安，然后，所有人也都给予她回应。

接着，大家换了一个话题，说起一封信件终止两个男人决斗的事情。

四

生了对双胞胎！
双胞胎，
来到人世间，
不幸的人世间！

鱼水之欢过后，
孩子们即将诞生！
鱼水之欢过后，
孩子们就要来临！

天才的母亲，
行过鱼水之欢！
天才的母亲，
得到男女情爱！

双胞胎，
是我们的掌声！
双胞胎，
是我们的喝彩！

双胞胎的母亲，
体内拥有胚胎，
快速成长的胚胎！

卵子在女人体内成长，
精子在男人体内成长！
伟大的孩子！

一个由六对双胞胎组成的队伍一边唱一边用脚重重地踩着大地往村子里走。这帮人是应洛洛塔老太太的请求来这里，向苍天诸神致敬的。他们拿着很多神圣的植物，只为保佑老太太一家人平平安安。这天上午，按照当地的风俗，卡塔丽娜必须在生孩子之前进行沐浴，沐浴的水中还添加了很多种草药。

众人到达一棵生长了很多年的无花果树下停住脚步。在无花果树下，艾娃大姐带领所有的人把放在地上的瓶子里面的东西全部倒出来。他们还请求一个居住在车站附近的女人提供些帮助，她的声音非常优美：

“先祖们啊，我们为您奉上一切。在这片大地上，我们向您供上红酒、玉米发酵酒，我们为双胞胎穿上圣衣。”然后，她摆弄着两只手中的帕塔科金币，开始拔取需要的蔬菜。所有的孩子和成年人都跟在艾娃大姐的身后高声吟唱和撒那：

> 双胞胎啊，双胞胎，我的孩子，只有你才是我唯一的挚爱！
>
> 为双胞胎命名，他们的名字却不仅仅是他们自己的姓氏，啊！
>
> 衣服已经准备完毕，这一切给双胞胎享用，不为其他任何人！
>
> 双胞胎啊，双胞胎，我的孩子，只有你才是我唯一的挚爱！
>
> 手帕已经准备完毕，这一切给双胞胎享用，不为其他任何人！
>
> 双胞胎啊，双胞胎，我的孩子，只有你才是我唯一的挚爱！
>
> 布匹已经准备完毕，这一切给双胞胎享用，不为其他任何人！
>
> 双胞胎啊，双胞胎，我的孩子，只有你才是我唯一的挚爱！

在阳光灿烂的下午时分，唱诗班的每一个人都感觉非常开心。接着，所有人收到了不同样式的衣服。

“好了。现在我们穿上属于我们自己的服装。”艾娃大姐命令大家。随即，大家都坐在草地上换衣服。

下午时分，热浪席卷着整个大地，高高在上的树枝在微风的吹动下左摇右摆，像是在开一场演唱会。

人们把纠缠在一起的藤蔓植物割下来，制作成花环和肩带——这是一项比较有难度的手工编织工艺。编织完毕后，就可以把它们佩戴在头上、肩上。肩带可以形成一个英文字母 X 的形状。不过，在这里穿戴这些编织的衣服，必须在别人的指导下才能完成，特别是当这种衣服还是为身怀六甲的孕妇定做的。艾娃大姐在院子里摇晃着手里的编织衣服，唱诗班每个人怀中都抱着一个包裹。在路上，所有人手舞足蹈地往前行进，一些人高兴地鼓掌，一些人欢快地唱歌：

双胞胎，
你要吃什么呢？
我们要吃大豆泥。
尽管你有些贪心，
我却为你鼓掌！

在院子里，家人都赶到现场，洛洛塔老太太拿着两瓶红葡萄酒欢迎唱诗班的到来：

“欢迎双胞胎唱诗班大驾光临，你们都有很多的优点！你们可以到田地里随便弄些香蕉吃，可是，不能把香蕉树弄断啊！”说着，老太太给六对双胞胎和其他人倒上红酒，然后，按人头支付给每个人一枚硬币。

祝福活动结束后，人们都来到屋子里。在屋门口，艾娃大姐向户主索要一些红酒，她需要制作一种特殊的红酒泥。她很严肃地在卡塔丽娜的额头、胸前、脖子后面画上十字架；然后，又按照相同的方法在卡塔丽娜刚刚出生不久的双胞胎孩子身上画上十字架；最后，给在场其他参加活动的人画上十字架。

“这里是你们要穿的衣服。”艾娃大姐对卡塔丽娜说。接着，她向这位刚刚做母亲的女人致敬。卡塔丽娜身边的刚刚出生的双胞胎将是她这一生最大的财富。

伴随着赞美声，卡塔丽娜的双胞胎孩子静静地躺在婴儿床上，头顶上还戴着双胞胎唱诗班制作的花环。

“你们给小双胞胎穿衣服吧！”艾娃大姐高兴地邀请着在场的人。

若阿金却有些反常，他手里拿着两瓶红酒跑到客厅里。家人、母亲、婶子、吉列尔米娜、桑塔和阿妮卡等都走过去给双胞胎穿衣服，每个人脸上都洋溢着幸福的笑容。

卡塔丽娜居住的卧室门关了起来，歌声开始响起：

生了对双胞胎！
双胞胎，
来到人世间，
这个不幸的人世间！

巫　术

一

第二天上午十点钟左右，若昂娜径直来到卡塔丽娜的家里。她听说卡塔丽娜已经生了，所以到她家中来拜访。她还特意带着自己的一个十二岁左右的小女徒弟，小徒弟头上顶着一个大大的盘子，盘子里面放了十斤火炭、一条肥皂、一瓶煤油和两盒火柴。

就像大风能把小树吹得东倒西歪一样，卡塔丽娜生孩子这件事也一直笼罩着若昂娜的心，甚至在她晚上睡觉的时候也能梦到自己的情敌卡塔丽娜生孩子时的景象。啊！男人们都是忘恩负义的东西，他们总是辜负女人对他们的一片痴心！若昂娜是那么爱自己的前男友若阿金，他却因为自己向他索要几个小钱提出了分手！如果当初她和若阿金能在一起，今天做母亲的人便是她，而且，她也能享受做母亲的快乐和幸福了。但是，事实并非如此，命运没有让她成为若阿金的女人，而是让另外一个女人和他生活在一起，并享受着天伦之乐。命运啊！并不是所有人都有这么好的命运。在这个世界上，当一些人幸福的时候，另一些人却非常的痛苦。她的心也试图接受其他的男人，心中也非常渴望得到其他男人的爱。她的心死了吗？当然没有！但是，如果她再沉沦下去，她心会慢慢地死掉。上帝已经原谅了她！她再也不会去做伤害卡塔丽娜的事情了。啊！那些可恶的记忆！为什么总是在自己的脑中出现？阴谋和陷害，她再也不会去那么做了！让它们过去吧。也许，这便是她悲哀的命运。内心的创伤一直在隐隐作痛，但是，她希望自己能很快走出阴霾世界！让不愉快的一切早些离开！现在她的内心是纯洁的。卡塔丽娜在她的心里是一个高大正直的形象。在被毒蛇咬伤之后，卡塔丽娜不计前嫌救了她的命，所以，卡塔丽娜是一个不折不扣的好女人！

当她赶到卡塔丽娜家门口的时候，她敲了敲院门。

“哪位啊？”院内一个声音问道。

“是我啊，妹子！”

刚刚问话的声音又说：“阿妮卡，你去开门。”

“麻烦啦。”若昂娜跟着阿妮卡来到院子里。

菲娜姨妈正在厨房为孕妇烹饪美味可口的玉米糊糊粥，她一边做饭一边低声和身边的人议论着什么。她看到若昂娜进来还是非常开心的，立即迎上去说：

“你快请进，若昂娜！”

两个人寒暄过后，若昂娜请求到屋子里见见卡塔丽娜。

阿妮卡受菲娜姨妈的调派，跑进屋给大家传话。

“大家一定要防着点她啊！千万不能让她坐在卡塔丽娜的床上，这个女人身上总是带着邪恶的巫术……”洛洛塔老太太说道。然后，她让身边的阿妮卡通知若昂娜进来。

吉列尔米娜身上披着一件衣服坐在地上的席子上，她也说道：

“老妈说得非常在理啊！我们认识她的脸，但是，却看不清她的心啊。她可以笑嘻嘻地来，也可以带着蛇蝎心肠来。所以我们必须防着她！知道了吗？看她到底搞什么鬼！”

卡塔丽娜坐在床上，还没有打扮。一对漂亮的双胞胎安逸地躺在她的身边，她感叹地说：

“你们别这么做啊！你们为什么总是那么看那个可怜的女人啊？”

“难道你能看透她的心吗？你能了解她所做的一些事情吗？你啊，你就是太笨了！”洛洛塔老太太低声警告自己的女儿，然后，又冲着自己的大女儿吉列尔米娜笑了笑。

在菲娜姨妈的带领下，若昂娜和自己的小徒弟走进了卡塔丽娜所在的房间。洛洛塔老太太和吉列尔米娜也笑盈盈地迎上去，热情地接待若昂娜和她的小徒弟。

一阵寒暄过后，若昂娜走到卡塔丽娜的身边，深情地握住她的双手，用充满祝福的口吻说：

“恭喜你啊！”

在接过老太太手中的凳子之前，若昂娜指着盘子里的礼物说：

“这些东西都是我给孩子们准备的。”

三个女人也都站起身感谢她的好意：“谢谢啦。你看你怎么这么客气啊！”大家心里其实对若昂娜都没有什么好印象。

与此同时，吉列尔米娜从席子上站了起来，帮着若昂娜的小徒弟把盘子从她的头上拿下来，然后，一起抬着盘子放到屋子门口。

卡塔丽娜已经安顿好了，这时却突然感觉到有大风吹来，一些灰尘落在她的脸上——这是否意味着若昂娜心里仍然对她抱着敌意？她敲着手指，想着应对办法。

“嗨，这点东西没有什么，是我送给孩子们的一份薄礼。”若昂娜低声回答说。

“哎！可别这么说啊！你的心意我们收到了！我女儿也是这么想的……”洛洛塔老太太反驳说。然后，她对着若昂娜的小徒弟说：“孩子，你过来，我给介绍一个和你同龄的朋友，以后，你们俩可以在一起玩耍。”

“扇贝！卖新鲜的扇贝啦！谁要买新鲜的扇贝啊！”一个小贩高声叫卖着，从院外的路上经过。

趁着小徒弟和老太太出去的机会，按照当地的风俗，若昂娜向老太太索要一些席子灰和食用油，说是要为孩子们擦拭肚脐。

“嘿！我们早擦拭过了，双胞胎孩子们的肚脐已经用席子烧成的灰烬擦过了。你就别操心了，我早已给孩子弄过了！谢谢你的关心啊！”洛洛塔老太太赶紧解释说。若昂娜停下跟随她们的脚步，脸部表情还有些生硬，心还在一直跳。

“两位好妹妹啊！”见若昂娜有些难过，吉列尔米娜面露神秘的微笑说，“以前的事情，就让我们全部都忘记吧！我们应该往前看啊。”这时，小徒弟和老太太已经走出了屋子。若昂娜向老太太索要东西帮孩子擦肚脐不成，心里有些失落。

她们几个人正在屋子里谈论生孩子的事情时，洛洛塔老太太和小姑娘已经到了院子里。老太太小声地对着身边的菲娜姨妈说：

“嗨！她不想看到我们过好日子，给孩子们带了那些东西！”她一边说一边噘着嘴给身边的一个人敬酒，又低声说，“她怎么知道我们没有钱买那些东西啊？”

“那个女人就不是好东西！”菲娜姨妈很不高兴地说，不过她说话的声音也很低。

洛洛塔老太太又吩咐阿妮卡，不允许她乱动若昂娜带来的东西，说她带来的都不是什么好东西，肯定上面都被施了巫术。

“若昂娜送来的这些东西，我们自己用可以，千万不能给你师傅和两个刚刚出生的孩子使用。听到了吗？你一定要小心啊！”老太太千叮咛万嘱咐。接着，老太太又对着菲娜姨妈用嘲讽的语气说：“你刚刚没有听到吗？她向我要席子灰和食用油，说是要给孩子们擦拭肚脐。我跟她说，我们已经擦拭过了，而且，这个任务也不能让她做，这都是丽娜自己该做的事情。不劳烦那个坏女人担心。”

菲娜姨妈翻着白眼说：“厄运制造者就是那个贱货！”

洛洛塔老太太让菲娜姨妈看着锅里的玉米糊糊粥，她去房间里盯着，一定不能让那个可恶的女人有机可乘，对自己的女儿产生不利。

“所有的东西我都放起来了。那块肥皂菲娜姨妈已经拿去洗衣服……”阿妮卡走进房中高兴地给屋子里的人解释说。然后，她蹲下身坐在吉列尔米娜的身边，又继续做手里的缝纫活。

一个小女孩嘴里吹着口琴从院子外面经过。

若昂娜听到阿妮卡的话心里非常高兴。此时，她正兴奋地给在座的人讲述一件她邻居的趣事。她的女邻居身怀六甲，但是却很可怜！在孩子出生的前六天里，她一直说自己身体不舒服——

她每天都疼得嗷嗷直叫。最后，她的丈夫终于想起来，是她在怀孕期间还和自己的前男友保持联系。这个女人实在太无耻了！在生产期间，还请了一位有名的助产士。生产时，她叫出了她几任前男友的名字……

“我也不知道这件事是真还是假，不过，最后孩子还是顺利降生了。”

老太太听完若昂娜的话心里很不高兴，大声反驳说：

“那样的女人在我们这里不可能存在！”

“是啊，我刚刚说的女人是安巴卡地区的人。”

几个人在屋里畅谈着村子里所发生的事情，有时候还会放声大笑——简直就像一个小议会。

由于几个人聊天的声音太大，睡在卡塔丽娜身边的双胞胎嗷嗷地哭了起来。

从屋子的一个土巢穴里飞出一只黑色的大马蜂，它嗡嗡地拍打着翅膀打断了大家的聊天，慢慢地它压低翅膀飞行，然后，穿过小窗户飞了出去。

若昂娜想抱起其中的一个小婴儿在屋子里转转；可是，洛洛塔老太太立即上前阻止说：

“若昂娜啊，你现在别抱孩子。一会儿，丽娜还要给他们喂奶。”说着她抱起两个孩子送到卡塔丽娜的怀里！接着，她脸上露出天真善良的笑容说：“丽娜，你赶紧给孩子喂奶吧，你看看，孩子张着大嘴哇哇大哭表示抗议呢！”

顿时，若昂娜感觉自己心里冰凉。毫无疑问，她的到访让这一家人产生了抵触情绪。

“是啊，孩子刚刚出生没多久，现在只会哭着要奶吃。”若昂娜强打笑容说，然后又坐了回去。

几分钟后，若昂娜和众人告别。洛洛塔老太太陪着她来到院外。若昂娜有些不舍，她还说有时间一定再来拜访。

老太太看若昂娜和她的小徒弟走远后，便大声叫起来：

“我不知道是谁让你来的！整天东游西逛的，这儿走走那儿走走，你瞅瞅自己的脸，就像猪都不吃的可可果核！”

若昂娜淋着毛毛细雨往家走。在仰望天空后，她低声对着自己的小徒弟倾诉自己内心的苦闷。现在，她头顶着装礼物的空盘子往回走，心中充满苦恼，都是因为那家人对她的不尊重！她的钱就这么白白花掉了！而邻居们也在到处议论她的过往。

二

我行走在夜晚，
我是大笨蛋吗？
我行走在黑夜，
我是大笨蛋吗？
我行走在深夜，
我是大笨蛋吗？

一个巫师在外面一边抖动着身体，一边敲打手中的小鼓低声私语。

卡塔丽娜听到巫师的声音，心中很害怕，身上起了很多鸡皮疙瘩，还差点叫出声来。巫师蹦蹦跳跳起来。突然，巫师从外面的大路上消失了，接着，出现在卡塔丽娜的屋子里。为什么他们会指使巫师出现在这里呢？上帝啊！仁慈的神啊！卡塔丽娜不想死，她没有犯下过滔天的罪行，她还有两个刚刚出生的孩子需要养活。哎！真是太不幸了！但是，巫师杀了她，用巫术杀了她。接着，她被安葬，留下两个没有妈妈的孩子，她的家人也陷入无比的痛苦和悲哀中。

真是太可怕了！在那个月黑风高的晚上，巫师和他的同行来到卡塔丽娜的坟墓前。他们大喊大叫寻找着安放棺材的地方："快快快！挖出尸体，挖出尸体！"接着，巫师们开始挖掘埋在墓穴里的棺椁。不一会儿，便把找到的卡塔丽娜的尸体放在一副担架上。接着，巫师们生起一堆大火焚烧刚刚挖出来的尸体，他们边唱边跳，像是期待一顿美味的盛宴。一开始尸体发出噼里啪啦的响声，随后又散发出香味。

简直是撒旦现身！巫师们吼叫着大笑起来。他们开始狼吞虎咽地吃起人肉，一个巫师开始卸胳膊，一个巫师开始卸大腿。但是，可怕的事情还没有结束。他们腰间系着腰带，还戴着用树枝制成的可怕的面具，恐怖的面具遮盖着他们的整个脸部，他们好像是重生的魔鬼，非常的恐怖。

最后，他们还约定把死者的灵魂取走。他们摘掉全身的装饰物回到各自的家中——为了避免民众的追打，所有的巫师都分头返回自己的家里……

全身冒着冷汗，四肢抽筋，脑袋昏昏沉沉的卡塔丽娜被梦中刚刚的一幕惊醒——原来刚刚发生的一切只是一场梦，一场噩梦！

她整个人很颓废，为什么会做这样的梦呢？刚刚的噩梦带来的不适，随着时间的推移慢慢地好转很多。到天亮还有一段时间。

与此同时，在另一个房间里，洛洛塔老太太、菲娜姨妈、吉列尔米娜和桑塔则在席子上睡得非常安稳，每个人都沉浸在自己的美梦中。棕榈油油灯放在床边的一个小凳子上面，它用它微弱的灯光阐述着自己的悲伤。

一切都无大碍，卡塔丽娜很快又睡着了。但是她入睡之后总是有很多的梦，她仿佛又听见巫师们的叫声，在幻觉中又看见了自己的死亡——她被身下燃烧的席子炙烤着。

这些预感都预示着什么呢？是谁想要她死呢？到底是谁啊？是若昂娜吗？不，不会是她。那个可怜的女人，已经不再恼恨她。经过眼镜蛇咬人事件，若昂娜已经改变了对她的看法——是她亲手为若昂娜清理了眼睛里的蛇毒。尽管，那天家里人不是很喜欢她的拜访，可是，她绝不会指使巫师来害人！到底是谁在陷害她呢？是谁呢？难道是安东尼奥·塞巴斯提昂吗？也不会啊！母亲洛洛塔虽然恨他，但是，已经不像以前那么讨厌他了。他虽然嘴里爱说些坏话，可是，他的心并不坏啊。到底是谁在使用巫术害人呢？想来想去，她没有找到有疑点的人。也许，这是一个普通的梦，没有太多的含义；也许，做这样的梦是因为一整天都在谈论巫术的事情吧。

卡塔丽娜不断地猜测着，直到她听到外面的公鸡啼叫。这一夜，她几乎没有好好休息，在床上折腾到天亮。

“你晚上休息得好吗？没有做梦吧？”洛洛塔老太太走进屋子推开房间的窗户。

由于感觉非常的可怕，所以，卡塔丽娜把晚上所做的噩梦讲述给自己的母亲听。正在帮忙卷起床上席子的菲娜姨妈和吉列尔米娜两个人都发出惊诧的感叹声。她们两个人靠在小床上，怀着恐惧的心情听完卡塔丽娜讲述的噩梦。

“可恶的噩梦！一定是若昂娜那个可恶的贱人带来的！”洛洛塔老太太深信不疑地说，她两只手又在腰上。

菲娜姨妈和吉列尔米娜也同意：“对！肯定是那个脸长得像可可果的若昂娜带来了巫术。你看看她的罗圈腿，像瓦工的瓦刀一样——是她把巫术带到咱们家的。赶紧把她昨天带来的东西统统给扔出去。”每一个人心里都充满了恐惧。

不一会儿，屋外有些动静，原来是若阿金，他昨晚躺在另外一个房间里睡觉，这时他向屋里人问好，请求进入屋子里。

通过家人的讲解，看到大家悲伤的表情，若阿金产生了一个拯救卡塔丽娜的念头。菲娜姨妈和吉列尔米娜两个人走出家门，径直向一个巫医的家里走去，她们去请求那个名叫佩德罗的巫医前来为卡塔丽娜诊治。

时间慢慢过去了，两个去请巫医的人也回到了家里。若阿金则前往他的一个师傅家中请求他也前来为自己的妻子占卜。巫医和他的小徒弟出现了——还是那顶椰子壳帽子和那根拐杖，小徒弟仍然头戴大大的草帽，手拎一个小包裹。他们来到这里是为了消除一场灾祸。

巫医背着两只手走进院子，大声问道：“发生什么事了？”

“我的女儿卡塔丽娜生病了。”洛洛塔老太太急忙回答。“听说她前两天刚刚生过孩子。”“是啊，先生！前天，有一个长得像猪脸的女人，她总是搬弄是非，突然拿着一些让人讨厌的礼品来看望我的女儿。”

“你们让那个女人进门了吗？”

“是啊，她进了我们家门。不过，她带的那些礼物我们根本没有拿进屋。她一个非常泼辣的女人，脸皮非常厚，总是想夺走我女儿一切的幸福。”

“难道我没有和你们说过要好好照顾卡塔丽娜吗？”巫医重复地说，一会儿这里看看，一会儿又那里瞧瞧。

菲娜姨妈急忙点头说：

“是啊,您说得对啊！这些孩子就是不听大人的劝告啊……”

“你也是一样啊！你为什么不按照大师的话去做？”巫医的徒弟责备起菲娜姨妈来。

巫医停住脚步：

“走，咱们进房间看看！”说着佩德罗大师用竹竿敲打着地面。

他看着屋子里的一切，吉列尔米娜在一旁陪护病人，她靠着小床站在地上。一对漂亮的双胞胎躺在母亲的身边，卡塔丽娜全身发热，昏昏欲睡。

菲娜姨妈展开一张席子，然后，在席子上放上一把凳子。巫医观察着卡塔丽娜。

“让我看看她的脸！”巫医命令说。

洛洛塔老太太听到巫医的命令，立即将女儿的脸颊扭过来。

“哼！好，我已经看到了。”巫医坐在凳子上面。

为了施展法术，佩德罗大师要求弄些炭灰粉来。收到命令的吉列尔米娜走进厨房，然后，捏了一小撮炭灰粉回到房间里，并且把炭灰粉放在席子上。

巫医拿着炭灰粉，在席子上画出三道竖线，然后，又画出很多道的横线。画线的时候，他非常小心谨慎地执行神秘的施法程序。随后的十分钟内，所有人必须保持沉默。

在另一张席子上，三个女人眼睛圆睁，专注地看着巫医的施法过程。这个时候，卡塔丽娜躺在床上，脸上充满痛苦难受的表情。

巫医走到她的身边慢慢地摇动她的头，接着，又迅速激烈地摇晃她的头。他愤怒地睁大双眼看着卡塔丽娜。

“老家伙，现身吧！我们大家已经看到你了。你快从她身体里出来！”巫医虔诚地大叫起来。

这时，巫医全身晃动起来，逐渐地，他晃动的幅度越来越大。在他深吸一口气后，晃动的幅度慢慢地小了很多。最后，他很温柔地拍着巴掌说：

“我在这里向你们问好啦！”

站在巫医身边的小徒弟，向大家解释刚刚发生的一切。他用谦卑的姿势双膝跪在床前说：

“老先生，我现在接受您的回话！”

巫医举行仪式之后，他的嘴巴仿佛被一个老人的鬼魂借用了，他说：

“一个村妇来到这里，她给孩子带来一些礼物，是吗？”

洛洛塔老太太听到问话，整个人气得失去理智。同时，在场的人也非常生气，大家气呼呼地说：

“是的，老人家！您说得对。”

“如果是这样，那份礼物就是一个阴谋，是她的礼物把巫术的风吹到这里……”

“是啊，老人家！”洛洛塔老太太非常赞同地说。

“现在黑色的巫术在她的体内，是那些木炭和那些骨头引发了卡塔丽娜的疾病。”说完，巫医再捏起一小撮炭灰朝着卡塔丽娜的方向吹了一口。

“混账，那个女人实在是太坏了。请您告诉我：她是否要谋害我们刚刚出生的孩子啊？”

洛洛塔老太太用快要窒息的声音，问出自己心头最重要的问题。

“你们的孩子被她抱过吗？”

“没有，老人家！”

因为很多人深信若昂娜是冲着孩子来的，但是她并没有碰到孩子，所以并没有成功，她才把所有怨恨转移到卡塔丽娜的身上。巫医断定了原因，小徒弟把原因逐个向大家解释了一遍。

接着，巫医又拿起一小撮炭灰冲着病人的床榻轻轻地吹了一口气。在场的人围在巫医的身边，恭恭敬敬地跪在地上。为了使巫术之气不在这家里扩散，他们每个人在自己的胸口和手背上涂上炭灰，以免遭受那个女人巫术的侵害。

“你们现在可以得到安宁了，我要离开了。”

所有人都异口同声地说：

“老人家，走好！”

在人们大叫的时候，巫医瞬间跳了起来，用力地抬起自己的胳膊，大声痛苦地呻吟着。

施法过后，巫医又重新坐回自己的凳子上，询问刚刚发生了什么事情。他好像已经不记得发生了什么。

在小床上，卡塔丽娜看到一个无法描述的画面。画面里一个个病人从她的眼前经过。也许，这个画面就是在预示她现在身体的状况。在死亡面前，她的灵魂也在不停地颤抖。她感觉自己的身体非常脆弱，还仿佛看到自己躺进一口棺材里，旁边有很多的人在哭泣，并陪伴着她一起来到墓地。在墓穴里，她快要窒息了，她想大口呼吸可是却做不到。她感觉到闷热和缺氧。思念亲人的泪水流了下来，对生活的思念、对孩子的思念、对家人的思念，无数的思念让她的心不住地流泪。刚刚出生的两个孩子躺在另外的房间里，他们用高声哭喊抱怨人生的悲伤，卡塔丽娜的心被孩子的哭声撕碎了。可怜的孩子们，这么小的年纪已经偷走了母亲的心。

为了弄到做法需要的工具，洛洛塔老太太整个人变得疯狂，她让吉列尔米娜去市场上购买所需要的所有工具。阿妮卡也跑到小酒馆里给巫医买红酒，小桑塔则到山涧里去弄一些蓖麻叶子。

“大妹子，我的肚子在咕咕叫，我从出门到现在一粒米都没有吃过。你难道不应该弄点炸鱼给我们吃吗？”巫医拍着自己的肚子，然后开始打哈欠。

这个时候的洛洛塔老太太心里安稳多了，为了不让巫医饿肚子，她让菲娜姨妈照顾着自己的小外孙们，便独自去了厨房。不大一会儿，她烹饪好了两条大大的干鱼。经过汤水一炖煮，肥厚的鱼肉立马散发出诱人的香味，老太太在鱼锅里放了些碎辣椒盐，然后将之装进两个盘子端到房间里。师傅和徒弟看见热腾腾的鱼汤饭说：“嗯！这个好啊！俗话说：多劳多得嘛！你们家就是好啊，不像我们去的其他人家，就是让我们喝西北风。”说完，两个人便接过盘子坐在席子上徒手大口吃起来。随后，巫医开始找红酒喝，说要杀杀胃里的馋虫，巫医的酒量非常好。

这时，吉列尔米娜回到了家里。

巫医开始用石灰在一个盆子里画出一个图腾；又在盆子里滴下九滴玉米发酵酒，滴酒的时候必须一边滴一边念出数字；然后，再倒进去一些红酒。他在病人的腿上绑上一些蓖麻叶子并用头巾包起来。蓖麻叶子要绑在腿上一个半小时左右。最后，再往病人腿上放上一小块木块。

巫医的小徒弟身穿一件蓝白相间的上衣，在袖子的边缘处可以看到被手指磨破的地方露出一小撮棉花。小徒弟手里捧着罐子，他的年纪还很年轻。他朝着罐子里滴下九滴玉米发酵酒，又往罐子里倒入很多的红酒。最后，他向卡塔丽娜的家人索取了一些奶酪、木薯、甘蔗、香蕉、棕榈果、花生、玉米和一枚五块钱面额的硬币。

“神灵在这里,他会保佑你们,特别是那个可怜的卡塔丽娜。”巫医扬起双手冲着在场的女人高声喊叫。

女人们用自己的余光看着眼前的巫医指引的方向，但是，她们什么都没有看到,眼前一无所有。只有巫医拥有“天眼”,所以,只有他才能看到“神灵显现”。

“神灵啊，听到我的召唤了吗？这里摆放着丰盛的美味，这些是我承诺给你的食物。”巫医把食物分别放在三块石头上面，然后高声数出九个数字。

场面慢慢变得温和了很多，巫医正在铲除害人的东西。

“混账！瘟神竟然在这里，它还想逃跑啊……”巫医紧紧地抓住自己的徒弟说。

卡塔丽娜感到很大的压力，她发烧和头痛的病情更加严重了，她在不住地痛苦呻吟。

“小小的瘟神，还想从我的手掌中溜走？我现在就抓住你！”接着，巫医对身边的人说，“你们大家都快闭上眼睛，不然，瘟神会跑到你们身体里！”

不一会儿，巫医说他抓住了瘟神并把它放进了盘子里，巫医自己则坐回席子上。

“哎呀，今天还算幸运啊，幸亏不是女鬼！”巫医佩德罗大师大喘着气兴奋地说。

一旁坐在席子上的小徒弟惊奇地问：“师傅，你为什么这么说啊？”

“女鬼更可怕啊！你难道不知道在巫术中，女鬼的巫术要比男鬼强百倍吗？”小徒弟不再询问，而是又坐下来说，“你们几个人千万不要看这边啊，听见了吗？”

三个女人心中充满恐惧，并答应不看那里，她们知道那个地方非常危险。

为了不让卡塔丽娜看到鬼怪的样子，巫医用自己的大拇指和无名指在盘子里蘸了一些水，并把水抹在她的眼睛上；然后，也给其他女人按照刚才的样子涂抹双眼。巫医结束施法的时候，喝了一大口红酒，然后把酒喷在那个装着瘟神的盘子上。他拿起放在盘子上的蓖麻叶子使劲摇晃。总之，施展巫术的场面十分诡异！盘子掉在地上时人们听见丁零零的响声！

“你们看，瘟神逃走了！”巫医用手指指着一个方向，脸上充满杀气。

在场的人听到巫师的话都炸开了锅，你一言我一语地说：“哎哟哟！你们看看，这些东西都在人身体里了，你说瘟神厉鬼在人身体里，一个女人能承受得了吗？妈的！就是那一小块木炭造的孽啊。还有，那些小小的鸡骨头……你看看在木炭上面扎着的四根铁针。她真是太凶残了！”

“如果不把隐藏在卡塔丽娜身体里的厉鬼驱赶出来，她必死无疑啊！”巫医重复地说着这句话。

接着，他一只手拿着一根无花果树枝，另一只手拿着一个盘子，他要求主人带他回到施法现场的第一个床榻前。走进房间后，他说：

“神灵保佑吧！厉鬼瘟神已经消失，现在请您保护她的身体！”他把自己手中的食物扔出窗外，继续说，“如果你曾经是受过屈辱的灵魂，或者是亲人的灵魂，或者是朋友的灵魂，或者曾经走在这条路上死亡的灵魂，请你们停下来享受我这名巫医提供给你们的美食！”

巫医又从一张旧席子上抽出一根芦苇，让小徒弟把芦苇打上九个结，然后绑在卡塔丽娜的手腕上。在绑扎芦苇秆之前必须念九次法咒。绑完芦苇秆之后，他大声叫起来：

“神啊，我已经把您绑在病人的身上！您要保佑这个女人的身体，我已经向您供奉了美味的食物。”

天色已近黄昏，人们也开始收拾东西了。一些人收拾盘子，盘子里有一些剩下的食物。不过，病人的血液循环还不是很畅通，所以巫医建议她经常起来走走，长时间卧床会使病情加重。家里人非常客气地款待这对师徒，可是，他们仍然有些不知足，特别是没有红酒的时候，师傅就会大声抱怨。

两天过去了，卡塔丽娜的病反而更严重了。她的胸口肿胀得非常厉害，家里人想起另外一个人的话：为了寻求旺盛的火焰和新的希望，应该请不同的巫医前来诊治。所以，家人又请其他巫医前来给卡塔丽娜诊病。

听了家人的讲述之后，新来的巫医开始施用他自己独特的铲除瘟神的方法。他先在家里铺设了一条施过法术的小道，让卡塔丽娜每天在小道上行走。这个方法和以前的方式一样，也是为了铲除她身体内的鬼魅。

三

不管巫医们的医术多么高深莫测，卡塔丽娜还是在她生完孩子的第八天早上去世了。死亡的原因是，产后感染。

哎呀！你的命怎么这么苦啊！我的心死了！卡塔丽娜，你在哪里啊？以前，你的音容笑貌像是一首首梦幻的诗歌！你甜蜜幸福的微笑再也不会出现在我的面前，只有金丝雀依旧在自己的巢穴里甜蜜地鸣叫。你怎么不说话啊！我们再也感受不到你胸怀的温度！你这样走了，独自留下了你的丈夫，你怎么能狠心抛下自己可怜的孩子！

你快回来吧，回到你深爱的家人身边！可恶的坏人为什么要害你？你听到我们给你举办的葬礼吗？卡塔丽娜，你快回来啊！我想再听你叫我一声妈妈！

死亡，死亡！你现在选择躺在摆满菊花的圣殿，却狠心留下两个刚刚出生的孩子！你怎么如此狠心！你漫长痛苦的日子过去了，你却留下了更多的可怜的人：老人和孩子，好人和坏人，父亲和儿子。所有的一切模糊不清！可恶的魔鬼！

上午，天已经大亮，卡塔丽娜的家里坐满了人，所有的人都唏嘘感叹着。

“哎呀，丽娜啊，我的好女儿，你再也回不来了！抛下你可怜的孩子，抛弃你的母亲，抛弃我们所有爱你的人！哎，我心中最爱的孩子啊，你这样不幸地离开我们！我的孩子啊，今天的我像是一只被烤干的小鸟，我的心都碎了！”

“丽娜，我的好妹妹啊，你还记得我吗？你听到你孩子的哭泣声了吗？你快起来啊，我可怜的妹妹啊。你快起来给你的孩子喂奶啊！我以后再也不能像以前那样和你聊天啦！”

“丽娜，请你原谅我曾经骂过你！你对待所有的人总是那么的宽容，即使我曾经是你的情敌！通过毒蛇事件后，我再也没有忘记过你，我的好朋友！可是，残忍的上帝却把你带到另外一个世界。哎，丽娜，请你接受我真挚的道歉啊！我对不起你！对不起啊！”

根据当地的殡葬风俗，村子里的女人开始悲痛地哭泣：

“哦，我可怜的朋友，如果你的心里充满烦恼，我会把你带到山涧里。”接着，这个女人拉着丽娜所穿寿衣的一角说，“你们看看那个女人的脸啊！好像被门挤过一样……”

“哎，我爱说爱笑的好妹妹啊！你让我流了多少的眼泪啊！到底是谁这么狠心要害你啊？现在他们得逞啦！”

人们一边唱歌一边晃动着身体。他们来到厨房，夺过盘子大声地唱：“你们在经受当地殡葬风俗的洗礼，如果你们愿意拿走一切，请尽情拿走所有的东西吧！”

客厅里，一帮人坐在那里。若阿金悲伤地抽着旱烟。尽管他的朋友们一直在和他交流沟通，但是，他却一直想着自己与卡塔丽娜的生活的点点滴滴。蜡烛发出昏暗的光芒，在座的人一会儿聊天，一会儿又沉默不语。窗外的狂风呼啸着，若阿金总能回忆起和自己妻子的画面：心脏所有的颤动都意味着伤痛。无言意味沉默，幸福却是短暂。狂风吹来，吹来无情的死亡。

与此同时，合唱团开始晃动身体，高歌属于他们自己的小调：

她要离去，
我们回忆着和她每时每刻幸福的时光。
我们向她致敬，
所有的记忆都融合在一起。
可怜的卡塔丽娜！
上帝会与你同在！

院子里，洛洛塔老太太用橄榄油把棉花浸湿，接着，用手绢把手包裹起来去清洗卡塔丽娜身体的每一个关节。

清洗关节部位的时候动作必须十分灵活。在清洗身体的时候，人们必须大声地哭泣，脸部的表情必须非常的虔诚。

时间慢慢地走着。公鸡们开始打鸣，小鸟也开始叽叽喳喳地鸣叫，它们像闹钟一样提醒人们葬礼的计划。无论是内心还是外在，家人和朋友们都在思念着卡塔丽娜，大家仿佛听到和她聊天时的声音，仿佛看到她美丽的容貌。很多次，人们在怀疑卡塔丽娜是否真的死亡。但是，她现在却一动不动地躺在这张床上。现实是如此残酷。

下午，双胞胎唱诗班的歌声打破了葬礼的宁静：

天才的母亲，

行过鱼水之欢！

天才的母亲，

得到男女情爱！

他们一边唱，一边用脚狠狠地跺着地面，每个人的手中拿着属于自己的植物。

晚上，蒂塔老奶奶对聚在卡塔丽娜家的人们说："各位女士们，你们晚上一定要有耐心啊！"她要求在座的人腾空停放卡塔丽娜尸体的房间。女人们开始动起来，大家帮忙把屋子里的席子和凳子搬到院子里，接着，阿妮卡手里拿着一个小扫把走进来。塔塔莎老奶奶拿着一个装满热水的煤油瓶，迷迭香散发出浓重的香味：

"若阿金先生，请你进屋吧。"蒂塔老奶奶请他进屋，说话的声音非常小。

鳏夫走进停放卡塔丽娜尸体的房间，关上门后，蒂塔老奶奶让他朗诵创世纪福音，并让他再最后一次看看自己妻子的遗容。若阿金走出房间后，家人和两位老奶奶走进房间瞻仰遗容。

仪式结束后，蒂塔老奶奶用一块手绢系在头上，塔塔莎老奶奶则端来一盆清水，她们两个的任务是再次清洗卡塔丽娜的身体。菲娜姨妈和吉列尔米娜在一旁帮忙。她们手中捧着一件用白色薄纱包着的长袍，她们还将给卡塔丽娜穿上一双漂亮的拖鞋，戴上一顶漂亮的帽子。不过，在穿戴之前，塔塔莎老奶奶先给丽娜清洗和修剪所有的手指甲和脚指甲。同样，还要剪掉一些美丽的头发，然后，把头发交给洛洛塔老太太。她可以把自己女儿身上唯一留下的东西保存起来。

最后，她们进行当地农村的封带仪式。举行封带仪式是为了不让灵魂逃离身体。菲娜姨妈端来一盆清水帮卡塔丽娜清洗面部；然后，她把这盆清水放在床榻下面；接着，她把小扫帚拿出屋子，开始清扫装卡塔丽娜的棺木。

“先生们，你们可以把棺椁抬走了。”蒂塔老奶奶走到客厅里对在座的男人们说。

在嘈杂声中，四个男人站起来，他们分别是若昂大叔、安东尼奥·塞巴斯提昂、马努埃尔和贝尔纳多。四个人抬着一张桌子走进屋子，然后，他们把卡塔丽娜的身体放在两个垫子上面。接着，家人们走进来在卡塔丽娜的嘴里放上很多美丽的珍珠，最后，把她的嘴唇合上。卡塔丽娜双手搭在一起，好像她是在安静的梦中祈祷上帝保佑所有的人。

人们的喊叫声又开始了。一帮女人们带着自己的小凳子回到房间里，加入了哀悼卡塔丽娜的葬礼中。合唱队的人们开始吟唱，在这个只属于卡塔丽娜的夜晚。

天空飘起了小雨。人们的哭泣声唤醒了神秘的神灵。

“哎，可怜的人啊，人们在为她悲哀的生活哭泣。”图图里老奶奶神秘地说。

“呜呜呜！是啊，我们在为她流泪！”若昂娜抽泣着说。

深夜，一些人进入梦乡。屋子里的地面上放着大大的席子，席子上睡满了人，那里已经成了大家的床。在客厅里，若阿金依旧沉浸在失去妻子的悲伤中，一旁的好朋友们坐在凳子上玩扑克牌。

夜晚的天非常黑暗。洛洛塔老太太安静地坐在凳子上，她没有办法让自己入睡。她的心情像一座崩溃的大坝一发不可收拾，一团火焰仿佛冲进了她的脑海：

“哎呀，丽娜啊，我的好女儿，你怎么死得那么早啊！为什么上帝不把我这个糟老婆子带走啊？哎，我的好闺女，我的好闺女啊，我想和你在一起啊！我的宝贝女儿，我们辛苦建设幸福的家，今天就这么破碎了！呜呜呜！”

漆黑的夜晚，天空开始下起大雨，天空中的雷声像是人们的哭泣声。洛洛塔老太太越想越难过，想到自己女儿曾经的音容笑貌，她哭得更加伤心了。

第二天早上，天空泛起蓝色，人们的歌声飘到很远的地方。在家里，人们在心中一次次哀叹他们遭受了失去至亲的折磨。上午时分，一个巫医出现在家里。在院子里，人们架起火炉烧好热水沐浴，一旁火炉上的玉米糊糊粥也已经开锅。

快到送葬的时间了，男女老少们穿上了丧服组成送葬的队伍。人们的哭声震耳欲聋，护送葬礼队伍的教会歌曲也一直在吟唱。

“祝福你，卡塔丽娜女士！这里有吃的有喝的，吃穿都不发愁啊！”马本达夫人边走边高声喊叫，两个人一起搀扶着她。

“吃的食物在这里啊！”大家立即回答。

“祝福你，卡塔丽娜女士！你能得到所有的好东西！”穆西玛大姐也大声喊叫着。同样，也有两个人搀扶着她。

“好东西也都在这里啊！”人们又开始重复喊叫。

棺木已经从里屋搬到客厅里面，人们把棺木摆放在客厅的桌子上，用一条黑色的纱巾覆盖在整个棺椁上。四根大蜡烛分别被插在四个蜡台上，放在棺木的四个角上。微弱的烛光来回晃动，映照在若阿金的脸上。黄昏时分，人们用一根黑色带子将棺木抬到门外，此时女人们开始高声哭喊。

一位寡妇和巫医基图西老太太煮出一碗玉米粥，巫医拿着这碗玉米木薯糊糊粥，走到若阿金的身边，用最真挚的语调说：

“孩子，让我们再送你的妻子一程吧，你听到了吗？”

若阿金整个人呆若木鸡地站在原地一动不动。突然，他站起身扑到棺木的旁边，从桌子下面钻过去。

“第一勺木薯粥……”巫医一边高声念诵，一边把玉米木薯糊糊粥往若阿金的嘴里送。

若阿金也跟着重复念诵九次，同时也吃了九勺木薯粥。仪式结束之后，若阿金低着头感谢巫医帮助施法，让卡塔丽娜能够得到重生。

“好，仪式已经结束！”

若阿金抓着卡塔丽娜冰冷的双手痛哭不已。家人当中第一个和卡塔丽娜诀别的人是母亲洛洛塔，然后，所有人再一次和卡塔丽娜告别。

“没有人愿意再一次痛苦地和她告别？”若昂大叔在前面走着，眼神散乱。

“是啊，没有人愿意和她说告别啊！”吉列尔米娜回答说。

若昂大叔，这个平常精神奕奕的老头子，今天却萎靡不振。他全身都在发抖，眼泪汪汪地看着卡塔丽娜的遗体。她急匆匆离开人世，在全家人最幸福的时候撒手人寰，留下了她心爱的亲人。她扔下自己亲爱的家人，到另外一个世界……

“孩子，这里有你最爱吃的玉米木薯粥……”蒂塔老奶奶从碗里舀起一勺玉米糊糊粥放在棺木里。

“哎，我的女儿啊，我可怜的女儿啊！你怎么离开了我，我可怜的女儿，你那么狠心留下我啊！再见了，我的好女儿！等你到了另外一个世界，帮我给你父亲捎个口信，跟他讲讲我们艰难的生活，跟他说赶紧把我也带走吧！”

卡塔丽娜，这个传递口信的“信使”，被人运送到了卡尔莫大教堂。在那里，大家为她举行了隆重的哀悼仪式。

在葬礼队伍前往墓地的时候，一些人跟丢了，所以，只有一部分男人跟随着队伍来到坟场。前往墓地的道路十分崎岖，有很多茂密的灌木丛。在木塞各村子的对面，坐落着一处非常有名气的墓地，它的名字是高十字架公墓。卡塔丽娜的棺椁最后就埋葬在那里。

在家里，除了若阿金，所有的家人都在遵守当地风俗——在盆子里面润湿自己的双手，然后再清洗自己的脸、胳膊和双腿。母亲洛洛塔按照当地风俗完成清洗仪式，然后，穿着同样的衣服坐在卡塔丽娜曾经躺卧的地方。

参加葬礼的人们陆续返回家里，菲娜姨妈给他们每个人盛上一碗玉米糊糊粥。他们带回来葬礼上的一些消息：已经把逝者的灵魂安全地安放在墓地。

现在，天晴了一点点，人们随意地聊着天。晚上，那些没有听到墓地消息的人们也都聚在一起讨论葬礼的事情，并努力忘记葬礼上的痛苦。

到了晚上，还有一些男人们坐在客厅里笑着打扑克牌。菲发大妈留在洛洛塔老太太的房间里，意味深长地给在座的女人们讲述了一个小故事。她坐在矮凳上讲道：

有一天，牛先生邀请猴子先生陪他到一个村子里。因为，他想到自己女朋友家里提亲。猴子先生欣然接受邀请。但是，在路上发生很多状况：每当吃东西的时候，猴子先生都要求自己必须吃得比牛先生好。当经过一片甘蔗地的时候，他们立即走进甘蔗地，可是，猴子先生建议牛先生吃甘蔗梢。

“哎呀，猴子老弟。这些甘蔗梢实在是太普通了！”牛先生感叹说。

“牛老兄，你要有耐心啊！我这甘蔗根比你的甘蔗梢更难吃啊！你看看我这根甘蔗多细小啊。而且，你手中的甘蔗梢很脆啊。我现在吃的甘蔗根像坚果一样坚硬，所以味道很差。我现在吃这棵甘蔗根是为了惩罚我的牙齿。”

牛先生看着自己的朋友不停地啃咬着甘蔗根，不解地问：

“猴老弟，你的甘蔗根那么难吃，怎么吃得那么快啊……”

“是啊，我在舔甘蔗，你看看我的嘴唇都被该死的甘蔗磨肿了。”

猴子先生走在前面，他们继续赶路。一路慢悠悠地赶到牛先生女朋友的家里。他们进门后和女朋友的家人逐个问好。牛先生也介绍了自己的猴子朋友。他们和女朋友的家人谈天说地，欢笑声充满整个屋子。牛先生请求女朋友的家人同意他们的婚事。

在吃晚饭的时候，猴子先生却不知去向。在猴子先生的餐盘旁边摆放了很多的碎骨头、尖刺和果壳。女方家长们知道那是不干净的东西，可是，他们没有提醒牛先生。

吃完饭，他们各自回房休息。深夜时分，猴子先生在牛先生安睡的床上肆意破坏，它在床上上下翻滚，毁坏床上的物品，还故意把血水留在床上。第二天，看到凌乱的被破坏的房间，可怜的牛先生被女朋友的家人一顿殴打，女朋友自然也吹了。最后，谁得到了牛先生的女朋友？便是那个混账猴子……

讲着讲着，菲发大妈竟睡着了。

“你怎么睡着了？”巴萨纳女士对身边的菲发大妈说，“一会儿，你可要受罚啊！”

接着，菲发大妈被罚站在床边不许活动。

……

就这样，八天的时间过去了。空闲的时候，人们会清扫屋子里的灰尘。这天，待公鸡啼叫第一声后，菲娜姨妈拿着小扫把打扫了屋内的地面，前几天的葬礼使得地面上留下很多的污点。院子的角落处也堆满了很多的垃圾。为了不让灰尘荡起来，她们清扫屋子地面之前先洒上一些清水。清理完毕之后，她们把所有的垃圾都倒在粪堆上。

在第十五天后的黄昏，家里又进行了一次彻底的大扫除，清扫的步骤与前一次一样，她们把清扫出的垃圾堆成几堆进行焚烧。随后，她们开始祭祀神灵。祭神仪式之前，塔塔莎老奶奶为了让卡塔丽娜的灵魂能够安息，准备了各种各样的酒水。按照祭神程序，老奶奶在地上画出一个十字架形状的图腾。晚饭的时候，大家都吃得很饱，餐桌上的气氛也非常热烈，搞笑的笑话逗得大家哈哈大笑。

特特大姐眼睛有些犯困，她开始摇手中的铃铛。娅娅婶子困得实在不行了，便开始敲打一个罐子。参加祭祀仪式的人乘机在这里办起搞笑的音乐会。

“你们一定要注意照看祭神的物品，我们可承诺过死者家属。”若若老太太开玩笑地说，随后，她回到客厅。

所有人扭动身体高兴地跳起舞来。

“大火燃烧吧！”

大家又都停止了跳舞，开始一起欢快地拍巴掌：啪啪啪！

“让我们留住现在，忘记过去吧！”

男人和女人们开始唱歌跳舞：生活是一个幻觉！

四

尽管巫医解释了卡塔丽娜死亡的真正原因，可是，洛洛塔老太太依然憎恨安巴卡人。现在，安巴卡人还经常到她的家里来，她心里的仇恨一天天在慢慢地增加。爱情守护神圣·安东尼奥没有听到她的诉求，甚至还让她失去了自己最心爱的女儿。她到底怎么样才能惩罚那个可恶的安巴卡人呢？在教堂的诉求没有得到应验，所以，她决定使用巫术。

“你如果想让我杀了那个安巴卡人，你必须和一个巫师睡觉。只有这样，巫师的法术才能更加高强。”巫师用诱惑的口吻说。

洛洛塔老太太拒绝了巫师的要求，她又去寻找其他巫师的帮助。最终，一个巫师答应了她的要求。

一天下午，天气晴好。安东尼奥·塞巴斯提昂高兴地在若阿金家里和他一起吃晚饭。两人坐在客厅里聊天，洛洛塔在厨房里忙着做饭。厨房里只有她一个人，突然，她的脑中产生一个念头，她想用毒药毒死那个可恶的安巴卡人。她不让自己的女儿吉列尔米娜进厨房，并暗想：自己为什么不可以这么做呢？

她心中产生了这样的念头，便偷偷走到厨房门口查看有没有其他人。她没有看到任何人，院墙外，几个小孩子在地上玩耍。很快，她从自己的衣服口袋里掏出一个小小的布袋子。她心里有些紧张，又探头往窗外看看，再次确认附近没有其他人。

"我下毒药呢还是不下毒药呢？"一个念头像一道闪电从她的脑中划过。

一时之间她难以下决定，她不知道自己该怎么办。但是，不一会儿，怨恨又在她的心里重生：

"我要下毒药，必须下毒，是他杀死了我的女儿！"

一阵紧张过后，她把毒药粉末倒在安巴卡人的食物里，然后，又把食物搅拌均匀。她看着汤锅中橙黄色的汤，为自己的卑劣的行为感到瞠目结舌。食物没有大的变化，依然充满了香味。

"上帝啊，请你原谅我吧！古人说：如果孩子索要一把小刀，人们便会给他一把大刀，当他举起刀子的时候，可以把他杀死在大地上。安巴卡人就像可恶的魔鬼，现在，他竟然还在哈哈大笑。这一切是他咎由自取啊。"老太太默默叨念着。她抬头望着天空，然后，慢慢地低下头。

她端着盘子的双手一直在颤抖，仿佛自己产生了幻觉。她开始施行自己的计划，但是，当她打开关闭着的大门时，她的双腿不由自主地停下来：安东尼奥·塞巴斯提昂，头戴椰子壳帽子的样子十分滑稽可笑，他喜欢把洛洛塔的小外孙们放在自己的驼背上在屋子里走来走去；而且，他还经常给小外孙们讲睡前小故事。那一幕幕画面已刻进老太太的心里。现在，精神抖擞的安东尼奥·塞巴斯提昂却面临着死亡！这时，一份宽宏的博爱像一丝光芒照进洛洛塔的灵魂里，使她对安巴卡人的仇恨慢慢地消失了。她好像看到了月全食，她的内心世界非常的平静，宽容的力量再次侵占她的灵魂。最后，她没有把掺杂着毒药的食物端给安巴卡人！这个可怜的安巴卡人，得到了老太太真正的原谅！

“哎呀！饭碗里落下了一只苍蝇！”老太太洛洛塔说道。

安巴卡人则不以为然地说：

“老妈，没有关系，我吃这一碗饭。再说了，苍蝇也是可以吃的好东西。”

但是，洛洛塔没有听他的话，把那碗掺杂毒药的饭菜倒在院子的地上。她不想毒害安巴卡人了。她现在想到了什么，谁能知道呢？也许，只有她自己的女儿卡塔丽娜的在天之灵能知道此时此刻她的感受。在生活中她原谅了那个安巴卡人，她真的想以后安安静静地生活下去。

她把盘子清洗干净之后，重新给安巴卡人盛上一碗饭菜。所有的困扰都在此时此刻烟消云散。一瞬间，她也觉得自己全身轻松了。

“我的好女儿丽娜，这都是你的爱改变了我。我已经净化了自己的心灵，我要重新做一次妈妈，养育好两个可爱的小外孙。请你相信我：从今天开始，我会忘记一切的仇恨，我会让我的心灵像以前那样纯净，所有的一切仇恨都会离我远去。”她在给安巴卡人盛饭的时候，内心的灵魂也在忏悔。

第二天上午，当老太太打开大门的时候：我的上帝啊！一只狗四肢僵硬地躺在院子里。它的尾巴和四肢伸展，双目圆睁，身上落满苍蝇！可是，到底发生什么事了呢？啊！原来狗吃掉了她倒在地上的有毒饭菜了！因为她当时心里十分的紧张，竟忘记用土把毒饭菜掩盖起来，导致了狗的死亡。

当她想到如果被毒死是安巴卡人安东尼奥·塞巴斯提昂时，恐惧立刻让她的身体不停地抽搐起来。她又陷入长时间的忏悔中。她拍了一下巴掌，不停地摇头，然后，深吸一口气说：

“啊啊啊！巫术太可怕啦！谢谢你，我的女儿，是你让我避免了流泪到生命的尽头。”